Rolf Bläsing

Vollkasko

Roman

atb aufbau taschenbuch

MIX
Papier aus verantwortungsvollen Quellen
FSC® C083411

ISBN 978-3-7466-2752-6 | Aufbau Taschenbuch ist eine Marke der Aufbau Verlag GmbH & Co. KG | 1. Auflage 2011 | Umschlaggestaltung capa, Anke Fesel | unter Verwendung eines Motivs von Carla Brno/bobsairport | Typografie Madeleine Speidel, Stuttgart | Gesetzt aus der Garamond Premier Pro und der Alsina durch psb, Berlin | Druck und Binden CPI – Clausen & Bosse, Leck | Printed in Germany | www.aufbau-verlag.de

Rolf Bläsing

Vollkasko

aufbau taschenbuch

Rolf Bläsing, geboren 1958, lebt mit seiner Familie in Felsberg/Nordhessen. Um diesen Roman zu schreiben, verkaufte er sein Auto und verordnete sich Zwangsradeln bei jedem Wetter (was seine Familie nicht guthieß). Er erfuhr, dass man sich selbst bei schwerem Regen oder strengem Frost unmotorisiert durch die Welt bewegen kann, ohne daran zugrunde zu gehen. Aber es fällt schwer. Und es ist alles andere als lustig.

Sein erster Roman »Der Halbmarathon-Mann« (atb) war ein großer Erfolg und wird zurzeit verfilmt.

Arno Eggenthal hat immer ja gesagt: zu seiner Frau Silke, zum Eigenheim, zu den Kindern, sogar zur Familienkutsche. Ihr zuliebe. Weil es alle gemacht haben. Weil ihm keine guten Gegenargumente eingefallen sind. Das ändert sich, als die Vorboten der Klimakatastrophe auch vor seiner Haustür unübersehbar werden. Als dann auch noch Annette Felber, Arnos Jugendliebe und mittlerweile Abgeordnete der Grünen, wieder auftaucht, beschließt er, sein Leben, das heißt vor allem: seine Fortbewegungsart, einer Radikalkur zu unterziehen. Obwohl er in einem Landstrich lebt, in dem der eigene Wagen so lebensnotwendig ist wie der Colt im Wilden Westen, beschließt er, ein Jahr lang in kein Auto zu steigen. Damit rutscht er in eine völlig neue Schadenfreiheitsklasse – mit Selbstbeteiligung. Seine Umgebung reagiert verstört, und binnen kürzester Zeit hat Arno nicht nur eine ausgewachsene Ehekrise, sondern auch sonst jede Menge Ärger am Hals. Nur mit Annette läuft es eigentlich ganz gut.

Kapitel 1

Arno Eggenthal dachte nach. Das war nichts Besonderes, denn Arno Eggenthal verbrachte viel Zeit mit Nachdenken über das, was einem im Leben so passieren konnte, über Krankheiten zum Beispiel, die man bekommen konnte, oder über mögliche Lottogewinne oder Beziehungsprobleme; alles Dinge also, die das Leben veränderten und in seinem Falle doch eher theoretischer Natur waren, denn er war bisher nie ernstlich krank gewesen und er spielte auch kein Lotto, und ein echtes eigenes Beziehungsproblem, wie es bei Bekannten ständig vorkam, das war ihm bisher fremd erschienen, fast unangemessen und auch ein bisschen anstrengend. Meinungsverschiedenheiten, wenn man das so nennen wollte, hatte es in letzter Zeit allerdings auch zwischen ihm und Silke, seiner Frau, häufiger gegeben. Wie vor einigen Minuten.

Sie hatten ihn in der Küche stehenlassen, Silke, die seinen Ausführungen nicht weiter zuhören wollte, und Luca, sein sechzehnjähriger Sohn, der ihm schon seit etwa einem Jahr nicht mehr zugehört hatte, und so war Arno die Treppe hinauf ins obere Stockwerk gegangen, in sein Arbeitszimmer, wo er jetzt am Fenster stand und hinausschaute.

Es war Freitagabend, die Nachbarn kamen von der Arbeit nach Hause, stellten ihre Wagen ab, und die Straße füllte sich. Zu manch einem Haus gehörten vier Autos, denn das Dorf hatte keine Verkehrsanbindung, es gab fast ein Parkplatzproblem hier am Ortsrand, in der Siedlung, wie sie es weiter unten im Dorf nannten.

Eggenthal musste diesmal aus einem ganz persönlichen Grund nachdenken, es ging um etwas, das ihn direkt betraf. Er hatte vorhin in der Küche durch einen einzigen Satz seine Lage verändert, es war dramatischer verlaufen, als er es geplant hatte, und es ging darum, ob er sich jetzt im Recht fühlen und trotzig sein durfte und, der erhofften Unterstützung seiner Frau beraubt, unbeirrbar sein Ziel weiterverfolgen konnte. Oder ob er, wie Silke es beim Verlassen der Küche formuliert hatte, sie tatsächlich nicht mehr alle hatte.

Die Ursachen für den Disput lagen Monate zurück. Es hatte im Sommer des vergangenen Jahres begonnen. Ein brandheißer, staubig trockener Juli war nach einem Kälteeinbruch von einem verregneten August abgelöst worden, Eggenthal wurde im Urlaub mit Wasser nur so zugeschüttet, und dieser Umstand gab ihm zwangsläufig viel Zeit zum Nachdenken und schärfte seine Sinne für die weitere Entwicklung.

Ihm fiel damals auf, dass der Sommer erst im Herbst fortgesetzt wurde, um dann allerdings bis Ende Oktober anzuhalten. Der November und auch der Dezember brachten Temperaturen, die an den Frühling erinnerten. Dann kam der Winter, gleich drei Mal. Das erste Mal vom 26. bis 27. Januar, und zwar mit Minustemperaturen! Das zweite Mal mit Schnee am 7. Februar von 7 bis 12 Uhr und dann noch mal, völlig unverhofft, am 8. Februar von 14 bis 17 Uhr.

Es schien, als wären die Jahreszeiten, so wie er sie bisher kannte, verschwunden, und zwar so plötzlich, als hätte jemand mit dem Finger geschnippt oder als hätte es einfach nur »Peng!« gemacht. Nachdem sie früher schon hin und wieder unzuverlässig gewesen waren, was sich durch das falsche Wetter zum falschen Zeitpunkt geäußert hatte und als zufälliges und immer wieder mal auftretendes Phänomen erklärt worden war, waren sie nun ganz weg, hatten sich abgemeldet und aufgelöst, so jedenfalls empfand es Eggenthal.

Und dann kam, Anfang Februar, auch noch die offizielle Bestätigung, der große Klimakatastrophenaufschrei, und alles, was die Zeitungen seit über zehn Jahren in kleinen Überschriften auf Seite siebenundzwanzig gedruckt hatten, brachten sie plötzlich auf Seite eins in Großbuchstaben. Die Reaktionen waren eher putzig und zeigten, dass noch nicht alle bereit waren für die neue Erkenntnis: Im Radio stellte der Nachrichtensprecher fest, dass das Unglück nicht aufzuhalten und die Lage ernst sei. Eine Minute später sagte eine Moderatorin des gleichen Senders: »... und wir freuen uns auf einen phantastischen Tag mit Sonne und Temperaturen bis siebzehn Grad!« Siebzehn Grad plus wohlgemerkt, im Februar.

Eine Woche später hieß es im Nachrichtenteil seiner Tageszeitung, dass die Klimaveränderung nur noch durch sofortiges Handeln gemildert werden könne. Am nächsten Tag brachte die gleiche Zeitung auf der Autoseite einen Bericht mit der Überschrift: »Faszinierender neuer Audi R8. Alles richtig gemacht!« Die technischen Daten: 420 PS, 301 km/h Spitze. Verbrauch: 20 Liter.

Die Tourismusbranche ließ ganz sachlich verlautbaren, dass der Klimawechsel eine Veränderung der Reisegewohnheiten mit sich bringen werde, auf die man sich einzustellen habe, und ein Kollege von Eggenthal sagte mit einem Blick aus dem Fenster: »Ohne die Klimaveränderung würden die Blumen jetzt nicht so schön blühen.« Na ja. Er war erst dreiunddreißig.

Eggenthal hatte die Thematik bisher nie wirklich an sich herangelassen, doch das mit den Jahreszeiten beunruhigte ihn schon ein wenig. An denen hing er nämlich, wie ihm jetzt auffiel, ziemlich stark. Sie gehörten zu seiner Ordnung. Er konnte sich noch daran erinnern, wie die Menschen auf dem Dorf früher, als er fünf oder sechs gewesen war, nach ihrem Rhythmus gelebt hatten. Der blühende Garten im Frühling, das Wachstum auf den Feldern, die Tiere, die aus den Ställen auf die Weiden kamen. Getreideernte und Heumachen im Sommer, im Herbst Rüben und Kartoffeln, die neue Aussaat, der laubbedeckte Garten mit leeren Beeten und dunklen, schweren Farben. Schließlich wurden die Feldmaschinen gereinigt, der Lauf der Dinge verlangsamte sich, es ging auf Weihnachten, und die Weihnachtszeit begann tatsächlich erst Anfang Dezember und nicht schon im Oktober mit dem üblichen Kitsch in den Geschäften.

Er dachte an die schönen Momente, die er als Erwachsener mit den Jahreszeiten gehabt hatte. Früher zum Beispiel, so bis er Ende zwanzig war, kam er an den Wochenenden öfter betrunken heim, nachts natürlich. Manchmal war dann November, und er stand noch ein bisschen vorm Haus und schaute nach oben zum Himmel. Der Nieselregen störte ihn in seinem Zustand nicht, der Wind war stark und angenehm und jagte hell- und dunkelgraue Wolkenfetzen vor sich her, die hin und wieder den Mond durchblicken ließen. Das Gleiche funktionierte in den Winternächten, wenn Schneetreiben das Licht der Straßenlaternen dämpfte, und im Frühjahr, wenn die Vögel bereits anfingen zu lärmen und die Katzen der Nachbarin um ihn herumstrichen, und im Sommer, wenn er in lauen Nächten das ferne Quaken der Frösche hören konnte.

Solche Eindrücke hatte er natürlich nicht nur nachts und betrunken, sondern auch am Tag und nüchtern. An dem Land, in dem er wohnte, liebte er vor vielem anderen die Jahreszeiten, sie waren immer da gewesen, verlässlich und beständig.

Er wollte sie behalten. Wenn der Winter hart war, hatte man sich das Frühjahr verdient, dann machte es umso mehr Spaß. Nicht aber, wenn sich ab November das Wetter auf eine mittlere Einheitstemperatur von zehn Grad plus einpendelte und zwischendurch alle paar Wochen ein idiotischer Wind stundenlang zwischen den Häusern rumjaulte. Das war kein Zustand. Das war eine Katastrophe.

Allerdings war er sich nicht sicher, ob von solchen Sentimentalitäten ein hinreichender Anspruch auf den Erhalt der Jahreszeiten abzuleiten war. Als er seine Gedankengänge eines Abends Silke unterbreitete, hatte er nicht das Gefühl, dass sie es für sinnvoll hielt, ihnen zu folgen. Offensichtlich stand seine Argumentation auf tönernen Füßen. Was er brauchte, war eine Legimitation, etwas Handfestes, vielleicht auch etwas Radikales. Möglicherweise musste er sogar selbst etwas tun und ein Zeichen setzen.

Dieser Eindruck verstärkte sich, als er am Samstagvormittag eine Zeitungsmeldung über eine kleine verkehrspolitische Revolution im etwa einhundertfünfzig Kilometer entfernten Gantenheim las: »Grüne unter Führung von Annette Felber setzen Umgehungsstraße durch.« Da war sie, auf dem Foto, mit vier anderen Abgeordneten, etwas kleiner als die Leute um sie herum, aber sie zog den Blick auf sich, und ihr Lächeln war offen und nicht so verkniffen wie das der anderen.

Annette. Sie tauchte immer mal wieder in seinen Gedanken auf, er wusste nicht, ob ein System dahintersteckte, aber vielleicht waren es ja genau solche Situationen wie jetzt, in denen er sich an sie erinnern sollte. Auf Verdacht googelte er ihren Namen und wurde fündig: »Annette Felber für die Grünen im Stadtparlament von Gantenheim«, las er. Annette war sich also treu geblieben, die ganze Zeit. Und sie lebte immer noch in der Nähe von Frankfurt. Es war ein paar Jahre her seit ihrem letzten Treffen. Sie war eine Klassenkameradin, das heißt eigentlich war es etwas mehr, was sie verbunden hatte. Damals.

Eggenthal dachte wieder an sein Jahreszeitenproblem. Er beschloss, erst einmal die weitere Entwicklung der Lage zu beobachten. Es gab im Frühjahr erste Kalkulationen darüber, wie viel die Rettung der Welt kosten würde, man veranschlagte so etwa fünfhundert Milliarden, Eggenthal las es und fragte sich unwillkürlich, wo man denn seinen Anteil einzahlen könne, es wäre ja schließlich ganz praktisch, wenn jeder seinen Beitrag leisten würde, und das Problem wäre behoben.

Er war fast erstaunt, als ihm bewusst wurde, dass er sogar bereit wäre, das Haus dafür zu verkaufen, wenn damit die Sache aus der Welt zu schaffen sei. Aber es war eben nur eine Theorie. Als er solche und ähnliche Gedankengänge eines Abends Silke unterbreitete, hatte er nicht das Gefühl, dass sie es für sinnvoll hielt, ihnen zu folgen.

Ein Lösungsansatz musste her, und in diesem Zusammenhang drängte sich ihm ein verwegener Gedanke auf. Es hatte etwas mit dem Ka zu tun. Eggenthal hatte sich den Ka vor zehn Jahren als Zweitwagen angeschafft, neben dem Kombi, weil er ihn für die billigste noch menschenwürdige Lösung hielt, zur Arbeit zu kommen. Es war übrigens mutig von ihm, im Ka zu fahren, fand er, und zwar nicht wegen des mangelnden Unfallschutzes oder des geringen Platzangebots, sondern weil er ein Mann war. In den zehntausend Ford Ka, die ihm in den letzten Jahren begegnet waren oder die er überholt hatte, saßen immer Frauen. Wenn jemals ein Mann am Steuer eines solchen Wagens gesessen hatte, dann nur Eggenthal. Es machte sonst keiner.

Jetzt ging es um den Erhalt der Jahreszeiten, Eggenthal wollte das Recht haben, ihn einzufordern, bei Politikern oder wem auch immer, und der Ka sollte seine Legitimation dafür werden. Eggenthal fühlte sich bereit, ihn zu opfern.

Neue Argumente dafür lieferte ihm der April. Die Hochdruckgebiete »Peggy«, »Renate« und »Silvia« bestimmten das Wetter, unterdrückten Schnee- und Graupelschauer, ließen Wind und Wolken keine Chance, und dreißig Tage lang fiel kein Tropfen Regen. Eines Abends versuchte er erneut, ein Gespräch mit Silke über die Jahreszeiten zu führen und wie sehr es ihn beschäftigte, dass sie sich immer weniger voneinander unterschieden. Aber er kam nicht richtig durch zu ihr, sie hatte einen stressigen Tag in der Bank verbracht, einige Mitarbeiter hatten sich über die Überlastung beschwert, meinten, die Arbeit sei ungleich verteilt; Probleme, die sie in den nächsten Tagen lösen musste.

»Es ist Mai«, sagte sie nur. »Und es ist Mistwetter. ›Mai kühl und nass, füllt dem Bauern Scheun und Fass.‹ Das ist ein uraltes Sprichwort, seit hundert Jahren bewährt, und so ist das Wetter. Genau richtig also, eher beruhigend. Seit wann beschäftigst du dich mit Meteorologie?«

Seit einem halben Jahr, hätte er antworten können, aber das hätte seine Argumentationsbasis nicht gestärkt. Er sah seine Situation jetzt klar: Es ging ihm nicht gut, und die Gründe dafür wurden nicht verstanden. Normalerweise hätte er es damit gut sein lassen. Aber nicht diesmal. Eggenthal spürte, dass er an einem Punkt angelangt war, der eine klare Haltung erforderte. Er würde eine Entscheidung fällen müssen, wie es aussah, allein, denn zu entscheiden gab es etwas. Zu stark und zu dauerhaft hatte sich Unruhe in ihm breitgemacht, das Gefühl, dass sich etwas ändern müsse, und dieses Gefühl wollte er loswerden.

Doch es dauerte an. Der Sommer ging nass und zu kalt dahin, im Urlaub waren sie nach Griechenland in die Hitze geflüchtet (Silke war dieses Jahr mit der Festlegung des Urlaubsziels dran gewesen), und dann kamen der September und das

Gespräch mit seinem Mechaniker, der den Ka auf der Hebebühne hatte.

»Der Motor ist noch okay, aber die Querlenker, die Stoßdämpfer und der Auspuff sind so gut wie hinüber. Die Reifen haben gerade noch die Mindestprofiltiefe, die Türschlösser und die Wischblätter müssten erneuert werden, und der Rost frisst sich langsam durch. Also wenn Sie den weiterfahren wollen, müssen Sie demnächst mal 'n bisschen was investieren.«

»Ich überleg's mir«, sagte Eggenthal, doch weil er jahreszeitenbedingt im Moment nicht so tickte wie ein normaler Mensch, nahm er die Nachricht geradezu mit Genugtuung auf. Das war ein Wink des Schicksals, genau die Hilfe, die er gebraucht hatte. Der Ka war so gut wie Schrott, musste abgeschafft werden, und nicht nur das – er würde noch weiter gehen. Auf der Heimfahrt hatte er noch mal nachgedacht, er befasste sich ja seit Monaten damit, und heute, an diesem Montag, dem 17. September, vor einer halben Stunde, hatte er verkündet, was den Disput mit Silke ausgelöst hatte: dass er plante, ein Jahr lang kein Auto mehr zu fahren.

»Wie stellst du dir das vor?«, fragte Silke, als er ihr seine Idee vortrug. »Hast du dir mal die Folgen überlegt? Ich hol dich dann jedenfalls nicht ab, wenn du Überstunden machst und bis acht bei der Arbeit hängst.«

»Geht ja auch gar nicht«, sagte er.

»Warum?«, fragte sie.

»Weil ich nicht nur selbst nicht fahre, sondern auch ein Jahr lang in kein Auto einsteige.« Wie gesagt, sein Einfall war radikal.

Sie tippte sich an die Stirn. »Und wie willst du zur Arbeit kommen?«

»Zug.«

»Aha. Und wie zum Zug?«

»Fahrrad.«

»Und wie vom Bahnhof zur Bibliothek?«

»Bus.«

»Ich lach mich schlapp. Du weißt doch nicht mal, ob man beim Bus vorn oder hinten einsteigen muss. Ich kenn dich doch. Und eins sag ich dir gleich: Wenn ich Luca dann ein Jahr lang allein zu allen Terminen fahren soll, dann kannst du sehen, wo du bleibst. Ich hol dich jedenfalls nicht ab, wenn du nachts auf irgendeiner Fete hängst ...«

»Geht ja auch gar nicht«, sagte er wieder.

Sie hatte ihn angesehen wie einen Idioten und die Küche verlassen. »Ich glaub nicht, dass du sie noch alle hast«, waren ihre letzten Worte gewesen.

Auf seinen Einwand, dass man ja nicht nur die Nachteile seiner Aktion sehen solle, reagierte sie nicht mehr, und Eggenthal, der immer noch aus dem Fenster seines Arbeitszimmers schaute, fand es etwas undankbar, wie wenig sie ihn in seiner Angelegenheit unterstützte. Es war ein selten emotionales Gespräch gewesen, so hatte er sie lange nicht erlebt.

Wenn sie verschiedener Meinung waren, nahm er es gewöhnlich hin. Es ging dabei meist um Kleinigkeiten wie das »richtige« Schließen der Wohnzimmertüren – Silke war nämlich der Meinung, dass man dabei jedes Mal den Griff herunterdrücken müsse, weil der Vorgang dann geräuschloser vor sich ging. Außerdem monierte sie häufig, dass er beim Schließen der Kühlschranktür nicht den Griff benutzte, sondern das Türblatt mit den Fingern berührte und dadurch Abdrücke hinterließ, die für ihn selbst noch nicht einmal sichtbar waren. Oder sie bemängelte mikroskopisch feine Partikel auf dem Badezimmerspiegel, die durch zu intensive Gurgelvorgänge Eggenthals entstanden waren und die sie jetzt aufwändig entfernen müsse. Eggenthal fand so etwas übertrieben, er war der Meinung, dass es reichte, wenn ein Spiegel dann geputzt würde, wenn er dran wäre, und das machte er dann auch gern selbst, er konnte nämlich Spiegel putzen und andere nützliche Dinge, aber das brauchte ja nicht alle drei Stunden zu geschehen; ein Bad oder eine Küche mussten schließlich nicht immer so aussehen, als seien sie gerade neu eingebaut worden.

Es waren Kleinigkeiten, an denen sie sich rieben, aber Eggenthal fand, dass sich diese in letzter Zeit häuften, vielleicht hatte er auch früher nie so darauf geachtet, jedenfalls fühlte er sich manchmal ein wenig kontrolliert.

Er setzte sich an den Schreibtisch und notierte sich noch mal die Eckdaten. Mit der Arbeit hatte sie schon recht: Mit dem Ka brauchte er genau fünfundzwanzig Minuten von der Haustür bis zur Arbeit. Einsteigen, losfahren, auf dem Parkplatz wieder aussteigen, das war's. Ohne den Ka: etwa fünfzehn Minuten mit dem Rad zum Bahnhof, fünf Minuten Aufenthalt, dreißig Minuten mit dem Zug in die Stadt, zehn Minuten mit dem Bus zur Arbeit. Machte sechzig Minuten. Also morgens und abends über eine halbe Stunde mehr.

Statt um 7 Uhr vor 6 aufstehen, um den richtigen Zug zu erwischen. Durch Regen, Kälte und Hitze mit dem Rad, im Winter Dunkelheit. Angst vor Hunden. Zusätzlich: nicht mehr schnell mal abends in die Pizzeria fahren oder zum Spanier. Das war das, was ihm auf Anhieb einfiel. Schaffte er das?

Die Frage war berechtigt. Rein oberflächlich betrachtet sah es so aus, als habe Eggenthal sich mit den Jahren nur wenig verändert, etwas, was alle für erstrebenswert hielten, obwohl er selbst nie viel dafür getan hatte. Ein paar Falten auf der Stirn und um die Augen, das Haar dünner, aber noch nicht hoffnungslos verloren, die Gewichtszunahme, seit er zwanzig und dürr war, im deutlich einstelligen Bereich. Oberflächlichkeiten, die es einem erlaubten, den Alterungsprozess zu verleugnen oder mit so schwachsinnigen Sprüchen wie »Man ist so alt, wie man sich fühlt« zu kommentieren.

Eggenthal fühlte sich genauso alt, wie er war, und es war nicht zu leugnen, dass sich mit den Jahren Veränderungen eingeschlichen hatten. Wenn er morgens zu schnell aus dem Bett aufstand, konnte es vorkommen, dass ihn ein Ziehen im Rücken auf den ersten paar Metern zu einer krummen Haltung zwang, und wenn er beim Treppensteigen drei Stufen auf einmal nahm, wurde das gelegentlich von einem leichten Stechen im linken Knie begleitet. Als er neulich im Garten eine Rolle vorwärts vorführen wollte, hatte er das Gefühl durchzubrechen. Er hatte wohl ein wenig an Elastizität eingebüßt. Doch im direkten Vergleich mit einigen Bekannten, bei denen die Frauen sich die Brüste und die Männer die Hüfte machen ließen, konnte man noch nicht von Gebrechen reden. Es war noch einiges möglich, vorausgesetzt, man begann es irgendwann einmal.

Er dachte daran, wie er wohl im Vergleich mit seinen Klassenkameraden abschnitte. Annette hatte auf dem Bild in der Zeitung noch ziemlich jung ausgesehen. Er rief Theo Lammbeck an, mit dem er ebenfalls zur Schule gegangen war, und zwar von der ersten bis zur dreizehnten Klasse. Es war Urzeiten her, aber sie hatten einiges zusammen erlebt und sich nicht aus den Augen verloren, obwohl Lammbeck vor Jahren vierhundertfünfzig Kilometer südlich, in der Nähe von München, sesshaft geworden war. Sie trafen sich manchmal und telefonierten oft. Lammbeck würde ihn unterstützen, er hatte eine Antenne für solche Themen. Er hatte schon zu einer Zeit Solarzellen bei sich montiert, als alle anderen die Dinger noch für überdimensionierte Dachfenster hielten. Er machte so etwas nicht unbedingt, um Umweltbewusstsein zu demonstrieren, es waren mehr die technische Herausforderung und die Möglichkeit, mittelfristig Geld zu sparen, die ihn reizten. Weil er die Sachen pragmatisch anging und alles selbst machte, rechnete es sich meistens tatsächlich. Eggenthal, der bei der Installation der Anlage als Handlanger geholfen hatte, war fast schlecht geworden, als er Lammbeck damals auf dem Dach herumturnen sah, gesichert nur mit einem alten Hanfstrick, den er um den Bauch geknotet und oben um den Schornstein geschlungen hatte.

Seltsamerweise lief das Gespräch mit Lammbeck ähnlich ab wie das mit seiner Frau fünf Minuten zuvor, nur mit dem Unterschied, dass Lammbeck sich schlapp lachte über ihn. Da müsse man aber ganz schön die Zähne zusammenbeißen, meinte er und wollte außerdem wissen, warum es gleich eine so radikale Lösung sein müsse.

»Es geht um die Jahreszeiten«, sagte Eggenthal.

»Bist du dir sicher?«, fragte Lammbeck, und Eggenthal bejahte. »Wenn du meinst«, sagte Lammbeck. Schließlich fragte er ihn, ob er jetzt ein Jahr lang in seinem Kaff versauern wolle.

Das war nicht gerade die Form von Unterstützung, die Eggenthal sich erhofft hatte. Er hätte es wissen müssen. Lammbeck hatte nicht nur als Erster die Solarzellen gehabt – er war auch der absolute Motorrad- und Autofreak. Zum Schluss meinte er noch, sein Vorhaben würde Eggenthal mobilitätsmäßig auf den Stand von 1974 zurückwerfen.

Damit hatte er wohl recht. Damals, als Fünfzehnjährige, jagten Eggenthal und Lammbeck mit 1,3 PS starken NSU Quicklys und ohne Führerschein über die Feldwege. Solche Geräte standen in dieser Zeit in Kellern oder Scheunen von Verwandten oder Bekannten herum, oft seit Jahren nicht mehr genutzt, und es kostete nur ein wenig Quengelei und fünfzig

D-Mark, sich so ein Teil zu organisieren. Sie waren für den Anfang nicht schlecht, aber der Maßstab waren die »richtigen« Mopeds, genauer gesagt die Kreidler mit fünf Gängen und 6,25 PS, die so ziemlich das Schärfste war, womit man als Jugendlicher unterwegs sein konnte.

Eggenthal träumte von der Kreidler, Lammbeck hatte sie ein Jahr später. Selbst zusammengespart. Er hatte schon vor zwei Jahren auf dem Hof seines Onkels angeheuert, eines Großlandwirts, und war innerhalb eines Jahres zum Mähdrescherfahrer aufgestiegen, alles neben der Schulzeit, versteht sich. Eggenthal fielen fast die Augen raus, als Lammbeck zum ersten Mal mit der Karre bei ihm zu Hause aufkreuzte. Drehzahlmesser, verchromter Tank, der Rest orange lackiert. Das Ding ging hundert Sachen.

Die Quicklys liefen siebenunddreißig. Sie waren gebaut worden, als Eggenthal noch gar nicht geboren war, der Hersteller hatte mit ihnen damals offiziell den »Kampf um den letzten Fußgänger« eröffnet. Lange her.

Kapitel 2

Die Welt war also gegen Eggenthal und seinen Plan. Seine Mitmenschen trauten es ihm nicht zu, weil sie ihn kannten, und das gab ihm zu denken. Er hatte ein wenig Anerkennung erwartet, das Vorhaben allein schien schon nicht einfach, und jetzt wurden bereits vor dem Startschuss die Hürden aufgebaut.

Bisher hatten er und Silke immer alles miteinander besprochen. Als die Kinder noch kleiner waren, gab es die üblichen Probleme in Kindergarten oder Schule oder die Betreuungsfrage, als beide wieder arbeiteten. Immer hatten sie sich abends hingesetzt, sich Zeit genommen und Lösungen gesucht und gefunden. Jetzt war Jana nicht mehr da, studierte in Hamburg und meldete sich für sein Empfinden viel zu selten, und zu Luca, der es inzwischen vermied, sich öffentlich mit ihnen zu zeigen, fehlte ihm seit Monaten der Zugang.

Auch später waren er und Silke sich meistens einig gewesen, wenn es um Veränderungen am Haus oder um irgendwelche Anschaffungen ging. Wobei er sich jetzt gelegentlich fragte, ob es wirklich gemeinsame Beschlüsse gewesen waren oder ob er nicht meist irgendwann eingelenkt hatte, weil ihm die Sache doch nicht so wichtig erschien, dass man darüber streiten sollte. Die weiße Polstergarnitur aus Leder kam ihm in den Sinn, die sie vor drei oder vier Jahren angeschafft hatten und an deren Anblick er sich bis heute nicht gewöhnt hatte. Oder, genauso schlimm, die Sprossenfenster, die es bei der letzten Renovierung sein sollten. Vorher hatten sie nämlich einen ganz guten

Ausblick gehabt, vor allem aus dem großen Wohnzimmerfenster. Dank dieser Sprossen gab es nun ohne Not Barrieren, eine Art Raster, wo gar keins hingehörte, der Blick war also nicht mehr frei, Eggenthal war da sensibel, und das Idiotischste war, dass diese Dinger keine andere Funktion hatten, als das Fenster teurer zu machen. Na ja, jedenfalls hatten sie jetzt überall diese Sprossenfenster. Je länger er darüber nachdachte, desto mehr Dinge fielen ihm ein, die mehr oder weniger ungeplant in seinen Besitz gekommen waren.

Was seine Aktion betraf, da war die Situation anders. Diesen Plan hatte er selbst entworfen, und er hatte die Fäden in der Hand und hielt es für notwendig zu agieren, wenn es die Lage erforderte, auch ohne ihr Einverständnis. Silke hatte offensichtlich vor, die Sache auszusitzen, oder besser, auszuschweigen, sie erwähnte das Thema nicht mehr und redete auch sonst kein Wort mit ihm. Das Glas Wein, das sie gelegentlich gemeinsam tranken und von dem sich Eggenthal einen entspannteren Gesprächsverlauf erhofft hatte, lehnte sie ab. Aber da ihm ein Gefühl sagte, dass es Zeit war, die Dinge voranzutreiben, machte er gegen 22 Uhr einen neuen Vorstoß.

»Ich behaupte ja nicht, dass es einfach ist«, sagte er.

Silke schwieg.

»Und es läuft vielleicht nicht ganz ohne Kompromisse ab, darüber bin ich mir auch im Klaren.«

Silke rückte nach vorn auf die Sesselkante und richtete sich auf.

»Aber es gibt durchaus Vorteile, wenn man mal genauer drüber nachdenkt.«

»Kannst du mal erklären, wovon du überhaupt redest?«, fragte sie.

»Überleg mal«, sagte Eggenthal. »Wir würden die kompletten Kosten für den Zweitwagen sparen, über dreihundert Euro pro Monat.«

»Gehen wir deshalb beide arbeiten, damit wir solche Berechnungen anstellen müssen? Außerdem musst du von deinen angeblichen dreihundert Euro Ersparnis die Kosten für Zug- und Busfahrten abziehen, dann sieht die Sache schon anders aus. Von dem höheren Zeitaufwand ganz zu schweigen.« Jetzt kam die Bänkerin in ihr zum Vorschein. Immerhin hatte sie sich schon mit dem Fall befasst. Und sie war noch nicht fertig. »Die ganzen Fahrten, die für unseren Alltag nötig sind. Wer fährt Luca zu seinen Kumpels oder zur Schulfete? Zum Arzt? Was ist mit Einkaufen? Bleibt alles an mir hängen. Was ist mit Kino, Theater, Essengehen? Lässt du dich da hinbeamen oder was?« Sie hatte sich sogar schon ziemlich detailliert mit dem Fall befasst.

»Was die zusätzlichen Fahrten für dich betrifft, da würde ich im Gegenzug natürlich andere Aufgaben übernehmen. Und Arztfahrten wären die Ausnahme, die würde ich schon machen. Wenn es ein echter Notfall wäre. Und zu den anderen Terminen komme ich schon irgendwie hin, das ist ja dann mein Problem.«

»Du wärst also im Notfall bereit, in ein Auto zu steigen, um unser Leben zu retten. Wie schön. Das ist an Großzügigkeit kaum zu übertreffen. Das, was du da vorhast, ist nicht nur dein Problem, das wird unser aller Problem. Wie kann man plötzlich auf eine solche Idee kommen? Ich hab bis heute eigentlich gedacht, ich kenn mich ein bisschen aus bei dir.«

»War gar keine plötzliche Idee«, sagte Eggenthal. »Es hat sich über Monate entwickelt, aus einem Unbehagen über die ganze Klimasituation und so. Mir ist aufgefallen, dass es keine richtigen Jahreszeiten mehr gibt. Ich hab nach einer Lösung gesucht.«

»Das soll also deine Lösung sein. Für die Klimasituation. Was du vorhast, das ist ungefähr so wirkungsvoll, als wenn nachts in Amerika in der Prärie jemand ein Streichholz anzündet und meint, das hätte positive Auswirkungen auf die Helligkeit in Europa.«

»Der Vergleich hinkt«, sagte Eggenthal. »Wenn es in Amerika dunkel ist, ist es ja hier sowieso meistens hell, wegen der Zeitverschiebung.« Die Bemerkung war nicht hilfreich.

»Wie willst du das eigentlich alles jemand anderem erklären, wenn nicht mal ich es begreife?«, fragte sie.

»Ich dachte, es erklärt sich vielleicht von selbst. Müsste doch jedem einleuchten.«

»Manchmal staune ich über deine Naivität. Du willst ein Jahr lang in kein Auto einsteigen. Noch nicht mal als Beifahrer. Das heißt, du hast vor, dich aus der normalen Welt zu verabschieden, und das soll den Leuten einleuchten. Und wann bitte soll das losgehen?«

»Du kannst dich beruhigen. Nicht sofort.«

»Und das heißt?«

»In ein paar Tagen vielleicht. Wenn ich den Ka los bin.«

»Dann hast du ja noch Zeit, um zur Vernunft zu kommen. Ich geh jetzt ins Bett, hab morgen einen anstrengenden Tag. Kümmer dich doch lieber mal darum, dass Luca nicht wieder bis um zwölf vorm Computer hängt …«

Eggenthal dachte nach. Sie wusste jetzt immerhin, was er vorhatte. Aber sie glaubte noch nicht, dass er Ernst machen würde. Er glaubte es auch noch nicht ganz, deshalb musste er dranbleiben. Sich nicht noch ein weiteres halbes Jahr im Kreis drehen und grübeln. Er hatte keine Verbündeten, nicht einmal Lammbeck. Doch er konnte ihnen etwas beweisen. Und es gab keinen ernstzunehmenden Grund, warum es nicht klappen sollte.

Eine Änderung. Es war nur eine einzige Änderung in seinem normalen Leben, nichts, was ihn aus der Bahn werfen konnte. Der Rest würde so bleiben. Die tägliche Arbeit, sein Job als Bibliothekar, wurde nicht beeinträchtigt. Luca würde von seinem neuen Verhalten ohnehin kaum etwas mitbekommen.

Morgen war Dienstag. Er musste irgendwann zum Gebrauchtwagenhändler, das Rad musste funktionstüchtig gemacht werden, er musste zum Bahnhof, es galt also einiges zu regeln. Dinge zu regeln war nicht gerade seine Stärke.

Bevor er zu Bett ging, klopfte er noch mal an Lucas Tür. Sie war abgeschlossen wie meistens. Luca öffnete und schaute ihn nur stumm an, stumm und auf Augenhöhe. »Mach nicht wieder bis zwölf«, sagte Eggenthal, sein Sohn zuckte mit den Schultern zum Zeichen, dass er ihn wahrgenommen hatte, und schloss wieder ab.

An den Folgetagen verliefen die Gespräche zwischen ihm und Silke knapp und funktionsorientiert, sein brisantes Vorhaben wurde ignoriert. Eggenthal ging am Dienstag in den Keller und begutachtete sein Fahrrad. Es war ein gutes Rad, er hatte es vor etwa fünf Jahren nach ausgiebigem Studium der Fachzeitschriften und gründlicher Beratung mit seinem Fachhändler gekauft, inklusive Ausrüstung wie Packtaschen und Regenkleidung. Damals hatte er angekündigt, größere Fahrten zu unternehmen, vielleicht mit Luca samt Zelt und Gepäck auf Erkundungstour zu gehen. Und er hatte sich vorgenommen, den Wagen öfter stehen zu lassen, dafür kleinere und mittlere Strecken mit dem Rad zurückzulegen und sich ein wenig von den alltäglichen Gewohnheiten zu befreien.

Die Realität sah anders aus. Er hatte das Rad zuletzt vor etwa sieben oder acht Wochen benutzt, es musste aufgepumpt werden, und um die Schaltung musste sich jemand kümmern. Sie war nicht etwa vom vielen Fahren verstellt, sondern vom vielen Nichtfahren, auch so etwas gab es. Er hatte es in einer Radfahrzeitung gelesen, er las seit vielen Jahren solche Hefte und kannte sich, theoretisch gesehen, aus. Ja, er war sogar eine Art anerkannter Fachmann, aber das wusste aus guten Gründen niemand aus seiner Umgebung.

Es gab nämlich etwas in Eggenthals Leben, das ihn unterschied von den anderen, eine Kleinigkeit nur, und es war eine Mischung aus Beharrlichkeit und Zufall, die dazu geführt hatte. Als er damals sein Rad gekauft hatte, störte ihn schon bald der umständliche Gangwechsel bei seiner hochgelobten Kettenschaltung mit den angeblich vierundzwanzig Gängen. Auf jeder Lenkerseite saß eine Schalteinheit, die auch noch über jeweils zwei Hebel zum Hoch- und Runterschalten verfügte. Zwar kamen Millionen von Radfahrern mit dieser Schaltung zurecht, doch da Eggenthal entgegen seinen Vorsätzen nicht besonders häufig unterwegs war, musste er sich das Schaltschema jedes Mal neu einprägen und landete immer wieder in den falschen Gängen. Als er dann auch noch, nach einem Platten, unter Flüchen und Verwünschungen eine halbe Stunde mit dem Radausbau zubrachte und danach so ölverschmiert war wie ein Landmaschinenmechaniker nach einem anstrengenden Arbeitstag, reichte es ihm.

Er verfasste einen Leserbrief an eines der großen Radmagazine, in dem er nach den Fortschritten aus hundert Jahren Fahrradbau fragte, und wies darauf hin, dass ein Motorrad, obwohl es fünftausend bewegte Teile mehr hatte und in der Minute fünftausend Umdrehungen mehr machte, seltener gewartet und gepflegt werden musste als ein Fahrrad. Er fragte nach Innovationen wie der Einarmschwinge für einfacheren Radausbau und beschwerte sich, dass den echten technischen Alternativen im Fahrradbau wie beispielsweise der genialen Vierzehngang-Nabenschaltung, die in einer nordhessischen Kleinstadt produziert wurde, von der Fachpresse weniger Raum eingeräumt wurde als den supertollen neuen Griffgummis irgendeines amerikanischen Kultherstellers.

Der Leserbrief wurde über eine Seite lang, und natürlich wurde er nicht veröffentlicht. Eggenthal gab nicht auf und schickte ihn an das nächste Magazin, mit dem gleichen Ergebnis, danach an zwei Mountainbike-Zeitschriften, die ihn ebenfalls ignorierten. Erfolg hatte er schließlich beim *Radkurier, dem alternativen Fahrradmagazin*, das vierteljährlich in einer Auflage von etwa zwanzigtausend Exemplaren erschien und in einigen Fachgeschäften und Bahnhofsbuchhandlungen auslag. Das Magazin war nicht so auf Hochglanz poliert wie die meisten anderen, es gab mehr Text als Bilder. Der Redakteur vom *Radkurier* fragte sogar an, ob er den Leserbrief wegen der subtilen Seitenhiebe, die darin enthalten waren, als Glosse bringen dürfe und ob Eggenthal noch mehr solcher Texte beisteuern könne.

Eggenthal sagte zu, wollte aber aus einleuchtenden Gründen anonym bleiben, und so erschuf er als Hauptfigur für seine Storys den Bürger Bert Kamotzki, der sich Rad fahrend durchs Leben schlug und die verschiedensten Abenteuer erlebte.

Seitdem hatte er unter diesem Namen eine vierteljährliche Kolumne im *Radkurier*, von der niemand aus seinem Bekanntenkreis wusste und deren Inhalte überwiegend auf theoretischen Erfahrungen beruhten.

Eggenthal freute sich jedes Mal, wenn er das neue Heft in der Hand hielt und seine Seite aufschlug, es war ein Erfolg, und manchmal bedauerte er es ein wenig, dass er ihn mit niemandem teilen konnte.

Das bescheidene Honorar, das er für seine Texte bekam, ließ er auf ein Konto überweisen, das er extra für diesen Zweck eröffnet hatte, natürlich heimlich.

Kapitel 3

Das Rad war also mehr oder weniger einsatzbereit für seinen Plan, doch sonst passierte zunächst nicht viel. Es schien Silke zu beruhigen, dass er weiterhin mit dem Ka zur Arbeit fuhr, die Getränke und andere Einkäufe besorgte und auch alle anderen Fahrten wie gewohnt unternahm. Sie wurde wieder aufgeschlossener und nahm die bilateralen Gespräche von Neuem auf; sie unterhielten sich abends gelegentlich über Neuigkeiten aus dem Dorf, lebten ein bisschen auf bei dem, was geargwöhnt und gemutmaßt wurde oder gar als bewiesen galt. Harmonie, die gefährlich war und seine Vorsätze aufweichte. Als er gegen halb zehn mit dem zweiten Glas Wein in der einen und der halbvollen Flasche in der anderen Hand nach oben in sein Arbeitszimmer ging, um noch einmal seine Mails zu checken, wurde ihm klar, dass er jetzt endlich mal den Zeitpunkt festlegen musste, an dem seine Aktion beginnen sollte. Doch da er einen anstrengenden Tag hinter sich hatte, beschloss er, die Entscheidung am nächsten Tag zu treffen, und nippte an seinem Weinglas, zu müde für weitere Gedanken.

Dann klingelte das Telefon.

»Hallo Arno«, sagte eine Frau, und Eggenthal erkannte sie sofort an ihrer hellen, ruhigen Stimme. Seine Müdigkeit verflog augenblicklich.

»Annette, du rufst mich an. Um diese Zeit«, sagte er.

»Soll ich noch mal morgen um sieben anrufen?« Es klang belustigt.

»Nein, um Himmels willen, bleib dran. Und sag, was du willst.« Annette Felber, dachte er, das gibt's nicht, nach Jahren, endlich mal wieder. Und wie immer überraschend.

»Ich hatte heute einen ganz seltsamen Anruf«, sagte sie. »Von Theo Lammbecks Sekretärin. Die wollte wissen, ob wir nächstes Jahr Klassentreffen haben und wann das sein wird. Also ist der jetzt völlig durchgeknallt, oder warum ruft der mich nicht selbst an?«

Eggenthal grinste. »Das ist typisch. Theo ist ein vielbeschäftigter Mann. Wahrscheinlich macht er gerade seine Terminplanung fürs nächste Jahr, da delegiert er solche Kleinigkeiten ganz gern. Nimm's als Kompliment, dass er überhaupt an uns gedacht hat. Und deshalb meldest du dich jetzt bei mir?«

»Ich dachte, ist mal ein schöner Vorwand, um dich anzurufen.«

»Gute Idee. Also erzähl, wie geht's? Immer noch in Frankfurt, immer noch mit Fred zusammen?«

Sie lachte. »Ja, immer noch in der Nähe von Frankfurt, immer noch in der Jugendhilfe tätig, und nebenbei mach ich ein bisschen Umweltpolitik, zuletzt ziemlich erfolgreich. Das mit Fred ist leider zu Ende gegangen, war so ein schleichender Prozess, du kannst dir ja vorstellen, wie das ist, man versinkt in Gewohnheiten und unterhält sich kaum noch, und irgendwann hat es keinen Zweck mehr.«

»Tut mir leid für euch«, sagte Eggenthal.

»Ach was, wir sind ja nicht im Streit auseinander, und wir hatten uns ja auch nie ewige Treue geschworen oder so was. Aber erzähl mal was von dir. Wahrscheinlich alles beim Alten, oder? Die Bibliothek, deine Frau, die Kinder, der ganz normale Wahnsinn?«

Eggenthal seufzte unmerklich. »Das mit den Kindern erledigt sich langsam. Jana studiert seit einem Jahr in Hamburg, und an Luca komm ich im Moment nicht so richtig ran. Liegt wahrscheinlich am Alter …«

»An seinem oder an deinem? War 'n Scherz«, sagte sie, als er lachte. »Und was machst du sonst so?«

Gute Frage, dachte er, jetzt bräuchte ich mal eine gute Antwort. Und plötzlich fiel ihm eine ein. »Ich bastle gerade an so einem kleinen Projekt rum. Steht kurz vor dem Startschuss.«

»Hört sich spannend an. Erzähl doch mal.«

»Ich werd demnächst mein Auto verkaufen, und dann will ich mich ein Jahr lang so durch die Welt bewegen, mit dem Rad, zu Fuß, mit der Bahn. Ohne in ein Auto einzusteigen. Das ist alles.«

»Arno!« Sie klang erstaunt. »Wie bist du denn auf die Idee gekommen?«

»Wegen der Jahreszeiten«, sagte er seinen Standardsatz. »Ich hab das Gefühl, dass es sie bald nicht mehr gibt.«

»Ja, das Gefühl kenn ich. Ist 'ne ziemlich gute Idee von dir. Ich glaube, anders kann man das Klimaproblem auch gar nicht mehr in den Griff kriegen. Ich fahr auch mit der Bahn zur Arbeit, schon lange, bei uns ist das ja kein Problem, aber zum Einkaufen nehme ich doch das Auto. Ganz darauf zu verzichten ist eine echte Herausforderung. Ich find es toll, dass das mal jemand anpackt.«

»Danke«, sagte Eggenthal. Sie hatte es gleich kapiert, als Einzige bisher. Sie unterhielten sich noch eine Weile über sein Vorhaben, und ihre Zustimmung tat ihm gut, und irgendwann nach einer Dreiviertelstunde – Eggenthal hatte mittlerweile die Weinflasche fast geleert – sagte sie: »Ich muss noch was für die Arbeit fertigmachen, Arno, leider. Es war echt nett, mit dir zu reden.«

»Ja, fand ich auch«, sagte Eggenthal. »War schön. Was war eigentlich noch mal der Grund deines Anrufs?«

»Weiß ich gar nicht mehr. Ich glaube, es ging um ein Klassentreffen im nächsten Jahr.«

»Ach so, ja. Und findet das nun statt?«

»Weiß nicht. Oder doch. Klar findet das statt. Zu zweit sind wir ja schon mal. Reicht doch.«

»Ja, reicht. Also spätestens bis dann.«

»Ja, spätestens. Und ich will alles über deine Aktion wissen. Wann soll's eigentlich losgehen?«

»Am Montag«, sagte er. Es kam ihm ganz leicht über die Lippen.

»Stark! Viel Glück dafür und alles Gute. Ich meld mich.«

Sie tauschten noch ihre aktuellen Handynummern und E-Mail-Adressen aus, dann verabschiedeten sie sich. Danach saß er fünf Minuten lang zurückgelehnt auf seinem Schreibtischstuhl, die Füße auf den Sitzhocker gelegt, blickte versonnen zum Fenster hinaus und trank den letzten Schluck Wein.

Er wusste nun endlich, wann seine Aktion beginnen würde. Am Montag. Das waren immerhin noch vier Tage. Er zählte es an den Fingern ab und wurde ganz ruhig. Jetzt musste er seine Entscheidung nur noch den anderen mitteilen.

Fünfzehn Minuten später ging er leise ins Schlafzimmer und legte sich hin. Er hatte sich vorgenommen, Silke noch einmal anzusprechen, falls sie nicht schlief, suchte sogar nach passenden Worten, als er spürte, wie sie sich langsam zu ihm hindrehte, er fühlte ihre Hand, die unter seiner Bettdecke tastete und sich sehr zielstrebig an seinem Bein nach oben schob, und er fühlte ihren Körper und schließlich ihre Lippen ganz nah an seinem Gesicht. Das kam nach den Spannungen der letzten

Wochen etwas überraschend, aber es war eine Entwicklung, die man auf keinen Fall durch irgendwelche Erklärungen unterbrechen sollte, und so schloss er die Augen, atmete tief durch und ließ den Dingen ihren Lauf.

Am nächsten Tag realisierte er, dass er sich in eine Situation manövriert hatte, die Konsequenzen erforderte. Nachdem er nach Hause gekommen war – bequem, schnell und reibungslos mit dem Ka –, setzte er sich zum ersten Mal aufs Rad. Er verließ das Haus durch den Kellereingang und schob das Gefährt über den rotgepflasterten Hof, der zur Straße führte. Die Häuser in der Siedlung waren terrassenförmig angelegt, vier Straßen übereinander mit einer seitlichen Verbindungsstraße, die oben ins Feld und unten ins Dorf führte. Eggenthals wohnten in der obersten Straße in einem geräumigen Haus, rechts und links von ihnen standen je fünf weitere Häuser.

Silke, die noch arglos war, sah ihn losfahren. Die ersten Meter rollte er nun die sanft abfallende Verbindungsstraße ins Dorf hinab, vorbei an ein paar Höfen und älteren Häusern, darunter auch das, in dem er aufgewachsen war und in dem jetzt seine Schwester wohnte, dann ging es quer über die Hauptstraße auf einen kleineren Weg, der zum Ortsrand führte. Von dort weiter auf einem birkengesäumten Pfad, der aus festgestampfter Erde und gelegentlichen Abschnitten von Kopfsteinpflaster bestand, über einen geteerten Wirtschaftsweg zwischen Feldern hindurch bis nach Waldbeck. In Waldbeck gab es alles, was es in Eggenthals Dorf nicht gab: zwei Einkaufsmärkte, eine Tankstelle, zwei Autohändler, eine Eisdiele, zwei Sportplätze. Und den Bahnhof, an dem er seit Jahren nicht mehr gewesen war.

Den hatte Eggenthal jetzt erreicht, nach einer Viertelstunde, so wie er es berechnet hatte. Seine leise Hoffnung, einen mit

Menschen besetzten Fahrkartenschalter vorzufinden, zerschlug sich. Dafür stand direkt am Gleis eine etwa zwei Meter hohe Säule, an der die Fahrkarten gezogen werden konnten. Eggenthal trat auf den Automaten zu und begann mit einem leichten Druck auf den Bildschirm die Kommunikation aufzunehmen. Eine Wochenkarte schien der richtige Kompromiss für den Beginn seines Vorhabens zu sein. Noch nicht auf ewig bindend, aber schon verpflichtend. Ein älterer Mann, der seine Bemühungen einige Minuten lang verfolgt hatte, half ihm schließlich bei der Eingabe. Eggenthals Herz klopfte ein wenig, als er für sechsunddreißig Euro seine Fahrkarte erhielt. Er hatte etwas Verbindliches getan.

Einen Tag später, am Samstagmorgen, klopfte sein Herz stärker. Er war nach dem Frühstück mit Silke vom Tisch aufgestanden, hatte den Ka-Schlüssel demonstrativ zwischen Daumen und Zeigefinger in die Luft gehalten, so dass sie es nicht übersehen konnte, und dann wie selbstverständlich gesagt: »Ich fahr jetzt mal los, den Ka verkaufen.« Er hatte eine Reaktion erwartet, vielleicht noch ein klärendes Gespräch, doch sie reagierte gar nicht, räumte ihr Geschirr ab, hantierte mit den Kaffeetassen und ignorierte seine Bemerkung komplett.

So war er nicht in allerbester Verfassung unterwegs. Bis zum Gebrauchtwagenhändler waren es zehn Kilometer, und er bewegte sich mit etwa neunzig Sachen auf der Landstraße, als ein silberner Mercedes an ihm vorbeizog und sich vor ihn setzte. Kurze Zeit später kündigte ein Verkehrsschild eine Geschwindigkeitsbeschränkung auf siebzig Stundenkilometer an, der Fahrer vor ihm bremste ab und zuckelte im erlaubten Tempo weiter.

Idiot, dachte Eggenthal, typisch E-Klasse-Fahrer, erst überholen und dann den Oberlehrer rauskehren; und weil vorn gerade keiner kam, zog er nach links und begann zu überholen. Der Oberlehrer wurde jetzt ebenfalls schneller, Eggenthal haute den dritten Gang rein, um aus dem Ka so etwas wie Beschleunigung herauszuholen, quetschte ihn voll aus und drückte sich an seinem Gegner vorbei, der jetzt aufzugeben schien.

Dass er vermutlich nur die Radarfalle entdeckt hatte, fiel Eggenthal erst auf, als es blitzte, und da war es zu spät.

Mürrisch bog er fünf Minuten später in die Nebenstraße ein, die zu dem ehemaligen Industriegelände führte, auf dem sich der Gebrauchtwagenhändler angesiedelt hatte. Zweimal umkreiste er das Gelände großräumig, er wusste, dass jetzt das Unumstößliche, Endgültige geschehen würde. Dann fuhr er auf den Parkplatz und checkte kurz die Lage, er hielt es für wichtig, jetzt und hier keine Bekannten zu treffen. Kurz darauf trat er dem Händler entgegen, chancenlos gegen dessen geballte Ladung Geschäftssinn und Schlitzohrigkeit, und nach einer weiteren Viertelstunde war er den Ka los und um einhundertzwanzig Euro reicher.

Der Händler hatte ihm großzügig angeboten, ihn nach Hause zu fahren, und Eggenthal war auf der Fahrt sehr schweigsam. Ihm wurde plötzlich klar, das dies hier wohl für lange Zeit die letzte Fahrt in einem Auto sein würde. Dass es nun kein Zurück mehr gab, dass er ab jetzt ohne Sicherheitsnetz agierte und vor einer großen Ungewissheit, möglicherweise dem Chaos stand.

Der Verkauf des Ka war der entscheidende Schritt gewesen, und jetzt, wo es losgehen sollte, fand er seine Situation zum ersten Mal etwas bedrohlich.

Beim Aussteigen sah er Silke am Küchenfenster stehen und legte sich auf dem Weg zu ihr ein paar Worte zurecht. Es war wichtig, sich nichts anmerken zu lassen. »Ich hab gerade Gewinn gemacht«, sagte er. »Hab hundertzwanzig Euro für den

Ka eingesteckt. Statt noch mal richtig in die Karre zu investieren, hab ich sogar noch was dafür rausgekriegt.«

»Heißt das, dass du jetzt tatsächlich diese irrsinnige Aktion begonnnen hast?«

»Sieht so aus. Und die hundertzwanzig Euro spende ich in die Kasse für Lucas nächste Klassenfahrt.«

»Gut«, sagte sie. »Und wenn's losgeht mit der Klassenfahrt, dann kannst du ihn auch gleich zum Bus bringen. Mit dem Fahrrad. Auf dem Gepäckträger.«

Kapitel 4

Arno und Silke Eggenthal hatten den Sonntagabend immer als beschaulichen Ausklang des Wochenendes gesehen, sich bei einem Glas Wein am späten Abend einen Film angesehen oder, wenn das Thema sie interessierte, den Polit-Talk auf dem Ersten, es war so etwas wie ein Hinauszögern des Wochenendes, ein letztes Durchatmen und Innehalten, bevor die neue Woche begann.

Am Sonntag, dem 23. September, gab es Gründe für Eggenthal, auf diese liebgewordene Gewohnheit zu verzichten. Erstens fand sich niemand, der Lust hatte, mit ihm ein Glas Wein zu trinken. Und zweitens musste er am nächsten Morgen früh aufstehen, so früh wie wohl seit fünfundzwanzig Jahren nicht mehr, und es würde, ebenfalls zum ersten Mal seit fünfundzwanzig Jahren, keinen Wagen geben, in den er steigen und mit dem er zur Arbeit fahren konnte.

Er ging um kurz nach zehn zu Bett und lag lange wach, auch noch, als sich Silke fast zwei Stunden später hinlegte, schlief danach unruhig und horchte auf, wenn der Wind, der in den letzten Tagen stärker geworden war, an den Rollläden rüttelte oder gar der Regen dagegenprasselte.

Um halb sechs, über eine Stunde früher als gewohnt, ertönte das Summen seines Weckers. Eggenthal hatte den Zeitpunkt so gewählt, dass er in Küche und Bad keinem in die Quere kam, er nahm ein einsames Frühstück ein und betrat den Flur, um sich auf den Weg zu machen.

Er sah anders aus als sonst. Zu der üblichen Jeans trug er robuste Trekkingschuhe, außerdem über dem Hemd eine wasser- und winddichte Jacke. Statt der Aktentasche, die neben Frühstück und Führerschein kaum etwas enthielt und ihn immer ziemlich bürokratisch aussehen ließ, hatte er einen Rucksack gewählt, in dem er eine Regenhose zum Drüberziehen für den Notfall verstaut hatte, außerdem ein Paar bequeme Schuhe, die er im Büro stationieren würde. Das mit dem Rucksack gefiel ihm ganz gut.

Silke sah ihn nur einmal kurz an und wünschte ihm mit ironischem Unterton viel Spaß, Luca kam ihm im Schlafanzug über den Flur entgegengeschlappt und rang sich ein ungläubiges »Was hast du denn vor?« ab.

Es war noch dunkel draußen, als Eggenthal sein Rad aus der Garage schob und das Tor aufschloss. Alles war ruhig, als er losfuhr, nur das Surren seines Dynamos war zu hören und das leise Rauschen der Autobahn, die oben hinter den Feldern, von der Siedlung aus nicht sichtbar, in einem halben Kilometer Entfernung vorbeiführte. Das Geräusch war je nach Windrichtung mehr oder weniger präsent, nur unten im Dorf bemerkte man nichts davon, die Siedlung diente als eine Art Lärmschutzwall.

Im Dorf war niemand unterwegs, er rollte die Straße hinab, vorbei an dunklen Häusern und stillen Höfen. Die Luft war feucht und kühl, ein wenig zu kühl fast, als Eggenthal in ruhigem Tempo zwischen den Feldern nach Waldbeck radelte. Am Bahnhof stellte er sein Rad ab – es gab immerhin einen überdachten Abstellplatz – und schloss es mit einem Bügelschloss fest an.

Danach ging er zum Bahnsteig und machte alles genauso wie die erfahrenen Bahnfahrer rings um ihn – er war schließlich fremd hier und fühlte sich auch so. Dann, da ihm nichts anderes übrigblieb, stand er noch ein wenig herum und wartete.

Ein Blick auf die Uhr zeigte ihm, dass er seit zwanzig Minuten unterwegs war, und führte zu der ernüchternden Erkenntnis, dass er mit dem Ka in diesem Moment bereits die Stadt erreicht hätte. Doch den Ka gab es nicht mehr. Stattdessen stieg er nun, um genau 6:30 Uhr, in den Zug.

Es gab ein kurzes Gedränge und Geschiebe, die anderen orientierten sich etwas schneller, doch auch er fand schließlich einen Sitzplatz. Er lehnte sich zurück und schaute ab und zu hinaus, als sich der Zug mit einem monotonen Geräusch, begleitet vom Tackern der Räder, in Bewegung gesetzt hatte. Schräg gegenüber saß ein jüngerer Typ, der seine Beine ausgestreckt und die Füße auf dem freien Platz neben Eggenthal geparkt hatte. Eine gewisse Willkür schien also auch hier zu herrschen. Eggenthal fragte sich kurz, ob so was erlaubt war. Der Typ hing mit geschlossenen Augen und offenem Mund auf seinem Sitz und gab leise Schnarchgeräusche von sich.

Eggenthal blickte sich um, sah um sich herum routinierte Zugfahrgesichter. Die meisten blickten abwesend, desinteressiert oder leicht gequält. Aus den Ohrstöpseln der mitfahrenden Schüler und Jugendlichen, die auf Handys oder MP3-Playern herumdrückten, kam Musik, ihre Musik, die nicht die von Eggenthal war, sie klang verzerrt und abgehackt und laut, und das Mittel dagegen hieß wohl Ignoranz.

Nach einer guten halben Stunde Fahrt war der Hauptbahnhof erreicht, etwas später als geplant, es hatte einen kurzen Aufenthalt auf der Strecke gegeben, der aber immerhin so lang gewesen war, dass Eggenthal den Bus Nummer 34 verpasste, auf den er eigentlich seine ganze Hoffnung gesetzt hatte. Die Busse fuhren im Viertelstundentakt, und da er keinen Plan B hatte und sich in dem Gewimmel von Straßenbahnen und Bussen spontan keinen Überblick verschaffen konnte, beschloss er, auf die nächste 34 zu warten.

Ihm blieben also einige Minuten, in denen er nicht verhindern konnte, dass seine Gedanken um den immergleichen Punkt kreisten: Es schien, als wäre er nicht wie früher auf der Fahrt, sondern auf einer Reise. Einer Reise zu seinem Arbeitsplatz wohlgemerkt.

Mittlerweile war es hell geworden. Die Busfahrt dauerte fünf Minuten, ebenso wie der folgende Fußweg zu seiner Arbeitsstelle. Eggenthal war Bibliothekar, einer von acht Kollegen in der Bereichsbibliothek Sprach- und Literaturwissenschaften der Uni, Diplom-Bibliothekar genauer gesagt, wobei er auf den Zusatz »Diplom«, der in diesem Fall nur wenig bedeutete, früher mehr Wert als heute gelegt hatte.

Er hatte jetzt den Campus erreicht, steuerte an den Fassaden der Hörsäle entlang auf das rotgeklinkerte vierstöckige Bibliotheksgebäude zu und ging durch die Drehtür ins Innere, vorbei an großen Pinnwänden, übersät mit Zetteln von Mietgesuchen und anderen Mitteilungen der Studenten. In dem Bau waren noch weitere Bibliotheksbereiche wie Architektur, Wirtschaft und Recht und außerdem die Verwaltung untergebracht. Eggenthal erreichte über rotgeflieste Flure und mehrere Treppenaufgänge den dritten Stock und war am Ziel, an einer Glastür mit der Aufschrift »Sprach- und Literaturwissenschaften«, hinter der sich endlose Regalreihen erstreckten mit Überschriften wie »Amerikanistik«, »Anglistik«, »Germanistik« und vielen mehr, für deren Auffüllung und Ordnung Eggenthal und seine Kollegen unter anderem verantwortlich waren. Eggenthal hatte einmal, vor sehr langer Zeit und ohne sich über die wirklichen Gegebenheiten informiert zu haben, gedacht, dass seine Leseleidenschaft und ein solcher

Beruf sich ergänzen müssten, was, wie er später feststellte, eine naive Vorstellung gewesen war.

Angrenzend an die Bücherregale lagen die Büros. Sein Kollege Hendrik Wicke, ein behäbiger Vierzigjähriger, mit dem er sich das Zimmer teilte, sah erstaunt auf, als Eggenthal mit Rucksack und vom Wind zerzausten Haaren hereinkam.

»Wie siehst du denn aus?«, fragte er. Es sollte an diesem Morgen eine häufig gestellte Frage sein, und Eggenthal probierte es hier mit einer Antwort, die sich bewähren sollte: »Will's mal mit dem Zugfahren probieren, bietet sich ja an.« Die meisten gaben sich damit zufrieden, lediglich Thomas Kallmann aus dem Nachbarzimmer hakte nach.

»Hat dein Wagen, falls man das je so nennen konnte, jetzt endlich den Geist aufgegeben?«

»Hat er«, sagte Eggenthal.

»Aber das mit dem Zug ist doch nur eine Notlösung, oder?«

»Wieso Notlösung?«

»Kommt einem halt so ungewohnt vor bei dir. Freiwillig macht das doch auf längere Sicht keiner, ihr habt doch in eurem Kaff gar keine Verkehrsanbindung. Oder willst du das Geld für ein zweites Auto einsparen?«

»Mal sehen«, sagte Eggenthal. »Vielleicht musst du dich dran gewöhnen.« Dass er sich selbst erst daran gewöhnen musste, erwähnte er nicht. Auf jeden Fall brauchte er eine alternative Verbindung, um die Wartezeit zu verkürzen, falls er morgens wieder den Bus am Hauptbahnhof verpasste, das konnte ja nicht so kompliziert sein. Als sie wieder allein im Büro waren, fragte er beiläufig seinen Kollegen Wicke, der in der Stadt wohnte und sich auskannte.

»Kein Problem«, sagte Wicke. »Wenn du die vierunddreißig verpasst, nimmst du die zweiundvierzig Richtung Heinetal, die fährt bis zur Schubert-Straße, und da kannst du dann umsteigen in die Straßenbahn.«

»Umsteigen?«, fragte Eggenthal ungläubig. »Für eineinhalb Kilometer?«

»Oder du nimmst gleich die Straßenbahn, und zwar die vier, die fährt bis Schellingstraße, von dort kannst du durch die Weingärten herlaufen. Ist auch nicht viel weiter, als wenn du die vierunddreißig nimmst« – Eggenthal sackte zusammen – »oder du nimmst die sechsunddreißig, da musst du zwar am Bahnhof fünf Minuten länger warten, aber dafür fährt die bis direkt vor die Tür.«

Eggenthal sah ihn konsterniert an. »Alles klar. Und wie kriegt man so was raus? Das ist doch eine Wissenschaft für sich.«

Wicke zuckte mit den Schultern. »Jahrelange Erfahrung«, sagte er.

Für die Rückreise wählte Eggenthal eine andere Taktik. Da es bis zum Hauptbahnhof nur bergab ging, zog er es vor zu laufen, was kaum länger als fünfzehn Minuten dauerte, und er saß pünktlich im Zug, der ihn zurück nach Waldbeck brachte. Immerhin war er angekommen, ohne sich zu verfahren, um mal etwas Positives zu erwähnen. Und er blieb sogar trocken auf der Heimfahrt mit dem Rad, auf der sich bei ihm die Einsicht verfestigte, dass es bei seiner Unternehmung einen spürbaren Unterschied zwischen Theorie und Praxis gab.

»Wie war deine erste Fahrt?«, fragte Silke, als er das Haus betrat.

»Problemlos«, sagte er. Etwas anderes blieb ihm nicht übrig.

Gegen 19 Uhr rief er bei Lammbeck an, er brauchte jetzt jemanden, mit dem er über seine Aktion reden konnte. Doch Lammbeck hatte ebenfalls Neuigkeiten.

»Grüß dich, Arno«, sagte er. »Ich hätte dich auch noch angerufen heute. Ich wollte nämlich Vollzug melden.«

Eggenthal hatte es geahnt. »Du hast sie also gekauft?«

»Ja. Ich wollte ja eigentlich bis zum Frühjahr warten, aber nach der Probefahrt gab's kein Zurück mehr. Monströs, was passiert, wenn du den Gasgriff auch nur einen Millimeter bewegst. Jede andere Fortbewegung ist dagegen Zeitlupe.«

Es ging um die Suzuki Hayabusa, ein Motorrad mit fast zweihundert PS und dreihundert km/h Spitzengeschwindigkeit, das in der Beschleunigung jeden Ferrari stehenließ. Faszinierend für jeden, der mal Motorrad gefahren war. So wie Eggenthal.

»Ich leih sie dir mal, wenn ich bei euch in der Gegend bin. Musst aber aufpassen, ist ganz schön heftig, wenn man aus der Übung ist.«

Das Angebot ließ Eggenthal nicht kalt. Es juckte ihn, wie man so sagt, in den Fingern.

»Ist gerade ein ziemlich schlechter Moment«, antwortete er. »Kannst du dich noch an das Gespräch erinnern, das wir vor etwa einer Woche hatten?«

Kurze Pause am anderen Ende der Leitung. »Du meinst dein Geschwafel vom Autoverzicht. Du hast die Aktion doch nicht etwa angeleiert?« Er klang konsterniert.

»Hab ich«, sagte Eggenthal. »Heute war der Startschuss.«

»Gratuliere. Das könnte ein ziemlich langer Lauf werden. Und deine Verweigerung schließt auch Motorräder mit ein? Und wahrscheinlich auch Rasenmäher und Heckenscheren und alles, was irgendwie motorbetrieben ist?«

»Ich denke, Motorräder schon«, sagte Eggenthal. »Sonst

wäre es ja unlogisch. Über Rasenmäher hab ich mir noch keine Gedanken gemacht …«

»Verstanden«, sagte Lammbeck. »Verstanden, aber nicht kapiert. Du wirst also nicht erfahren, was dir entgeht. Dann wünsch ich dir viel Spaß für das kommende Jahr. Zugfahren ist ja was sehr Kurzweiliges. Halt mich mal auf dem Laufenden, wie sich deine Ehe im Hinblick auf deine Aktion entwickelt.«

Das Letzte war typisch, Lammbeck hatte keine Ehe und würde auch nie eine haben. Manchmal, in seltenen Momenten, kam Eggenthal das durchaus als Option vor.

»Alles klar, Theo«, sagte er. »Ich meld mich.«

Eggenthal startete den PC und suchte über Google die Wettervorhersage raus. Für den nächsten Tag wurde das gleiche Wetter vorausgesagt wie heute, empfindliche fünf bis acht Grad, dafür nur fünfzehn Prozent Regenwahrscheinlichkeit. Er legte sich in seinem Arbeitszimmer, das ihm als Ankleide diente, wärmere und längere Strümpfe zurecht, denn er hatte am Morgen die Kälte an den Knöcheln gespürt, außerdem einen zusätzlichen Pullover, den er unter der Jacke tragen würde, Stirnband, Halstuch und Handschuhe.

Kapitel 5

Am nächsten Morgen fühlte er sich auf seiner Fahrt zumindest optimal gekleidet. Die Luft war feucht, weißer Nebeldunst, aus dem dunkel die Bäume ragten, schwebte über den Feldern, am Horizont schimmerte es verhalten rot, ein Anblick, den er früher flüchtig wahrgenommen hatte, wenn er mit dem Ka auf der ansteigenden Landstraße das Dorf verlassen und kurz ins Tal geblickt hatte. Jetzt spürte er auch die dazugehörige Kühle.

Einen Kilometer vor Waldbeck wurde er abgelenkt. Ein Mensch mit einem Hund bewegte sich in einiger Entfernung vor ihm, was ihn sofort in Alarmzustand versetzte, doch er konnte in der Dämmerung weder Größe und Rasse ausmachen noch das reale Gefahrenpotential ausloten.

Als er näher kam, erkannte er, dass es Kuno Plötzke mit seinem Dobermann war. Das hier war sozusagen die Hausstrecke der beiden, und es war klar gewesen, dass es früher oder später zu dieser Begegnung kommen würde. Plötzke war bekannt dafür, dass er seinen Hund an einer ellenlangen Schleppleine laufen ließ und es ignorierte, wenn herannahende Fußgänger oder Radfahrer auf sich aufmerksam machten. Er mochte es wohl, wenn die Leute sich nicht vorbeitrauten und stehen blieben. Eggenthal war auf diese Situation vorbereit, und er würde ihm den Gefallen nicht tun. Er klingelte mehrmals, doch wie vorauszusehen, drehte Plötzke sich nicht einmal um und lief weiter am linken Wegrand, während der Hund auf der rechten Seite trottete. Also mittendurch, dachte Eggenthal und trat in die Pedalen. In diesem Moment holte Plötzke aus irgendeinem Grund die Leine ein, die der Hund bisher über die Erde schleifend hinter sich hergezogen hatte.

Prompt blieb die Leine am Lenker von Eggenthals Rad hängen und spannte sich so, dass dem Hund kurz die Luft wegblieb, bevor er zu jaulen begann und dann bei Plötzke unterkroch. Plötzke wiederum brüllte Eggenthal an, ob der keine Augen im Kopf habe.

Eggenthal hatte nur mit Mühe einen Sturz vermieden, sein Puls raste.

»Wer hat denn hier keine Augen im Kopf?«, brüllte er zurück. »Ich hab doch vorher geklingelt, du hättest doch merken müssen, dass ich hier durchwill.«

»Ich hab nichts gehört«, blaffte Plötzke. »Hättest ja anhalten können, hast uns doch gesehen.«

»Ja, das könnte dir so passen! Schön anhalten und am besten noch fünf Euro abdrücken als Dank, dass man durchgelassen wird.«

»Jetzt wird der noch frech!«

»Hat nichts mit frech zu tun. Geh zum Ohrenarzt, wenn du schlecht hörst«, rief Eggenthal, der wieder in die Pedalen getreten hatte, ihm noch zu. »Und nimm deine Töle gleich mit.«

Auf dem Rest der Fahrt versuchte er, seine Pulsfrequenz wieder auf das Niveau eines normalen Radlers abzusenken und seine Atmung in den Griff zu bekommen. Es war das erste Mal gewesen, dass er mit Plötzke ein paar Worte gewechselt hatte. Schien so, als wären sie per du.

Im Zug hatte er Schwierigkeiten bei der Platzsuche. Es waren eigentlich noch genug frei, auf vielen Doppelsitzen saß nur eine Person, doch die meisten hatten neben sich irgendetwas postiert, eine Aktentasche, einen Rucksack oder eine Jacke. Manche setzten sich auch gleich auf den äußeren der beiden Plätze und blockierten den Fensterplatz, so dass man sich nie spontan neben jemandem niederlassen konnte, sondern ihn erst einmal bitten musste, zur Seite zu rutschen oder seinen Kram wegzuräumen. Es war eine Taktik, mit der wohl ein Minimum an Privatsphäre verteidigt werden sollte und die erfolgreich war, jedenfalls soweit es ihn betraf, denn er sprach niemanden an, sondern suchte weiter, bis er endlich einen Platz fand.

Als er saß, fand er, dass es zu warm war.

Er dachte wieder an Lammbeck. Der hatte sich früh, etwa in der elften Schulklasse, von den Zwängen des Zug- oder Busverkehrs befreit und darüber hinaus ganz eigene Vorstellungen von Pünktlichkeit entwickelt. Es kamen damals ein paar Dinge zusammen. Die Klasse hatte gerade Dr. Grün in Religion gekriegt, und Lammbeck war nicht besonders gläubig (er glaubte an gar nichts, wenn man von der Kreidler mal absah, während Eggenthal aus Sicherheitsgründen beschlossen hatte, mit dem Glauben vorerst weiterzumachen, wegen dem ewigen Leben und so) und hielt diesen Unterricht für überflüssig. Zwei Wochen lang hörte er sich alles geduldig an, dann ging es los: Fünfzehn Minuten vor Ende der Schulstunde fing Lammbeck an, seine Klamotten umständlich zusammenzupacken, dann zog er die Jacke an und ging.

Diese Vorgehensweise behielt er bei. Nach vier, fünf Wochen erklärte Grün zu Beginn des Unterrichts mit einem Seitenblick auf Lammbeck, Schulordnung und Höflichkeit würden es gebieten, wenigstens einen Grund anzugeben, wenn man schon früher ginge. Die Stunde gewann an Niveau durch diese Feststellung. Nach dreißig Minuten fing Lammbeck an einzupacken wie immer, stand auf, und als er schon fast draußen war, drehte er sich noch einmal um und sagte: »Ach, fast hätt ich's vergessen: Ich muss los, mein Moped fährt gleich.« Dann winkte er huldvoll und ging. Es hatte Stil.

»Luca muss zum Training«, sagte Silke am Donnerstagabend. »Wir sind mit Fahren dran. Ich hab ihn am Dienstag zur Schule gebracht und gestern zu seinem Kumpel. Und wieder abgeholt. Und heute darf ich ihn vermutlich wieder kutschieren, oder?«

»Du weißt doch, was los ist. Ich hab dir angeboten, andere Aufgaben zu übernehmen. Ich saug in der Zeit oben durch, und ich könnte einkaufen. Und dann mach ich das Abendessen.«

»Gut. Einkaufsliste liegt auf dem Tisch. Und wir brauchen noch zwei Kästen Wasser«, sagte sie, bevor sie verschwand.

Die Einkaufsliste war umfangreich, er merkte, dass es eng werden würde, schon allein wegen der beiden Sechserträger Radler, die auf dem Zettel standen. Außerdem musste er zum Fleischer und in den Supermarkt. Dass sie unter anderem eine Wassermelone und eine Großpackung Waschpulver notiert hatte, hielt er für Schikane.

Als er eine knappe Stunde später mit prallgefüllten Packtaschen und einer auf dem Gepäckträger aufgetürmten Zwölferpackung Toilettenpapier in seine Straße einfuhr, erregte er einige Aufmerksamkeit. Sein Nachbar Robert Basse, der gerade mit dem letzten Heckenschnitt des Jahres beschäftigt war, sah ihn und öffnete bereits den Mund, doch Eggenthal konnte sich mit einem akrobatischen Schlenker in die Hofeinfahrt vor detaillierten Nachfragen retten. Er hatte schon festgestellt, dass ihm seine Nachbarn wie gebannt nachschauten, wenn er mit dem Rad losfuhr oder ankam. Lange hielten sie es nicht mehr aus.

»Hab fast alles gekriegt«, sagte er betont gelassen zu Silke, die von ihrer Fahrt zurück war. »Muss nur noch einmal los wegen des Mineralwassers.«

»Tu das«, sagte sie ebenso gelassen. »Ich muss übrigens seit gestern erste Fragen bezüglich deiner Radfahrerei beantworten. Hab gesagt, du machst es wegen der Jahreszeiten. Alles Weitere kannst du ja selber erklären.«

Als Eggenthal gerade wieder aufbrechen wollte, begann es zu regnen, nicht sehr stark, aber ohne Aussicht auf baldige Besserung. Basse, der nebenan bereits die Heckenschere eingepackt hatte und sich beeilte, seine Gartenhütte zu erreichen, stutzte, als er Eggenthal sah. Ein Mensch, der, angetan mit Helm, Regenjacke und einer weiten, flatternden Regenhose, mit dem Rad losfuhr, war als Muster im Kopf seines Nachbarn offensichtlich nicht hinterlegt und gab ihm Rätsel auf.

Zwanzig Minuten später stand Eggenthal auf dem Parkplatz des Getränkemarkts in Waldbeck im Nieselregen, neben sich sein Fahrrad und zwei volle Kästen Wasser. Den Inhalt eines Kastens verteilte er auf die Packtaschen, er musste ein wenig stopfen und einige Flaschen auf den Kopf stellen, doch dann passte es.

Den zweiten Kasten bugsierte er auf den Gepäckträger und zurrte ihn mit vier Spanngurten fest, die er vorsorglich mitgebracht hatte. Da das Rad schon ziemlich instabil auf dem Ständer stand, nahm der Vorgang einige Minuten in Anspruch. Mit einem weiteren Spanngurt befestigte er jetzt noch den leeren Kasten auf dem vollen, so dass sich eine ansehnliche Fracht auf dem Gepäckträger türmte. Entsprechend war das Fahrgefühl, die ganze Fuhre war sehr hecklastig und das Vorderrad dadurch sehr leicht, so dass er auf dem Sattel nach vorn rutschen musste und schlingernd und in weiten Bögen um die Kurven eierte. Ihm war klar, dass es dafür keine guten Haltungsnoten geben würde, außerdem schwitzte er unter seiner wasserdichten Kleidung, denn es waren über zwölf Grad.

Auf der Rückfahrt von Waldbeck wurde er von seiner Schwester abgefangen, die die Hofeinfahrt mit einem Besen bearbeitete. Helga war drei Jahre älter als Eggenthal und wohnte mit ihrem Mann, Holger Grisse, im Dorf. Sie hatten das Haus, zu dem ein großes Grundstück und eine Scheune gehörten, von Eggenthals Eltern übernommen.

»'n' Abend, Helga«, sagte er, als er sein Gefährt zum Stehen gebracht hatte. »Es regnet, nur so als Tipp.«

»Den gleichen Tipp könnte ich dir auch geben. Oder meinst du, es sieht normal aus, was du da machst?«

»Normal ist, was alle machen. Deshalb heißt es so. Muss aber nicht immer richtig sein«, sagte Eggenthal. Eine starke Antwort.

»Dann stimmt es also, was erzählt wird?«

»Was erzählt wird, stimmt fast nie«, sagte Eggenthal. »Was meinst du also genau?«

»Dass du aus irgendwelchen Gründen nicht mehr Auto fährst.«

»Was für Gründe werden denn genannt?«

»Das Übliche halt, dass du vielleicht zu viel Zeit hast oder bei der Kommunalwahl für die Grünen kandidieren willst oder dass du deinen Lappen los bist und so weiter. »

»Nicht schlecht für eine Woche.«

»Du weißt doch, wie es ist, man sieht dich am Bahnhof und beim Einkaufen und nach Feierabend. Außerdem haben sie in der Siedlung erzählt, du machst es wegen der Jahreszeiten. Das find ich als Erklärung eher rätselhaft, oder?«

»So ist es aber«, sagte Eggenthal. »Genau so. Das kannst du ihnen antworten. Ich mache es für den Erhalt der Jahreszeiten. Ein Jahr lang. Verstehst du?«

»Ungefähr.« Sie sah ihn ein wenig vorwurfsvoll an. »Hättest ja mal was sagen können. Und du willst jetzt die ganze Zeit so weitermachen?«

»Nicht ganz. Ich werde einen Anhänger kaufen«, erklärte Eggenthal, bevor er sich wieder in Bewegung setzte. Er winkte ihr zum Abschied. Er war froh, dass er sie getroffen hatte und nicht seinen Schwager.

Abends, beim Essen, hielt er demonstrativ eine Flasche in die Höhe. »Diese Flasche erreichte seinen Endverbraucher CO_2-neutral«, erklärte er und öffnete den Schraubverschluss. Das Wasser entwich unter unerwartet hohem Druck in Form einer Fontäne und flutete Teile des Esstischs und seines Shirts, das gerade erst getrocknet war. Es war wohl eine der Flaschen, die er kopfüber transportiert hatte.

»Super«, sagte Silke, »ich kann mich erinnern, dass wir das Zeug früher mal getrunken haben. Zum Duschen ist es zu teuer.« Es klang genervt.

Später in seinem Arbeitszimmer rekapitulierte er noch mal. Es sprach sich also herum. Offensichtlich war das, was er tat, nichts, was man in der Welt, in der er lebte, so einfach hinnehmen konnte. Die Fahrerei war aufwendig und umständlich gewesen, dreimal Waldbeck hin und zurück, einmal wegen der Arbeit und zweimal zum Einkaufen, insgesamt fast dreißig Kilometer. Immerhin bekam er gratis jede Menge Stoff für seine Kolumne beim *Radkurier*.

Er dachte wieder an Lammbeck. Ihre Leben waren verknüpft, sie waren in nur wenige Kilometer voneinander entfernten Orten aufgewachsen und hatten die Schulzeit gemeinsam verbracht. Richtig entdeckt hatten sie sich etwa in der siebten oder achten Klasse. Während Lammbeck damals schon ein paar Eigenwilligkeiten pflegte, erlangte Eggenthal hauptsächlich durch sinnfreie Sprüche Aufmerksamkeit. Es gehörte zur Tagesordnung im Unterricht, dass er mit voller Absicht Sätze sagte wie: »Das Land wurde durch die Militärherrschaft nach und nach in den Urin getrieben« oder nach der floskelhaften Bemerkung »Wir fahren fort …«, die manche Lehrer gern benutzten, erstaunt fragte: »Wo fahren wir hin?«, wodurch er für eine gewisse Erheiterung sorgte.

Mit den Jahren baute er diese Fähigkeit aus, es reichte stets für einige Lacher, allerdings nicht, um ernst genommen zu werden, jedenfalls nicht von den Mädchen in seiner Klasse. Und auf die kam es ihm an, genauer gesagt auf drei von ihnen, zwei wegen ihres Aussehens und die dritte, Annette Felber, wegen ihres Aussehens und noch etwas anderem, was schwer zu beschreiben war. Es rührte aus einer Zeit, als sie die ersten körperlichen Annäherungen probten. Ein Mittel, sich näherzukommen, war der Blues oder das, was sie dafür hielten, ein langsamer Tanz, bei dem man sich aneinandergeklammert hin und her schob. Er kam auf Klassenfeiern nach einer gewissen Warmlaufphase zum Einsatz und funktionierte zu Schmachtstücken wie »Bridge Over Troubled Water«.

Jedenfalls hatte auch Annette Felber mit ihm getanzt, körperbetont sozusagen, näher als alle anderen, er spürte ihre Wärme noch lange. Natürlich tanzte sie danach noch mit anderen aus der Klasse, doch das ignorierte er. Sie hatte ihn aufgefordert damals, erwählt sozusagen, er hatte es nicht vergessen, und dagegen kam lange nichts anderes an.

Ein anderes Thema, das für sie damals einen großen Stellenwert hatte, war die Mobilität. Es war die Phase der beginnenden Motorisierung, darum drehten sich all ihre Gespräche und Aktionen in der Freizeit. Eggenthal dachte an das Glücksgefühl und die Faszination, sich nicht mehr aus eigener Kraft fortbewegen zu müssen, sondern durch einen Dreh am Gasgriff mühelos Strecken und Berge zu überwinden, die sechzehn Kilometer bis zur Schule in Lensingen, einer Kleinstadt mit fünfzehntausend Einwohnern, oder die fünfundzwanzig Kilometer in die Stadt mit ihren immerhin zweihunderttausend Einwohnern, heraus aus dem Dorf, aus dem kein Bus fuhr und das keine Bahn passierte.

Es hatte haarsträubende Aktionen gegeben, wie die Sache mit der Referendarin. Sie waren damals sechzehn. Eggenthal war groß und zu dürr, etwas, das sich auch in späteren Jahren nie so richtig fügte; Lammbeck sah älter aus, erwachsener, ein gedrungener Typ mit dunklen Augen, einen halben Kopf kleiner als Eggenthal und kräftiger, mit lockigen schwarzen Haaren, die, in der Mitte gescheitelt, auf breite Schultern fielen.

Lammbeck fuhr mit der Kreidler wie ein Schwein. Vollgas, in jedem Gang, aber Eggenthal war es recht, denn er nahm ihn ab und zu nach der Schule mit nach Hause. Jedenfalls bis zu dem Tag, an dem ihnen die Referendarin über den Weg lief.

Lammbeck hatte die Karre schon angeworfen. Die ersten Meter vom Parkplatz waren anspruchsvoll, vor allem mit Sozius, denn es ging auf einem geschotterten Pfad leicht bergauf, und die Kreidler brauchte ordentlich Drehzahl, um wegzukommen. Lammbeck gab also kräftig Gas. Als er die Kupplung kommen ließ, stieg das Vorderrad hoch, Eggenthal hielt es für Können oder zumindest Absicht, johlte hinten rum und ruderte mit den Armen, was die Sache weiter destabilisierte. Jedenfalls fuhr Lammbeck, als das Vorderrad wieder am Boden war, zuerst die Referendarin um und dann einem VW K70 direkt gegen die Stoßstange.

Die Lage wurde sofort unübersichtlich. Die Referendarin rappelte sich hoch, humpelte und wimmerte. Der VW-Fahrer tauchte auf und jammerte rum wegen seiner gestauchten Stoßstange. Ein Lehrer, der sich wichtig machen wollte und dauernd auf die Brüste der Referendarin starrte, brüllte Lammbeck an, ob er nicht besser aufpassen könne. Lammbeck brüllte Eggenthal an, weil ohne den das Ganze angeblich gar nicht passiert wäre.

Eggenthal riss sich los aus seinen Gedanken, die Gegenwart erforderte seine Aufmerksamkeit. Er würde sich jetzt ins Wohnzimmer begeben und testen, ob ein annähernd spannungsfreies Familienleben möglich wäre. Und morgen würde er sich zu seinem Fahrradhändler aufmachen und sich beraten lassen. Damit so etwas wie heute nicht noch mal passierte, musste tatsächlich eine Transportmöglichkeit her.

Sein Fahrradhändler hieß Peter Wacker, war kräftig und hatte, obwohl (oder weil) in Eggenthals Alter, schon lange eine Glatze. Eggenthal hatte ihn in den letzten Jahren öfter besucht, mit dem Auto selbstverständlich, und gefachsimpelt; diesmal hatte er die fünfzehn Kilometer bis zum Fahrradladen natürlich mit dem Rad auf sich genommen, und jetzt wunderte sich Wacker über den Zustand von Eggenthals Rad.

»Sieht ja aus wie neu«, sagte Wacker. »Das ist doch schon über fünf Jahre alt. Was gibt's?«

»Ich brauch einen Anhänger«, sagte Eggenthal.

Wacker informierte sich kurz über die Anforderungen und suchte Eggenthal dann aus dem Katalog das passende Modell heraus, mit Sperrholzverkleidung, dicken profilierten Reifen und altmodischer, aber bewährter Anhängerkupplung, etwas für die Ewigkeit. Der Anhänger würde in der kommenden Woche geliefert werden.

Weil gerade wenig Kunden da waren, ließ sich Eggenthal von Wacker noch den Ausbau des Hinterrads demonstrieren, es kostete ihn einige Überwindung zuzugeben, dass er das bei diesen Rädern mit den komplizierten Kettenschaltungen nie richtig kapiert hatte, aber für die Zukunft wäre es eine Fähigkeit, die überlebenswichtig sein könnte. Die Schaltung hatte Wacker mit einem winzigen Dreh an der richtigen Schraube in einer Minute eingestellt. Als Eggenthal den Händler verließ, war er wieder einen kleinen Schritt weiter.

Kapitel 6

Eine Woche war um, die erste von zweiundfünfzig. Er war froh, dass er jetzt erst einmal fünf Tage hinter sich gebracht und eine Atempause hatte, zumindest was die Fahrten zur Arbeit anbelangte. Ab Sonntagmittag dachte er gelegentlich wieder über die anstehende Arbeitswoche nach, googelte die Wettervorhersage und legte sich die passende Kleidung zurecht. Abends beobachtete ihn Silke, wie er mit der Personenwaage unter dem Arm durch den Flur in Richtung Garage ging. In der Garage stellte er sein Rad auf die Waage – es war gar nicht so einfach, es auszubalancieren – und ermittelte ein Gewicht von 16,2 Kilogramm. Zurück in seinem Arbeitszimmer, wog er den Rucksack samt Inhalt und kam auf 1,6 Kilogramm. Beides zusammen wog also knapp 18 Kilo.

Dann ermittelte er im Internet das Gewicht eines Ford Ka, es waren genau 1020 Kilo, und setzte das Ganze ins Verhältnis. Das Ergebnis war, dass er bis vor zwei Wochen die fast siebenundfünfzigfache Masse hatte bewegen müssen, um zur Arbeit zu kommen – was für ein Aufwand. Er brauchte solche Vergleiche jetzt, um sich zu motivieren. Auch an den Klang der Stimme Annette Felbers bei ihrem Telefonat dachte er hin und wieder. »Ich find es toll, dass das mal jemand anpackt«, hatte sie gesagt. Es war wie eine Verpflichtung.

Abends im Wohnzimmer berichtete er Silke von seiner Vergleichsmessung. Sie sah ihn an, als hätte sie ihn nicht verstanden.

»Na ja«, sagte er, »es ist doch erstaunlich, wie viel einfacher oder buchstäblich leichter man sich fortbewegen kann und trotzdem ans Ziel kommt.«

»Ja«, sagte sie dann, »ist schon klar. Aber ich bin mir nicht ganz sicher, ob deine Berechnung stimmt.«

»Wieso?«, fragte er.

»Du hast vergessen, den Zug zu wiegen …«

»Witzig«, sagte Eggenthal und verzichtete darauf, die Sache auszudiskutieren.

Am Montagmorgen war er einige Minuten früher unterwegs, da er eine neue Fahrkarte kaufen musste. Es waren einsame Fahrten, auf den vom Leuchtkegel seines Scheinwerfers schwach erhellten Wegen war zu diesem frühen Zeitpunkt kein Mensch unterwegs. Die wenigen aus seinem Dorf, die noch den Zug benutzten, fuhren mit dem Wagen zum Bahnhof oder ließen sich mitnehmen oder hinbringen. Vielleicht lag es auch an der Jahreszeit, denn immerhin bemerkte er jetzt, wo er sich öfter draußen aufhielt, dass es doch noch so etwas wie Jahreszeiten gab, er bemerkte es an der Dunkelheit und der Kühle und am Geruch, der von den schwarzen Äckern und abgeernteten Kohlfeldern ausging; es wurde tatsächlich Herbst, und er war mittendrin.

Was die Wetterentwicklung betraf, so war es sicherlich kein optimaler Zeitpunkt für den Beginn seiner Aktion, das wurde ihm jetzt klar, aber er durfte diese Erkenntnis nicht zu mächtig werden lassen. Die Aktion hatte nun einmal erst ihren Anfang nehmen können, als er innerlich bereit gewesen war; das war vergleichbar mit der Situation, wenn man mit dem Rauchen aufhören will, er erinnerte sich, das ging nicht so nebenbei, da musste auch alles zusammenpassen, man musste den Zeitpunkt der größten Motivation erkennen und dann loslegen, so wie er es getan hatte.

Außerdem handelte er selten überstürzt, und so war es nun Oktober. Aber das war ja ohnehin egal; weil die Aktion ein Jahr dauern würde, musste er so oder so durch den Winter, und da machte es gar nichts, dass der gleich am Anfang kam, vielleicht war es sogar ein Vorteil, denn so konnte er sich immerhin einreden, dass es nur besser werden konnte.

Als er mit vom Fahrtwind geröteten Wangen am Bahnhof ankam, war er bereit für die nächste Entscheidung. Er ging zum Kartenautomaten und wählte diesmal eine Monatskarte, das würde ihm helfen durchzuhalten.

Unterwegs übte er sich in der Kunst des »Zugdösens«, wie er es nannte, das war eine Art kontrolliertes Einnicken, das von vielen Passagieren praktiziert wurde; sie dämmerten mit geschlossenen Augen vor sich hin und orientierten sich zwischendurch an den Haltestationen mit einem kurzen Zwinkern. Da Eggenthal Angst hatte, seinen Zielbahnhof zu verpassen, blieb er aus Sicherheitsgründen die meiste Zeit wach.

Dass er in der Stadt immer noch mal in den Bus umsteigen musste, ging ihm auf den Geist.

Hendrik Wicke blickte auf, als Eggenthal im Büro erschien. Sie arbeiteten zusammen im Bereich »Erwerb« der Bibliothek, das hieß, sie gaben anhand von Listen, die sie von den Professoren bekamen, Bestellungen auf, hielten Kontakt zu Lieferanten, waren verantwortlich für die Inventarisierung von Büchern und für Reklamationen und noch einiges mehr.

Diese Tätigkeiten hatten zwar mit Literatur zu tun, allerdings ging es mehr um das Verwalten von Literatur, und es gab

Räume, vor allem in den naturwissenschaftlichen Abteilungen, wo er aus hundert Regalmetern ein beliebiges Buch herausnehmen und aufschlagen konnte in der Gewissheit, dass er keine zwei aufeinanderfolgenden Seiten verstehen würde. Für die Studenten war der Ort, wo er sein Leben verbrachte, eine Durchgangsstation, sie benutzen ihn für ihre Zwecke, verließen und vergaßen ihn.

»Morgen, Arno. Fährst du immer noch mit der Bahn?«, fragte Wicke.

»Ja. Ist gar nicht so schlecht, reine Gewohnheitssache«, sagte Eggenthal. Um lästige Folgefragen zu vermeiden, verzichtete er darauf, die genauen Gründe dafür zu erläutern, es verstand ohnehin keiner, und mit den Statements seiner Kollegen konnte er leben. Gelegentlich gab Kallmann aus dem Nebenzimmer – die Tür zwischen beiden Büros stand immer offen – einen kurzen Kommentar ab, zum Beispiel fragte er, ob Eggenthal jetzt sein Leben unter das Motto der »Entschleunigung« gestellt habe oder sich von dem Buch »Die Entdeckung der Langsamkeit« von Sten Nadolny inspirieren ließe. Eggenthal war das gewöhnt. Thomas Kallmann, der um einiges jünger war als er, übte sich gern in Ironie. Er hatte sich um eine demnächst freiwerdende Stelle als Fachkoordinator beworben und sah Eggenthal aus irgendeinem Grund als Konkurrenten um diese Stelle, etwas, worüber Eggenthal im Stillen lächeln musste. Carla Berg, eine Frau Anfang vierzig, die ebenfalls im Nachbarbüro arbeitete, hatte Eggenthals neue Gewohnheiten bisher nicht kommentiert.

Am Dienstagvormittag rief Silke an. Sie fasste sich kurz, wie so oft in letzter Zeit.

»Ich hatte vergessen, dass ich heute Abend zum Augenarzt muss.«

»Da hast du ja Glück gehabt, dass es dir rechtzeitig wieder eingefallen ist. Und das wolltest du mir jetzt mitteilen?«, versuchte Eggenthal einen Scherz.

»Nein. Was anderes. Luca hat heute Training, wenn ich nicht rechtzeitig vom Arzt zurück bin, kann ich ihn nicht hinfahren. Und weil ein Arztbesuch ja nach deiner Theorie ein Notfall ist, könntest du mich vielleicht hinfahren und Luca anschließend nach Waldbeck bringen. Und mich später wieder abholen.«

Vorsicht, dachte Eggenthal. Das hat irgendwas mit Raffinesse zu tun. Schleichendes Untergraben von Vorsätzen, Austesten von Grenzen oder so.

»Moment«, sagte er. »Du weißt doch, dass ich in kein Auto einsteige. Und ein Notfall liegt ja nur dann vor, wenn es jemandem schlechtgeht. Du kannst doch ganz normal mit dem Auto zum Augenarzt fahren, ist ja moralisch für dich kein Problem.«

»Und wer fährt Luca zum Training?«

»Keiner. Luca fährt sich selbst zum Training. Mit dem Rad. Er wird jetzt seit drei Jahren jede Woche dienstags und donnerstags zum Training gefahren …«

»Ja eben, du hast es erkannt.«

»… da kann er auch ein einziges Mal mit dem Rad fahren. Vier Kilometer, flache Strecke. Mach ich seit über einer Woche jeden Tag, manchmal sogar mehrmals. Ist gar kein Problem. Im Ernst, das ist doch vertretbar, oder was meinst du?«

Er hatte eine Erwiderung erwartet, aber die gab es nicht, genauso wenig wie ein »Tschüss« oder Ähnliches. Kallmann, der mitgehört hatte, sah durch die Türöffnung noch, wie Eggenthal kurz den Hörer anstarrte und dann achselzuckend auflegte.

Es stellte sich abends heraus, dass alles gutgegangen war.

Silke war rechtzeitig vom Arzt zurückgekommen und hatte Luca zum Training fahren können, so dass Eggenthal sich in seiner Haltung bestätigt fand. Dass Silke ihn »unkooperativ« nannte, musste er hinnehmen.

Zwei Tage später folgte die nächste kritische Situation. Kallmann kam kurz vor Dienstschluss aus dem Nebenzimmer herüber.

»Ich muss noch mal in die Stadt«, sagte er zu Eggenthal. »Ich komme am Bahnhof vorbei und kann dich mitnehmen, wenn du willst. Dann kannst du dir den Umstand mit der Busfahrt sparen.«

»Ist wirklich nett von dir, Thomas«, hörte Eggenthal sich sagen, »aber ich mache heute länger. Ich kriege noch einen Anruf von einem Verlag, auf den ich schon seit Tagen warte, das will ich auf jeden Fall noch erledigen.«

Eggenthal ging dann fünf Minuten nach Kallmann, dachte kurz über seine Lage nach und fand sie zu kompliziert. Als Kallmann ihm am nächsten Abend wieder anbot, ihn mitzunehmen – es schien ein System dahinterzustecken –, nahm Eggenthal das als Anlass für sein Coming-out.

»Ich steige im Moment in kein Auto«, erklärte er und fand mit diesem Satz sofort die ungeteilte Aufmerksamkeit der Kollegen Wicke, Kallmann und Carla Berg, und da ihm der Ausdruck ihrer Gesichter zeigte, dass seine Aussage einer Erläuterung bedurfte, holte er aus und erklärte seine Beweggründe.

Wicke sagte zwischendurch ein paarmal »aha«, Carla Berg ein paarmal »okay«, dann herrschte Stille, die von Kallmann unterbrochen wurde.

»Dann bist du jetzt also so eine Art Umwelt-Gandhi, ein Öko-Veganer oder so was ...«

»Quatsch«, sagte Eggenthal. »Ich predige doch nicht, ich mache es halt, weil ich einen Sinn darin sehe.«

»Einen Sinn? Dass du mit dem Zug zur Arbeit fährst, kann ich noch halbwegs nachvollziehen, auch wenn du dadurch eine Menge Zeit vergeudest. Aber kannst du mir mal den Rest erklären?«

»Wie soll ich das erklären?«, sagte Eggenthal. »Ich steige halt ein Jahr in kein Auto, weil ich glaube, dass man das überleben kann. Es ist ein Versuch. Ich hab's so beschlossen und will keinen Kompromiss eingehen.«

»Und nach dem Jahr ist die Welt gerettet.«

Eggenthal beschlich das Gefühl, die gleiche Diskussion schon einmal geführt zu haben.

»Es ist nur ein Beitrag von mir. Ist doch besser als gar nichts. Vielleicht kommen ja noch ein paar andere auf die Idee ...«

»Das ist eher wie ein Hobby, für das man seine Freizeit opfert. Ich kann mir so einen Luxus gar nicht leisten. Weißt du, was die mir zu Hause erzählen, wenn ich denen mit so einer Aktion komme?«

»Ja«, sagte Eggenthal, »das weiß ich«, und es war ihm ganz recht, dass er in diesem Moment die Diskussion beenden konnte. Er musste nämlich zum Bus.

Wieder war eine Woche um. Eggenthal hatte jetzt zumindest keine Probleme mehr, morgens am Hauptbahnhof den richtigen Bus zu finden. Gewohnheit stellte sich ein, dazu versuchte er sich im positiven Denken, um sich mit der täglichen Reise zur Arbeit besser arrangieren zu können. Die Fahrt mit dem Rad zum Bahnhof musste man sportlich sehen, als Herausforderung oder ohnehin notwendige Bewegung. Wenn er dann die reine Bahn- und Busfahrt nahm, war er kaum fünfzehn Minuten länger unterwegs als mit dem Wagen. Akzeptabel, und er konnte ja noch die Zeit abziehen, die er zum Tanken, Waschen oder Reparieren des Wagens gebraucht hätte.

Manchmal fühlte er sich leicht, wenn er abends zu seinem Rad ging mit der Erkenntnis, eine Abhängigkeit, nämlich die von einem Auto, abgelegt zu haben und trotzdem zu existieren. Es war ein gutes Gefühl, leider währte es meist nur einige Sekunden.

Kapitel 7

»Es sind zwei Pakete für dich angekommen«, sagte Silke am Freitagabend im Vorbeigehen. Eggenthal versuchte, den Ton ihrer Stimme einzuordnen, es schien ihm irgendetwas zwischen beiläufig und herablassend, jedenfalls fand er es unnötig.

Das eine Paket war ziemlich groß und schwer, Eggenthal war sich sicher, dass es den Anhänger enthielt, worauf er augenblicklich alle Unstimmigkeiten vergaß, die Pakete mit in die Garage nahm und dort mit dem Auspacken begann. Es war eine Doppelgarage mit direktem Zugang vom Haus, zwei Autos passten bequem nebeneinander, und sie hatte zwei separate Tore. Manche in der Siedlung beneideten ihn darum. Wer eine solche Garage besaß, der hatte es geschafft.

Eggenthal brauchte fast zwei Stunden, dann stand der Anhänger, ausgestattet mit hohen, stabilen Seitenwänden, auf breiten Reifen vor ihm. Er montierte noch die Anhängerkupplung ans Rad und startete zu einer kurzen Probefahrt durch die dunkle Siedlung. Das Gewicht des Anhängers war spürbar, aber kein großes Handicap und das Fahrverhalten problemlos. Eggenthal stellte mit Genugtuung fest, dass er wieder über einen Kofferraum verfügte. Dann stellte er das Rad neben den Kombi auf den freien Platz in der Garage, auf dem früher der Ka gestanden hatte, und platzierte den Anhänger direkt dahinter. Er fühlte sich jetzt wieder mobil.

Dann war das zweite Paket an der Reihe, das wesentlich kleiner und leichter war. Eggenthal wusste, was darin war. Er sah durch das offene Garagentor, dass der Regen stärker geworden war, und holte seine Regenjacke, es waren optimale Bedingungen für einen kleinen Test. Auf seinen Fahrten zum Bahnhof hatte es bisher zweimal geregnet, nicht stark, aber immerhin so, dass er die Regenhose über die Jeans anziehen musste, wodurch ihm bei den derzeitigen Temperaturen sehr warm geworden war. Das Produkt, das er nun in den Händen hielt, sollte dieses Problem lösen. Es waren Rainlegs, die bis knapp übers Knie reichten und nur die Vorderseiten der Beine schützten; die Rückseite blieb unbedeckt, wodurch die Gefahr des Schwitzens gebannt war. Die Rainlegs wurden umgeschnallt wie ein Gürtel und an Oberschenkeln und Knien mit Klick- und Klettverschlüssen fixiert.

Eggenthal hatte das Kleidungsstück, es war hellgrau, schnell angelegt, zog noch die Kapuze der Regenjacke über, ließ sich ins Dorf rollen und nahm dann wieder die Steigung zu seinem Haus in Angriff. Er spürte die Nässe an Händen und Gesicht, aber der Rest blieb trocken, die paar Regentropfen an seinen Unterschenkeln waren nicht erwähnenswert. Das Kleidungsstück erfüllte seinen Zweck, es funktionierte.

Er sah Silke in der Garage vor seinem Anhänger stehen, sie drehte sich zu ihm, als er vom Rad stieg und die letzten paar Meter schob. Ihr Blick wurde starr, als er auf sie zukam, er erschrak fast über die Art, wie sie ihn fixierte. Entsetzen stand in ihren Augen, wie in einem schlechten Film, in dem die Heldin gerade von einer unheimlichen Erscheinung heimgesucht wird.

»Was ist das?«, fragte sie, ohne den Blick von ihm abzuwenden.

»Was?«, fragte Eggenthal.

»Das da.« Sie zeigte auf seine Beine.

»Ach so. Das sind Rainlegs. Hab ich im Internet bestellt. Die Lösung für mein Regenproblem.«

»Ich denke, du hast eine Regenhose?«

»Die braucht man oft gar nicht. Das hier ist vergleichbar mit dem Intervallwischer beim Auto. Anfangs total unterschätzt, aber mit der Zeit merkt man, dass man ihn fast häufiger braucht als das normale Dauerwischen …«

»Das willst du in der Öffentlichkeit anziehen?«

»Klar, wieso nicht?«

»Mir war bisher nicht klar, dass so ein Kleidungsstück überhaupt existiert. So sieht doch kein Mensch aus. So sehen Schauspieler aus, die in Westernfilmen Rinder einfangen oder Pferden Brandzeichen einbrennen.«

»Ist doch egal, wie es aussieht. Hauptsache, es hält trocken. Der Anblick ist reine Gewohnheitssache, irgendwann fällt es dir gar nicht mehr auf.«

»So weit wird es nicht kommen.«

»Wieso?«

»Zeig dich nie, verstehst du, niemals!, mit mir zusammen, wenn du dieses Teil anhast.«

Silke ging ins Haus. Die Erklärung, die sie abgegeben hatte, schmälerte die spontane Freude an seinem neuen Equipment ein wenig. Er hätte gern seine Begeisterung mit ihr geteilt, aber das war in diesem Fall wohl schwer möglich.

Kurze Zeit später überprüfte er seinen Anblick in einem unbeobachteten Moment im Flurspiegel. Sie hatte natürlich recht, er sah exakt so aus, wie man sich einen Cowboy vorstellte, seine Rainlegs wären vermutlich die perfekte Aufmachung für die Darsteller bei den Bad Segeberger Winnetou-Aufführungen, absolut authentisch, und aus der Entfernung zur Bühne würden die Zuschauer nicht mal erkennen, dass sie aus neuzeitlichem Polyamid hergestellt waren.

Egal. Eggenthal ließ sie trocknen und steckte sie dann zu seiner Notfallausrüstung in den Rucksack.

Später am Abend rief er bei Lammbeck an, um ihn über die neuesten Entwicklungen zu informieren und sich nach der Hayabusa zu erkundigen. »Es wird ja langsam frisch draußen«, sagte Lammbeck, »aber am Wochenende kam die Sonne noch mal raus, da bin ich auf die Autobahn. Zweihundertachtzig, und der Gasgriff ist längst nicht am Anschlag. Mehr war leider nicht drin, zu viel Betrieb auf der Straße. Mal sehen, ob ich das nächstes Jahr toppen kann. Und bei dir?«

»Hab mir einen Anhänger gekauft«, sagte Eggenthal. »Fürs Fahrrad.«

»Einen Anhänger. Wow. Das ist schon ziemlich aufregend.«

»Ja, ist ein gutes Gefühl. Ich bin jetzt im Grunde wieder völlig flexibel.«

»Ist klar. Warum hast du damals eigentlich den Führerschein gemacht?«

Den Führerschein, nämlich den für Kleinkrafträder bis fünfzig Kubikzentimeter, hatte Eggenthal 1975 gemacht. Nachdem sie die Referendarin umgefahren hatten, bat er Lammbeck nicht mehr, ihn mitzunehmen. Er hatte auch seinen Stolz und fuhr weiter mit der Quickly zur Schule. Die Quickly war ein fahrradähnliches Moped mit großen Rädern und dünnen Reifen, einem tropfenförmigen Tank, in den etwa drei Liter Benzingemisch passten, und Pedalen zum Anwerfen und Mittreten. Sie verfügte über zwei handgeschaltete Gänge. Im ersten Gang schaffte sie keine zwanzig Sachen, und im zweiten Gang schaffte sie keinen Berg, so dass er für die sechzehn Kilometer nach Lensingen über eine halbe Stunde brauchte.

Er ertrug es. Er war dadurch relativ unabhängig, und was die Leistung seiner »Maschine« betraf, schaffte er es, sich gedanklich so weit von der Realität zu entfernen, dass er sich, während er mit seinem Gerät mit dreißig Sachen um eine Kurve eierte, trotzdem fühlte wie Giacomo Agostini, damals bekannt als bester Motorradrennfahrer aller Zeiten. Gelegentlich kam es zu schmerzlichen Rückfällen in die Realität, vor allem dann, wenn er auf seinen morgendlichen Fahrten vom Schulbus überholt wurde.

Auch Lammbeck rauschte auf der Kreidler jeden Morgen an ihm vorbei, schon professionell gekleidet mit Lederjacke und Integralhelm. Und Harri Sticher, ein weiterer Klassenkamerad. Sticher fuhr eine Maico, die als einziges Moped sechs Gänge hatte und aufgemotzt war mit einem dicken Hinterreifen; alles Show, wie Lammbeck es kommentierte. Es war eine Frage der Ehre für Lammbeck, vor Sticher in der Schule anzukommen, wenn es sein musste, überholte er ihn noch mitten in Lensingen auf der kurzen Geraden vor dem Edeka-Markt, wo man mit ein wenig Hingabe auf achtzig Sachen kam.

Ihre Tage vergingen mit Schule, dem Herumbasteln an ihren »Maschinen« und dem Abhängen in Lammbecks alter Garage. Sie waren sechzehn, hatten – bis auf Sticher – lange Haare und freuten sich, wenn an irgendeinem Gartenzaun im Dorf irgendein alter Knacker die Faust ballte, weil sie zu laut waren oder zu schnell fuhren. Ansonsten wurden sie weitgehend in Ruhe gelassen. Eggenthals Vater arbeitete, nachdem die Familie eine unrentabel gewordene Landwirtschaft aufgegeben hatte, bei der Post; es war nicht allzu viel Geld da, aber es reichte. In der Schule kamen sie klar. Das Einzige, was Eggenthal von den anderen unterschied, war, dass er feiwillig las, und zwar alles, was ihm in die Hände fiel.

Er wusste nicht mehr, wann das angefangen hatte, vielleicht war es das Verdienst von Bergmann, seinem Deutschlehrer, gewesen, der mit unendlicher Geduld versuchte, ihnen die Segnungen der Literatur nahezubringen, und dessen mit Flüchen und Stoßseufzern bedachten Bemühungen einzig bei Eggenthal einige Wirkung zeigten. Seine Inhaltsangaben waren bei seinen Mitschülern damals hochbegehrt, da er in der Regel der Einzige war, der die Bücher überhaupt gelesen hatte. Manchmal streifte er durch die Buchläden und stellte sich vor, wie jemand in der Leseecke saß, interessiert in einem Roman blätterte und hier und da einige Stellen las, ihn schließlich zuklappte und damit zur Kasse ging und man plötzlich auf dem Umschlag den Namen Arno Eggenthal erkennen konnte.

Am Samstagmorgen stand das übliche Getränkeholen an, zum ersten Mal mit seinem neuen Transportmittel. Auf dem Pfad, der aus dem Dorf hinausführte und der ein wenig holprig war, hob der Anhänger gelegentlich ab, so dass Eggenthal sein Tempo drosselte, aber auf dem Rest der Strecke, der geteert war, lief es einwandfrei. Auch der Nieselregen machte ihm nichts aus, er konnte mittlerweile zwischen verschiedenen Regendichten unterscheiden. Die gerade vorherrschende würde nicht mal die Jeans durchweichen lassen, so dass er es bei einer Regenjacke als Schutzkleidung belassen konnte.

Dass er von jedem, der ihn kannte, angesprochen wurde, ging ihm auf den Keks. Es war doch im Grunde ganz klar zu erkennen, was er tat: Er lud Dinge in einen Fahrradanhänger und fuhr sie nach Hause. Und trotzdem hatte jeder eine Bemerkung oder eine Frage dazu. »Dauert kaum länger als mit dem Auto. Und den Sprit für die acht Kilometer kann ich mir auch sparen«, ließ er sich als Erklärung einfallen. Das war eine Antwort, die jedem kurz zu denken gab und eher Zustimmung – ob ernst gemeint oder nicht – zur Folge hatte.

Als er auf der Heimfahrt das Dorf erreichte, kam die nächste Hürde. Es war bisher gutgegangen, aber nun war die Begegnung unvermeidlich. Holger Grisse, sein Schwager, wechselte gerade eine Zaunlatte aus. Als er Eggenthal kommen sah, unterbrach er die Arbeit und trat einen Schritt auf die Straße. Eggenthal musste notgedrungen halten.

»Bevor du fragst, Holger: Dauert kaum länger als mit dem Auto. Und den Sprit für die acht Kilometer kann ich mir auch sparen«, sagte er.

»Wenn du das nötig hast, bitte. Aber erzähl keinem, der mich kennt, dass du mein Schwager bist. Ich möchte nicht, dass es auf die ganze Familie zurückfällt.« Wer Holger Grisse nicht kannte, hätte hinter dieser Bemerkung einen Spaß vermutet. Eggenthal wusste es besser.

»Keine Angst, Holger«, sagte er. »Du hast ja nicht mich geheiratet, sondern meine Schwester. Und ich weiß auch nicht, ob ich ›ja‹ gesagt hätte. Aber nach über fünfundzwanzig Jahren steckst du schon ziemlich tief mit drin. Du kannst dich ja im *Gemeindeboten* öffentlich von mir distanzieren.«

»Dazu brauch ich den *Gemeindeboten* nicht, dass schaffe ich auch so. Abgesehen davon, dass deine Aktion idiotisch ist, findest du es nicht auch ein bisschen egoistisch?«

»Nö«, sagte Eggenthal. »Kann ja jeder genauso machen. Würd ich keinem verbieten oder übelnehmen. Glaube nicht, dass ich darunter leiden würde.«

»Hauptsache, *du* leidest nicht. Aber ein Ziel hast du schon erreicht. Im Dorf nennen sie dich jetzt Öko-Arno« – Eggenthal erfuhr später, dass Grisse selbst den Namen lanciert hatte –, »aber das dürfte ja einen, der sich moralisch über die Masse erhebt, nicht stören.«

»Hört sich gut an«, sagte Eggenthal, der sich fragte, was er mit »der Masse« meinte. »Dann streng dich mal an, dass sie für dich einen passenden Namen finden.« Vielleicht Hirn-Holger oder so was, dachte er, während er wieder auf den Sattel stieg und losfuhr. Er musste sich ganz schön in die Pedalen stemmen, weil er vor seinem Halt vergessen hatte, ein paar Gänge herunterzuschalten.

Jedenfalls hatte er die Begegnung mit Grisse hinter sich. Er war froh, dass er sich behauptet hatte, denn normalerweise, auf Familienfeiern, hörte er sich die Ausführungen seines Schwagers an, ohne sie zu kommentieren, da er es für zwecklos hielt. Grisse leitete die Buchhaltung einer kleineren Metallbaufirma und nannte sich Prokurist, wobei Eggenthal sich nicht sicher war, ob es diese Stellung in dem Betrieb überhaupt gab. Wenn Grisse Besuch bekam, holte er vorher demonstrativ seine C-Klasse aus der Garage und platzierte sie auf dem Hof, um erst mal eine Marke für die Ankömmlinge zu setzen. Vor drei Jahren hatte er den Familienurlaub gestrichen, damit seine Kalkulation für den Kauf des Wagens aufging.

Eggenthal musste jetzt im kleinsten Gang ordentlich treten, um die Steigung zu schaffen, die zu seiner Straße führte; der vollbeladene Anhänger schien bei jedem Tritt ein wenig nach hinten zu ziehen, aber da die Länge der Strecke überschaubar war und er wusste, dass er vermutlich beobachtet wurde, hielt er durch.

Sein Nachbar Robert Basse verstaute gerade Grünschnitt im Kofferraum und hielt inne, als er ihn sah.

»Dauert kaum länger als mit dem Auto«, keuchte Eggenthal im Vorbeifahren. »Und den Sprit für die acht Kilometer kann ich mir auch sparen.« Damit verschwand er mit seinem Gespann in der Garage.

»Ich hab Holger getroffen«, sagte er zu Silke, als er mit der Einkaufstasche in die Küche kam. »Ich glaube, er versteht mich nicht.«

»Überrascht dich das? Hast du schon einen getroffen, der dich versteht? Da musst du jetzt durch. Anscheinend müssen wir da ja alle durch.«

Kapitel 8

Der Elternsprechtag in Lucas Schule in Lensingen stand an. Eggenthal hatte angekündigt, diesen Termin zu übernehmen – es war wichtig, bei Silke jetzt Engagement unter Beweis zu stellen, fand er. Er hatte mit den Kollegen abgesprochen, dass er an diesem Tag früher gehen würde und sich die günstigste Verbindung nach Lensingen herausgesucht. Was in diesem Fall das Fahrrad war, denn mit dem Zug oder dem Bus war man von Waldbeck aus mindestens eine Stunde unterwegs, mit bis zu viermaligem Umsteigen.

Also verließ er gegen zwanzig nach drei in Waldbeck den Zug und stieg auf sein Rad. Die ersten fünfhundert Meter fuhr er auf einer von Bäumen gesäumten Nebenstraße durch den Ort. Es war trocken und die Luft recht lau, das erste Laub war gefallen, feuerrote Blätter vom Essigbaum, ebenso Birken- und Ahornblätter, die vom Wind umhergewirbelt wurden. Dann ging es, zunächst zwei Kilometer flach, auf dem Radweg direkt neben der Bundesstraße entlang Richtung Lensingen. Der Wind kam von vorn und zwang ihn, ein paar Gänge herunterzuschalten. Es schloss sich eine fast vier Kilometer lange Steigung an, nicht unüberwindbar, in den kleinen Gängen gut zu schaffen. Er war die Strecke noch nie mit dem Rad gefahren; die Landschaft war schön, Wiesen und abgeerntete Felder, dann ging es durch ein Waldstück. Eicheln lagen auf dem Radweg und rotbraunglänzende Kastanien zwischen aufgeplatzten, grünen stacheligen Hüllen, aber natürlich störten die Kolonnen von Fahrzeugen, die keine zwei Meter entfernt zu seiner Linken fuhren, er konnte den Gestank der Lastwagen riechen, die den Berg hinaufkrochen.

Als der Hügel erklommen war, war ihm warm geworden, Unterhemd und Sweatshirt klebten auf der Haut. Ihm wurde bewusst, dass er solche kleineren, aber alltäglichen Unannehmlichkeiten wie das Schwitzen oder den Gegenwind in seinen Geschichten im *Radkurier* so gut wie nie erwähnt hatte. Allerdings schien das niemandem aufgefallen zu sein, vielleicht waren die meisten Leser ja auch nur Theoretiker wie er. Oder echte Tourenfahrer und so harte Kerle, dass es für sie normal war, sich nicht mit solchen Lappalien aufzuhalten.

Der Radweg mündete jetzt in die Bundesstraße, was das Fahren besonders unangenehm machte, doch zum Glück ging es die nächsten Kilometer nur noch bergab, und der Wind hatte sich gelegt. Fünfhundert Meter vor sich sah er den sogenannten Starenkasten, eine fest installierte Radarfalle, die seit einigen Jahren dort stand. Die Geschwindigkeit war an dieser Stelle auf dreißig Kilometer pro Stunde beschränkt, und Eggenthal, der freie Bahn hatte, war eindeutig schneller unterwegs, wie ihm ein Blick auf den Fahrradtacho zeigte. Aber das war egal, sie würden ihn nicht identifizieren können, und so trat er heftig in die Pedalen. Wenn er schon mal ungestraft die Geschwindigkeit übertreten konnte, dann richtig. Es war seine Rache für die hundertzwanzig Euro, die er auf seiner letzten Autofahrt auf der Strecke gelassen hatte, vielleicht konnte er ja sogar einen neuen Rekord für Radfahrer aufstellen. Es fühlte sich gut an, als er den Fotoblitz auslöste.

Er war mittlerweile so schnell, dass das Mittreten nichts mehr brachte, der Tacho zeigte siebenundfünfzig, aber jetzt wollte er auch die sechzig auf der Anzeige stehen sehen und faltete sich zusammen, es würde eng werden, denn die Straße führte gleich in einer scharfen Biegung nach links, doch Eggenthal blieb standhaft, er ließ es weiterlaufen, bis über sechzig Sachen auf dem Tacho standen.

Die Linkskurve schaffte er nicht mehr, aber das hatte er eingeplant, es gab die Möglichkeit, weiter geradeaus zu fahren, und die nutzte er jetzt und bretterte in das Kiesbett, das eigentlich für LKW mit Bremsproblemen aufgeschüttet worden war. Es riss ihm fast den Lenker aus der Hand, Kieselsteine spritzten auf, doch er kam nach einigen Metern zum Stehen.

Es war alles gutgegangen, nur das Hinterrad drehte sich leider nicht mehr. Er brauchte fast fünf Minuten, bis er die Kiesel herausgepult hatte, die sich zwischen Reifen und Schutzblech festgesetzt hatten. Die Beamten in dem Streifenwagen, die gerade vorbeikamen und für die ein im Kiesbett der Notfallspur stehender Radfahrer ein ungewohnter Anblick war, hielten an, hörten sich seine Erklärung an (»Kurve nicht gekriegt, war wohl ein bisschen schnell unterwegs«) und nahmen, reine Routine, seine Personalien auf.

Das trübte seinen Triumph ein wenig, immerhin konnten sie ihm nichts nachweisen und ließen ihn ziehen, so dass er noch pünktlich die Schule erreichte. Dort herrschte Betrieb, doch Eggenthal konnte sich die lästige Parkplatzsuche sparen, er fuhr einfach bis auf den Schulhof und schloss sein Rad an einem Laternenpfahl fest. Es war zwar auch seine alte Schule, aber nur der Schulhof war derselbe geblieben; rundherum gab es viele neue Bauten, die alten Schotterpfade waren geteert worden, und in dem mittlerweile erweiterten Hauptgebäude brauchte er einige Zeit, um die richtigen Räume zu finden.

Über Luca erfuhr er bei jedem Lehrer so ziemlich das Gleiche – der machte nur das Notwendigste, beteiligte sich ausschließlich, wenn er musste, und rappelte sich meistens erst kurz vor Toresschluss auf, um das Schlimmste zu verhindern.

Wobei es durchaus zweifelhaft war, ob ihm das in diesem Jahr gelingen würde.

Silke wäre entsetzt über diesen Befund, der Eggenthal vertraut und irgendwie altersgemäß, also eher normal vorkam. Er konnte sich selbst an keine andere Vorgehensweise erinnern.

Gegen halb acht hatte er alle Termine wahrgenommen und trat die Heimreise an. Es war jetzt stockdunkel auf dem Schulhof und kühl geworden. Eggenthal kramte ein Halstuch aus dem Rucksack und legte es um, die Handschuhe, die er ebenfalls dabeihatte, würde er noch nicht brauchen.

Er rollte durch Lensingen, das er aus seiner Schulzeit gut kannte und dessen charakteristische alte Häuser, gepflasterte Straßen und anheimelnd beleuchtete Plätze noch genauso aussahen wie damals, und passierte am Rande der Innenstadt das Gebäude der Bankfiliale, die Silke leitete.

Am Ortsausgang, auf dem langen Steilstück der Bundesstraße, wurde es lebensgefährlich. Zwar funktionierte seine Beleuchtung, doch wenn ihn nach grünen Ampelphasen ganze Kolonnen von Autos im Abstand von knapp einem Meter überholten, hatte er das Gefühl, dass ihn manche Fahrer erst im allerletzten Moment sahen und gerade noch auswichen. Er trat heftiger in die Pedalen und erreichte endlich, völlig nassgeschwitzt, den Radweg nach Waldbeck, und damit hatte er es im Grunde geschafft, der Rest war Routine.

»Ist ganz schön spät«, sagte Silke, als er im Wohnzimmer erschien. »Wann bist du eigentlich losgefahren?«

»Halb vier in Waldbeck.«

»Findest du nicht, dass das ein ganz schöner Aufwand ist?«

»Ein ganz schöner Aufwand ist es, aus lauter Bequemlichkeit für jeden Meter ein Gefährt zu benutzen, dass eineinhalb

Tonnen wiegt und jede Menge Mist produziert«, sagte Eggenthal, dem jetzt irgendwie die Geduld fehlte.

»Du müffelst ja total«, war ihre Antwort. »Hast du etwa so zwischen den anderen rumgestanden? Die haben das doch garantiert gemerkt. Hoffentlich hat das kein Lehrer gerochen, ist ja fürchterlich.«

»Danke für die Begrüßung«, sagte Eggenthal. »Ist erst auf der Rückfahrt passiert mit dem Schwitzen, ich musste ziemlich reintreten. Aber dafür gibt's ja Wasser und Seife. Und außerdem – was meinst du, wie die Autos gestunken haben, die unterwegs waren.«

Sie zog genervt die Augenbrauen hoch. »Und was ist jetzt mit Luca? Warum hat der in diesem Halbjahr noch keine einzige vernünftige Note nach Hause gebracht?«, fragte sie.

»Liegt am Alter, sagen die Lehrer. Aber wenn's drauf ankommt, ist er voll da.«

Mit siebzehn war es Eggenthal nicht viel anders ergangen. Er war auf der Suche, allerdings nicht nach mathematischen Formeln oder ähnlich sinnlosen Lehrplaninhalten, sondern nach seiner Musik, seiner Lebenseinstellung und nach Mädchen. Lammbeck lief immer noch mit seinem Kassettenrecorder durch die Gegend, schleppte ihn in seiner Tasche mit zur Schule und ließ ihn in der Pause laufen, hatte ihn auf Wanderungen im Rucksack und selbstverständlich auf der provisorischen Werkbank in seiner Garage, wo sie an den Nachmittagen zusammenhockten. Was die Musik betraf, gingen ihre Meinungen jetzt auseinander. Lammbeck hatte den Hard Rock entdeckt, hörte Bands wie Deep Purple oder Black Sabbath, mit denen sich Eggenthal nur halbherzig identifizieren konnte. Der Sound war ihm zu hektisch, zu lang die Instrumentalteile, zu aufputschend das minutenlange Stakkato von

Gitarre und Orgel, zu kreischend der Gesang, er fand die Linie nicht. Eine Zeitlang blieb er sogar heimlich Beatles-Fan, etwas, das gar nicht ging und unbedingt verschwiegen werden musste. Dann fand er eine Heimat bei Gruppen wie »The Who«, die damals kaum einer hörte, oder auch Jethro Tull, die ziemlich versponnenes Zeug spielten, oder bei den Stones.

Zufällig entdeckte er in Lammbecks Bude eine Platte von Bob Dylan. Eggenthal legte sie auf, es war das erste Mal, dass er eine Platte mit Kopfhörer hörte, und er hatte das Gefühl, dass die Musik direkt in sein Hirn ging. Das Album hieß »Hard Rain«, und da Lammbeck nichts damit anfangen konnte, wechselte es für fünf Mark seinen Besitzer. Ein paar Wochen später sah Eggenthal das dazugehörige Konzert im Fernsehen. Dylan, dieser Typ mit der Hakennase und dem gleichgültigen Gesichtsausdruck war das Coolste, was ihm je untergekommen war, und er prägte für die nächsten dreißig Jahre Eggenthals musikalische Vorlieben.

Mit den Mädchen war es schwieriger. Es gab genug davon, es wimmelte sogar von ihnen, bereits morgens am Parkplatz vor der Schule, dem ersten Treffpunkt des Tages. Nach und nach trudelten alle aus der Klasse ein, die meisten mit dem Bus und viel zu früh, dann kam Lammbeck auf der Kreidler und kurz nach ihm meistens Sticher, beide parkten lässig ihre Maschinen, und Minuten später dann Eggenthal mit der Quickly. Es hatte sogar was, wenn Eggenthal mit der Karre vorfuhr, kein anderer hatte so ein vorsintflutliches Gefährt. Dazu seine Ausstattung, er trug einen dieser halbrunden Cromwell-Helme, die gerade den Kopf bedeckten, mit Lederlappen, die über den Ohren baumelten und unter denen seine wirren hellen Haare herausschauten, und einen vierzig Jahre alten, fast knöchellangen Mantel aus dem Fundus seines Großvaters.

Seine Neigung, mehr oder weniger sinnvolle Kommentare

abzugeben, hatte er ausgebaut, es reichte mittlerweile zu komplexeren Ausführungen, in denen er auch Sachverhalte, die anderen ein Rätsel waren, detailliert erklären konnte; so etwa bei einer Studienfahrt, die sie damals an die Nordsee geführt hatte. Thema war die Auswirkung der Zivilisation auf das Ökosystem, aber natürlich stand auch die obligate Leuchtturmbesichtigung auf dem Programm. Die Klasse war zu Fuß unterwegs, es ging am Deich entlang, mühsam, denn sie hatten definitiv nicht das geeignete Alter für Leuchtturmbesichtigungen. Das Zielobjekt, rot-weiß gestreift, ragte einige Kilometer entfernt auf der anderen Seite des Deichs in den Himmel, sie schleppten sich voran und blinzelten gelegentlich zum Turm hinüber, abschätzend, wie weit es noch sein mochte. Dann war der Leuchtturm plötzlich nicht mehr zu sehen, einfach verschwunden, es mochte an einer Bodensenke liegen, wie man später vermutete, oder an einer Biegung, die der Deich an dieser Stelle beschrieb. Jedenfalls war es für den Moment unerklärlich; auch Homburg, ihr Klassenlehrer, rätselte noch, als Eggenthal das Wort ergriff.

»Das ist ein Teleskopleuchtturm«, erklärte er sachlich, »der einzige seiner Art in ganz Nordeuropa.« Die anderen schauten ihn überrascht und zweifelnd an, doch Eggenthal hatte noch mehr Informationen. »Der wird nur bei Flut gebraucht, und dazu haben sie ein Hebewerk konstruiert, bei dem sie sich die Gezeiten zunutze machen. Und zwar so, dass allein durch den Wasserdruck der Leuchtturm bei Flut ausgefahren und bei Ebbe bis auf fünf Meter Höhe heruntergefahren wird. Hab mich heute Morgen im Naturkundemuseum mal in die Sache eingelesen, ist echt interessant.«

Natürlich war alles frei erfunden, aber die Erklärung war so gut, dass gar keiner auf die Idee kam nachzufragen, welchen Sinn es haben sollte, die Höhe eines Leuchtturms bei Ebbe zu reduzieren. Auch Homburg nickte anerkennend. Eine halbe Stunde später stand er vor dem Leuchtturm, der auf einer Warft auf einem Betonsockel stand, aus über sechshundertacht miteinander verschraubten gusseisernen Platten bestand und hundertdreißig Tonnen schwer war, und musste wie auch der Rest seiner Klasse erkennen, dass nichts auf der Welt dieses Bauwerk dazu bringen konnte, sich in irgendeiner Weise teleskopartig zusammenzufalten.

Seine Methode hatte was. Zwar war der Eindruck, den er damit bei den Mädchen hinterließ, nicht unbedingt der gewünschte, aber immerhin gab es Reaktionen. Annette Felber, die neben ihm saß, stieß ihm gelegentlich in die Rippen, wenn sie merkte, dass er wieder zu einer seiner Ausführungen ansetzte, sie frage sich, wie man auf so etwas kommen konnte, und fand seine Einfälle so sinnlos wie faszinierend. Er dachte hin und wieder daran, wie sie mit ihm getanzt hatte, für ihn war es so etwas wie eine Initialzündung gewesen. Es war schon ein paar Jahre her, sie waren längst aus dieser kindlichen Phase heraus, und natürlich hatte sich nichts aus der Sache ergeben. Annette Felber war locker und offen für Späße, auch mit Eggenthal, aber für mehr, da war er sich sicher, reichte es eben nicht.

Er verstand auch nicht, wie sie mit Sticher umging, sie war das Gegenteil von blöd, dennoch nahm sie ihn ernst. Ausgerechnet Sticher mit seinem Kurzhaarschnitt und den Stoffhosen, die er demonstrativ anstelle von Jeans trug, sogar zu seiner Lederjacke. Sticher war einmal hängengeblieben, also bereits achtzehn, und hatte als Einziger so etwas wie Zukunftspläne, wollte Journalistik studieren und dann »irgendwas mit Fernsehen machen«, Moderator oder so, im Sportbereich; es entsprach seiner Neigung zur Selbstdarstellung.

Und dann Lammbeck und die Frauen. Lammbeck konnte

sich alles erlauben: Annette Felber brauchte in einer Freistunde einmal ein Messer zum Apfelsinenschälen, Lammbeck hatte natürlich eins dabei und lieh es ihr. Als alle Apfelsinenstücke verteilt und verzehrt waren (Lammbeck: »Danke, hab keinen Appetit«), gab sie ihm das Messer zurück mit der Bemerkung: »Das ist aber schön scharf.« – »Muss ja«, war Lammbecks Antwort, »damit kastriert mein Onkel immer die Ferkel.« Was sogar stimmte, Eggenthal hatte es mitgekriegt, als er Lammbeck dort besuchte und die durchdringenden Schreie der kleinen Schweine aus der Stalltür drangen.

Jedenfalls schmissen sie Lammbeck damals von allen Seiten alle möglichen Gegenstände an den Kopf, doch als Eggenthal die naive Vermutung wagte, dass der damit bei Annette Felber erst einmal unten durch wäre, täuschte er sich. Keine Woche später saß sie bei Lammbeck auf der Kreidler und ließ sich von ihm nach Hause fahren, nach Hause oder wohin auch immer.

Zumindest auf ein brauchbares Motto für die Zukunft war der junge Arno Eggenthal gestoßen, als er noch heimlich in Beatles-Biographien blätterte. Es war ein Zitat ihres Drummers über sein Leben: »Ich hab nie ernstlich was dazu getan, um es so kommen zu lassen. Ich bin hier, weil es so gekommen ist, das ist alles. Doch ich hab nie mehr dazu getan, um es geschehen zu lassen, als ›ja‹ gesagt.«

Das schien ihm ein ganz sinnvoller Ansatz.

Kapitel 9

In Eggenthals Büro wurde ein Fachgespräch geführt. »Ich hab erst letztes Jahr geblutet. Über zweihundertfünfzig Euro, das muss erst mal für eine Weile reichen«, sagte Hendrik Wicke zu Thomas Kallmann, der an der Wand lehnte.

»Ich brauch dieses Jahr neue«, sagte Kallmann. »Aber für zweihundertfünfzig krieg ich vielleicht gerade mal zwei.«

Es ging um Winterreifen.

»Donnerwetter!«, sagte Wicke. »Das tut weh.«

»Klar tut das weh«, sagte Kallmann. »Zweihundertfünfer mit sechzehn Zoll, die kriegst du nicht viel billiger. Aber alles andere sieht auf dem Wagen lächerlich aus. Ich hab mich mal schlaugemacht in den letzten Wochen – für den Testsieger legt man über fünfhundert hin, da ist nichts zu machen.«

»Wieso ist da nichts zu machen?«, fragte Eggenthal.

»Weil das der günstigste Preis ist«, schnaubte Kallmann und sah ihn genervt an. Eggenthal wurde für solche Themen seit einiger Zeit nicht mehr als vollwertiger Gesprächspartner angesehen.

»So mein ich das nicht«, antwortete Eggenthal. »Klar ist da was zu machen. Ich hab mich gestern bei meinem Händler informiert. Ich hab die Wahl zwischen mehreren Modellen. Spikes, Stollenreifen, Reifen mit spezieller Haftmischung, alle für um die dreißig Euro. Und das Beste ist: Mit meinen Winterreifen hab ich noch nicht mal einen erhöhten Spritverbrauch.« Er konnte nicht vermeiden, dass es genüsslich klang.

»Halt dich einfach raus, wenn sich Erwachsene unterhalten«, meinte Kallmann.

»Mal sehen, was ich mit den gesparten fünfhundert Euro mache«, sagte Eggenthal, dem es langsam Spaß machte. Solche kleinen Späße halfen ihm beim Durchhalten. »Die kann man ja für was Sinnvolles ausgeben.«

»Vielleicht kannst du einen Teil des Geldes für die Untersuchung deines Geisteszustands verwenden. Und für die notwendige Therapie.«

Carla Berg kam durch die offene Tür aus dem Nachbarbüro. Sie mischte sich nicht oft in die Gespräche von Kallmann ein, zu vieles davon lag wohl unterhalb ihrer Wahrnehmungsschwelle. Auch sie kam manchmal mit dem Rad zur Arbeit, meistens aber mit Bus oder Straßenbahn; da sie in der Nähe wohnte, hatte sie den Luxus, frei wählen zu können. Carla Berg sah etwa so aus, wie man sich Pink mit Anfang vierzig vorstellen würde, allerdings mit schwarzen Haaren und einem etwas kompakteren Äußeren. Sie trug ein Nasenpiercing, von einem Brustwarzenpiercing wurde gemunkelt. Obwohl sie schon seit einigen Jahren in dem gleichen Bereich wie Eggenthal arbeitete, war wenig über sie bekannt, außer dass sie relativ stressfrei war und dass sie in der Bibliothek so ziemlich alles draufhatte.

»Ich versteh auch nicht, was ihr für'n Theater macht«, sagte sie zu Kallmann. »Ich fahr immer mit Winterreifen. Als ich die letzten Sommerreifen abgefahren hatte, waren die Winterreifen noch ganz gut, da hab ich sie draufgelassen. Das war vor drei oder vier Jahren.«

»Das kann nicht dein Ernst sein«, sagte Kallmann. »Das ist total gefährlich im Sommer.«

»Ich fahr nie über hundert. Ist also nicht gefährlicher, als mit zweihundertzwanzig über die Autobahn zu fahren so wie du.« Ab und zu schien sie ihm doch zuzuhören, dachte Eggenthal. »Und mein Mechaniker sagt, bei meiner Kilometerleistung lohnt sich ein Reifenwechsel gar nicht.«

»Was reg ich mich überhaupt auf«, meinte Kallmann. »Es gibt ja hier noch mehr Leute, die ziemlich abartig reagieren, wenn es um Autos geht.«

»Also mich kannst du damit nicht meinen«, antwortete Eggenthal. »Ich hab sogar ein Foto von meinem Ka auf dem Schreibtisch aufgestellt. Hier, sieh selbst.«

Kallmann nahm ungläubig den kleinen Bilderrahmen entgegen, den Eggenthal ihm hinhielt. Es war die Aufnahme, die der Blitzautomat auf der letzten Reise des Ka gemacht hatte, als Eggenthal den Mercedes überholte.

»Ist zur Erinnerung. Kann mir ja jetzt nicht mehr passieren, so was ...«

Kallmann gab ihm den Rahmen zurück, tippte sich an die Stirn und ging in sein Büro. Carla Berg schaute über Eggenthals Schulter. »Schönes Foto«, sagte sie.

»Ja«, sagte Eggenthal. »War mir zu teuer, um es wegzuwerfen. Hat mich drei Punkte gekostet und hundertzwanzig Euro. Genauso viel, wie ich für den Ka gekriegt hab.«

»Tragisch«, sagte Carla Berg und sah Eggenthal an. »Das mit den Spikes fürs Fahrrad find ich übrigens gut. Kannst du mir mal einen Tipp geben, wo man die kriegt?«

»Glaub ich, dass dir das gefällt. Gepiercte Reifen. Klar sag ich dir, wo man die kriegt«, sagte Eggenthal.

Es war Ende Oktober geworden. Am Freitagabend saß Eggenthal in seinem Arbeitszimmer und blätterte in den letzten Ausgaben des *Radkurier*, der seit diesem Jahr sogar alle zwei Monate erschien anstatt wie früher vierteljährlich, und überflog die eine oder andere seiner Kolumnen. Da sie unter dem

Namen Kamotzki erschienen, war er als Autor nicht identifizierbar und konnte die Hefte ganz offen im Regal liegen lassen. Er hatte brisante Themen aufgegriffen, beispielsweise wie Kamotzki unter Lebensgefahr versuchte, die fünfundzwanzig Kilometer zu seinem Arbeitsplatz zurückzulegen, zum Teil auf einer gewundenen, stark profilierten Landstraße ohne Fahrradweg, wo man nach jeder Kurve, besonders im Dunklen und bei Regen, von Autos übersehen und erfasst werden konnte; er kannte die Strecke und die Problematik ja selbst von seiner täglichen Autofahrt. Es war tatsächlich gefährlich, dort mit dem Rad zu fahren, deshalb hatte Eggenthal es in Wirklichkeit natürlich nie getan.

Andere Kolumnen handelten davon, wie er mit seinem Sohn mit Zelt und Gepäck um den Bodensee geradelt war oder wie er mit dem Rad den Pfänder, den Hausberg des Bodensees, bezwungen hatte. Dieser Text musste ihm besonders gelungen sein, er las noch einmal die Reaktionen der Leser im Folgeheft, die sich in dem vermeintlichen Erfahrungsbericht voll wiederfanden. Und tatsächlich beschrieb er sehr realistisch den einsamen Kampf Kamotzkis mit dem Berg. Wie er sich, voller Zweifel, mit dem Rad aufgemacht hatte (der Startpunkt war bezeichnenderweise ein Friedhof, und fünfhundert Meter weiter ging es am Spital vorbei), wie er sich bei dreißig Grad im Schatten Meter um Meter nach oben gekämpft hatte, immer im kleinsten Gang durch kleine Waldstücke und nicht enden wollende Serpentinen, und wie er es schließlich geschafft hatte und dafür mit einer grandiosen Aussicht und einer berauschenden Abfahrt belohnt worden war.

Die Wahrheit war, dass Eggenthal sich während eines Bodensee-Urlaubs unter einem Vorwand für ein paar Stunden von seiner Familie abgesetzt, sich in einem Kfz-Verleih ein Mofa geliehen hatte und dann mit dem Gefährt den Berg hochgefahren war. Zwischendurch hatte er einige Male angehalten und sich Notizen über die Streckenbeschaffenheit und die kleineren Ansiedlungen entlang der Strecke gemacht, und daraus war dann seine Schilderung entstanden. Man konnte also nicht behaupten, dass er sich keine Mühe gab mit seinen Geschichten.

Eggenthal beendete seine Lektüre und schickte noch eine kurze Mail an den *Radkurier*. Die Redaktion suchte einen neuen, markanteren Namen für das Magazin und hatte im aktuellen Heft einen Aufruf an die Leser gestartet, sich mit Vorschlägen zu beteiligen. Eggenthal fand das unnötig, ihm war völlig klar, wie das Heft heißen musste, deshalb hatte seine Mail nur eine Zeile: *Warum nennt ihr das Teil nicht* Bike-Messenger*?*

Es war ein Versuch, im Grunde nur die Übertragung des alten Namens in den üblichen Anglizismen-Schwachsinn, aber gerade deshalb fast genial, denn so hießen heute nun mal die Magazine, besonders im Fitnessbereich, außerdem klang es gut, sie würden vermutlich nicht daran vorbeikommen. Und nebenbei erkennen, dass sie keine großen Umfragen machen mussten, solange sie auf einen Typen wie ihn zurückgreifen konnten, der sich so etwas einfach aus dem Ärmel schüttelte.

Er dachte über die kommende Woche nach und wie sich seine Aktion entwickelt hatte. Das Aufraffen fiel ihm immer noch am schwersten. Das frühe Aufstehen, das Bewusstsein, gleich hinauszumüssen, dorthin, wo es kühl war, und aktiv werden zu müssen, auch körperlich, anstatt sich in einem gut temperierten Fahrzeug ohne Mühe fortzubewegen. Man konnte schon zu dem Ergebnis kommen, dass man arm sein musste oder ein Idiot, um sich in einer Gegend wie dieser mit öffentlichen Verkehrsmitteln fortzubewegen. Züge, die nur stündlich fuhren, und kein Bus, der einen zum Zug brachte;

wenn man das nicht selbst regelte, dann blieb man hängen im Niemandsland, in einer Gegend, die die Verkehrsplaner vergessen hatten, weil sie keinen Profit abwarf. Wenigstens hatte er in den vergangenen Wochen nichts Wichtiges versäumt oder bewusst ausgelassen, nur weil er nicht mit dem Wagen fuhr.

Doch die Zivilisation holte ihn ein, schlug zurück in Form eines geplanten Familieneinkaufs an einem Samstag. Diese Einkäufe fanden nach Bedarf alle paar Monate statt, je nach dem, was jeder brauchte, Hosen, Schuhe, Bücher. Man trennte sich oder ging zusammen, beriet sich (Eggenthal schaffte es gewöhnlich nicht, sich allein Kleidungsstücke zu kaufen), aß eine Kleinigkeit zwischendurch. Früher waren sie zu viert, als Jana noch dabei war, jetzt schafften Silke und er es gerade noch, Luca mitzuschleppen.

»Ich muss noch mal kurz ins Dorf, Brigitte zum Geburtstag gratulieren«, sagte Silke beim Mittagessen. »Es reicht doch, wenn wir um halb drei im Einkaufszentrum sind, oder?«

Luca sah kurz vom Teller auf und nickte, Eggenthal sagte: »Klar, ist okay«, und kämpfte weiter mit den Spaghetti, deren Spinat-Ricotta-Sauce ihm ausgezeichnet gelungen war.

»Gut, dann fahren wir also kurz nach zwei los«, sagte Silke. »Haltet euch bereit.«

Die Selbstverständlichkeit, mit der sie das sagte, erstaunte Eggenthal. »Halb drei im Einkaufszentrum. Dann müsste ich so um Viertel nach eins los, damit ich den Zug erwische. Bin dann gegen halb drei da, vielleicht auch fünf Minuten später«, sagte er mit der gleichen Selbstverständlichkeit.

»Wieso Zug?«, fragte sie. »Ich dachte, wir fahren zusammen.«

Eggenthal wunderte sich, wie konsequent sie eine Tatsache

ignorieren konnte, die eigentlich seit über vier Wochen unübersehbar war.

»Hatte ich nicht deutlich gemacht, dass ich in keinen Wagen mehr einsteige?«, fragte er vorsichtig. »Wie kommst du jetzt darauf, dass ich mitfahren könnte?«

»Weil das hier ja was anderes ist.«

»Was anderes?«

»Ja. Das hier ist doch keine zusätzliche Fahrt, sondern eine, die sowieso stattfindet. Wenn du nicht mitfährst, verhinderst du damit keine Luftverschmutzung und keinen CO_2-Ausstoß oder was auch immer. Ob du in das Auto steigst oder nicht, das Auto fährt in die Stadt, mit Luca und mir. Und es ist Schwachsinn, wenn du dann quasi parallel dazu mit dem Zug fährst.«

»Wieso? Man kann die Sache ja auch andersherum sehen. Ich muss ja genauso damit klarkommen, dass ihr nicht mit *mir* fahrt. Daran kann ich doch auch nichts ändern und rege mich nicht auf. Genau! Warum fahrt ihr eigentlich nicht mit mir?«

»Weil aus diesem abgelegenen Dorf kein Mensch mit dem Zug ins Einkaufszentrum in die Stadt fährt. Weil das in etwa so umständlich ist, als würde man zum Beispiel von Dortmund aus über Flensburg nach München fahren oder mit dem Ruderboot über den Ärmelkanal. Weil man dann hin und zurück drei Stunden unterwegs ist anstatt eine.«

»Mit dem Ruderboot über den Ärmelkanal ist man nur drei Stunden unterwegs?«

»Zieh es nur ins Lächerliche. Du weißt genau, was ich meine. Es hat ja nicht jeder so viel Zeit wie du. Was du machst, hat mit gesundem Menschverstand nichts mehr zu tun.«

»Was ihr macht, eigentlich auch nicht. Und außerdem frag ich mich, warum immer alles eine Frage der Zeit ist. Mit meiner Methode kommt man genauso hin und zurück, ist kein Problem.«

»Kein Problem für dich vielleicht. Ich hätte eigentlich mal einen minimalen Kompromiss erwartet, schließlich haben wir uns ja auch ständig mit irgendwelchen Auswüchsen deiner Aktion herumzuschlagen. Es kann doch nicht sein, dass wir jetzt jedes Mal diese bescheuerte Diskussion führen müssen?«

»Müssen wir nicht. Und ich hab sie auch nicht angefangen. Ich hab mich in der Sache klar ausgedrückt. Von mir aus können wir die Diskussion beenden.«

Das war tatsächlich das Ende der Diskussion. Silke ließ den noch halbvollen Teller Spaghetti, deren Geschmack sie fünf Minuten zuvor noch gelobt hatte, stehen und verließ den Raum. Luca, der während des Gesprächs weitergegessen und kaum reagiert hatte, aß schweigend auf und schlurfte aus der Küche.

»Sag deiner Mutter, dass wir uns um halb drei am Brunnen treffen«, rief Eggenthal ihm hinterher. Da auch er keinen Hunger mehr hatte, räumte er auf, warf noch einen Blick in die Zeitung, ohne das Gelesene richtig wahrzunehmen, und machte sich dann mit dem Rad auf nach Waldbeck zum Bahnhof.

Er wusste, dass er bei seiner Linie bleiben musste und dass er sein Vorhaben gleich begraben konnte, wenn er sich ständig auf Kompromisse einließ. Er nahm sich vor, im Einkaufszentrum noch einmal ganz sachlich mit ihr darüber zu reden und sie vielleicht zu bitten, ihm seine kleineren Unzulänglichkeiten zu verzeihen.

Im Zug war es ganz gemütlich. Die Fahrten an den frühen Nachmittagen mochte er, es waren wenige Leute im Zug, man kam in Ruhe zu seinem Ziel. Eggenthal hatte einen Fensterplatz und schaute hinaus. Die Landschaft war hügelig und dünn besiedelt, kleine Dörfer gab es alle paar Kilometer. Die Bahnstrecke folgte in weiten Bögen dem Fluss, der dieses Tal einst gegraben hatte, kreuzte ihn einige Male. Bäume standen an der Strecke, Lärchen, Birken und Ahorn, deren Blätter sich in Gelb- und Rottönen verfärbten, dazwischen Strauchwerk, ab und zu sah er eines der verfallenden Bahnwärterhäuschen aus Ziegelsteinen, mit dunklen Löchern anstelle von Fenstern und Türen, und alte Industriegebäude, nicht mehr genutzte Hallen mit zersplitterten Fensterflächen, auf die mild die Herbstsonne fiel.

Manche Häuser in den Orten wirkten aus der Entfernung von einigen hundert Metern tatsächlich wie aus einer Modelleisenbahn, andere, verwinkelt mit Gauben und Erkern und kleinen Türmen, eher verwunschen, Eggenthal mochte das. Sein eigenes Haus fiel ihm ein – ein quadratischer Klotz.

Irgendwo ein paar Reihen vor ihm hatte ein Mann ein lautstarkes Telefonat mit dem Handy begonnen und beglückte damit das ganze Abteil. Ein Punk war zugestiegen, saß schräg gegenüber, auf der anderen Seite des Mittelgangs, wo Eggenthal ihn unauffällig mustern konnte. Die grüne Haarsichel, der Rest sorgfältig kurzrasiert. Ein Nasen- und ein Ohrring in einer zierlichen Ohrmuschel, ein schmales, junges Gesicht mit einem unverstellten, nachdenklichen Blick. Die Hose mit Leopardenmuster, wadenhohe Stiefel mit roten Schnürsenkeln, eine schwarze Jacke, neu, ebenfalls schwarze fingerlose Handschuhe, ungeflickt. In seinem Dorf sicherlich ein Exot, und doch stimmte etwas nicht mit ihm, alles war eine Spur zu ordentlich, fast perfekt. Vielleicht stieg er gerade erst ins Geschäft ein.

Sie waren angekommen, Eggenthal stieg aus und verließ den Hauptbahnhof, vor dessen Türen das Punkertreffen stattfand. Zwei Drittel des Eingangs waren beschlagnahmt, die neu Hinzukommenden wurden mit lautem Grölen aufgenommen, ein paar Bierkästen standen herum, und dröhnende Musik vermischte sich mit dem Kläffen der herumlaufenden Hunde. Eggenthals Punk gesellte sich dazu und wurde von einem Riesen, auf dessen Shirt man die Worte »fuck conventions« entziffern konnte, und einem Zweiten, von dessen Jacke der Schädel eines Ziegenbocks baumelte, überschwänglich begrüßt. Es schien also doch alles in Ordnung zu sein mit ihm.

Eggenthal nahm die Straßenbahn und fuhr ins Einkaufszentrum, zurück in eine Welt, die ihm vertrauter war. Luca war schon irgendwo unterwegs, Silke wartete tatsächlich am Brunnen und teilte ihm kühl mit, dass sie mit ins Schuhgeschäft gehen und ihm bei der Wahl helfen würde, dann könnten sie sich ja trennen und sich für später eventuell noch zu einem Kaffee in einem der Cafés verabreden.

»Warum brauch ich eigentlich Schuhe?«, fragte Eggenthal, der sich in diesen Dingen bisher immer auf Silke verlassen hatte. Die Frage war ihm in der Straßenbahn eingefallen.

»Weil du keine vernünftigen mehr hast. Nur noch die Latschen, die jetzt bei dir bei der Arbeit rumstehen. Du brauchst ein Paar feste Schuhe für alle Gelegenheiten. Und nächstes Jahr heiratet Christine« (Eggenthals Nichte, die Tochter seiner Schwester und Holger Grisses), »vielleicht finden wir dafür auch gleich noch was Passendes. Wir hatten übrigens schon darüber gesprochen.«

»Aber das ist doch noch lange hin.« Eggenthal überlegte. »Feste Schuhe für alle Gelegenheiten« klang gefährlich, das war irgendwas, das man für alles und gar nichts gebrauchen konnte, etwas für Typen, die Krawatten zu Jeans trugen, jedenfalls war es im Moment nichts, was er dringend haben musste.

»Ich brauch eigentlich was anderes«, sagte er. »In der Zeitungsbeilage hatten sie Trekkingschuhe mit einer wasserdichten Membran. Meine lassen nämlich selbst das kleinste bisschen Regen durch, aber die waren genial. Und sie hatten eine feste Sohle, das taugt optimal zum Radfahren, da vergeudet man nicht so viel Kraft.« Er erklärte es ganz sachlich, doch ihr Blick hatte sich bereits verfinstert.

»Kannst du auch mal an was anderes denken? Willst du jetzt überall, wo wir hingehen, in deinen komischen Funktionsklamotten aufkreuzen?«

»Sag doch einfach praktisch statt komisch, dann passt es.«

»Ja, klar. Und wenn wir irgendwo eingeladen sind oder essen gehen oder auf eine Hochzeit, dann kommst du mit deinen praktischen Klamotten und siehst aus wie ein Wanderer oder ein Bergsteiger. Fällt dir dazu noch irgendwas ein?«

»Fuck conventions«, sagte Eggenthal. Die Antwort war ein wenig überraschend, sogar für ihn selbst, aber es war tatsächlich das, was ihm gerade dazu eingefallen war. Und es war das Letzte, was er an diesem Nachmittag zu ihr sagte.

Gegen halb fünf saß Eggenthal wieder im Zug. Silke war ihm im Einkaufszentrum noch einmal über den Weg gelaufen, hatte aber die Seite gewechselt und ihn ignoriert, was ihm ein wenig zu schaffen machte. Um sich abzulenken, zog er die Schuhe, die er gekauft hatte, aus dem Rucksack und betrachtete sie. Grau mit rotem Logo und leuchtend blauen Schnürsenkeln, wasserdicht, grobes, festes Profil, genau wie er es sich vorgestellt hatte. Er hatte sie groß genug gekauft, um auch dicke Strümpfe darin tragen zu können, das konnte bald wichtig werden.

Als der Zug an einer Station anhielt, blickte er aus dem Fenster. Ein Jugendlicher, kaum älter als Luca, war ausgestiegen, setzte sich einen Helm auf und fuhr mit einem Motorroller davon. Die Dinger waren in Mode gekommen, Eggenthal hatte sich schon mehrmals darüber gewundert. Früher wäre damit nichts zu holen gewesen.

Mit siebzehn stand er tatsächlich einmal kurz davor, Kreidler-Besitzer zu werden, was einen echten sozialen Aufstieg bedeutet hätte. Es war Frühsommer geworden, das Ende ihres vorletzten Schuljahrs nahte, und die begehrtesten Frauen waren vergeben. Es war ohnehin schwierig, Beziehungen zu Mitschülerinnen aus der eigenen Klasse aufzubauen, man wurde dort zu sehr als Chaot oder einfach nur als Kumpel angesehen, als dass man ihnen imponierte. Annette Felber war längst aus dem Rennen, sie hatte einen Typen aus der Dreizehn, der Eggenthal total nervte, weil er sogar in den Pausen auf der Matte stand, wodurch auch die gelegentlichen Gespräche mit ihr ausfielen.

Auch Sticher sang das Hohelied auf den Beischlaf, er sang es laut und unterhielt sie in den Pausen damit; seine Mitteilungen, welche Partnerin wo und wie oft von ihm durchgevögelt worden war, kamen einer Veröffentlichung am Schwarzen Brett gleich. Bei Lammbeck war es anders, der fuhr zwar ständig irgendwelche Frauen mit der Kreidler durch die Gegend, war aber diskret, und es dauerte selbst bei Eggenthal eine Weile, bis der heraushatte, mit wem er gerade zusammen war. Es war schon eine Beeinträchtigung ihrer Freundschaft, denn auch Gabi Lauch, Lammbecks Freundin aus der Parallelklasse, musste den größten Teil ihrer gemeinsamen Zeit in Lammbecks Garage verbringen, wo sie wie immer zusammenhockten, Motorradzeitschriften wälzten und von ihren zukünftigen Maschinen fabulierten. Wenn Lammbeck und sie anfingen rumzuknutschen, fühlte Eggenthal sich deplatziert, es kam dann vor, dass er die Quickly startete, nach Hause fuhr und sich auf seinem Zimmer mit »Quadrophenia« von The Who zudröhnte oder, wenn er sich anderweitig abreagiert hatte, etwas las. Er mochte Geschichten, in denen die Helden schräg waren, unabhängig oder eigenwillig, und er mochte es, wenn das Ganze ein bisschen melancholisch wurde, etwas, das ihm lag.

Richtig lästig wurde es für Eggenthal jetzt auf den abendlichen Treffen oder Feiern. Wenn alle nur noch in irgendwelchen Ecken abhingen und sich abtasteten, saß er gewöhnlich mit einer Flasche Bier an einer Theke der damals üblichen Kellerbars, hatte gelegentlich bescheidene zwischenmenschliche Erfolge als Berater bei Beziehungsproblemen und musste sich ansonsten notgedrungen die Gespräche anderer »Übriggebliebener« aufzwingen lassen. Einmal, auf einer Feier bei Sticher, setzte sich Annette Felber zu ihm. Sie unterhielten sich gut, tranken ein, zwei Flaschen und schubsten sich spaßeshalber ein bisschen herum und tanzten dann zu irgendeinem Stück von Santana eng zusammen, was Eggenthal als ironischen Anklang an frühe Tanzversuche in der siebten Klasse deutete, auf jeden Fall hatten sie ihren Spaß. Annette reichte ihm gerade mal bis zu den Schultern, schmiegte ihren Kopf an seine Brust und schaute ab und zu mit einem Blick zu ihm hoch, der irgendwas Konspiratives hatte.

Danach ging es um Zukunftspläne, von denen Eggenthal nicht viele hatte, so dass der Austausch ein wenig einseitig wurde. Annette erzählte von ihrem geplanten Soziologiestudium (Eggenthal wusste gar nicht genau, was das eigentlich war) und informierte ihn danach über die Fortschritte einer Gruppe, der sie angehörte und die ein Fahrverbot für Autos in der Innenstadt von Lensingen forderte (Eggenthal fand das toll, hoffte aber, dass es nicht auch für Mopeds gelten sollte). Schließlich nörgelte sie ein wenig darüber, wie nervig eine Beziehung manchmal sein könne, dann stießen sie wieder an mit ihren Bierflaschen, und Eggenthal sah einen ganz interessanten Abend mit unverhofften Möglichkeiten auf sich zukommen, als sie sich gegen 22 Uhr plötzlich verabschiedete. Bernd würde gleich vorbeikommen (der Typ aus der Dreizehn), mit dem Wagen, sie wollten noch mal in die Stadt, weil hier ja nichts los sei, und ob er noch mitkommen wolle. Er verneinte dankend.

Eggenthal machte für das Ausbleiben einer engeren Bindung auch den nicht vorhandenen Soziussitz seiner Quickly mitverantwortlich. Die Mitnahme einer Sozia hätte immerhin einige Möglichkeiten eröffnet; die beste Art des Transports bestand nämlich darin, dass die Mitfahrerin ziemlich nah zu dem Piloten aufrückte und ihre Arme um seinen Bauch schlang, da nur so eine Einheit von Fahrer, Beifahrer und Maschine und eine stabile Straßenlage zustande kam.

Hier zeichnete sich eine Lösung ab, wie erwähnt stand die Übernahme der Kreidler durch Eggenthal kurz bevor, der Deal war bereits eingefädelt. Lammbeck hatte mittlerweile den Motorradführerschein erworben und entschieden, sich eine Yamaha RD 250 zuzulegen. Ihm fehlten noch etwa sechshundert Mark, und für diesen Betrag sollte die Kreidler an Eggenthal gehen. Lammbeck hatte ihn immer mal wieder eine Runde drehen lassen, wobei er sich stets, mit fünfundneunzig Sachen unterwegs, im Geschwindigkeitsrausch gefühlt hatte. Er fieberte der Übergabe entgegen.

Das Vorhaben scheiterte im allerletzten Moment: Lammbeck, der weder sich noch die Kreidler je geschont hatte, drehte morgens auf dem Weg zur Schule noch ein letztes Mal auf. In der Kurve am Hellbach, die er als Einziger mit über neunzig Sachen fuhr, hatte er die Karre schon ein paarmal auf den Rasten gehabt (es war das Größte, wenn das Moped in einer Kurve auf den Fußrasten aufsetzte – das bedeutete maximale Schräglage und größtmögliches Fahrkönnen, und die meisten schafften es nicht). Auch diesmal war er kurz davor, glaubte schon das Schleifen von Metall auf dem Asphalt zu hören, doch dann vereitelte ein kaum sichtbarer Nässefilm, vielleicht Reste von Bodennebel, wie Lammbeck danach zu Protokoll gab, das Gelingen der Aktion. Stattdessen rutschte das Vorderrad weg, Fahrer und Maschine trennten sich, und die Kreidler segelte quer über die Straße. Ein entgegenkommender Kleinlastwagen kam nach einer Vollbremsung gerade noch rechtzeitig zum Stehen, und die Insassen konnten beobachten, wie das Moped an einem Baum zerschellte. Lammbeck war nicht ganz so weit gerutscht, er saß auf dem Hintern vor dem Laster und schaute hinauf. Sein Gesichtsausdruck, nachdem er den Helm abgenommen hatte, wurde später als »verdutzt« beschrieben.

Die Kreidler war Schrott, Eggenthals Traum hatte sich buchstäblich zerschlagen, er warf Lammbeck »völlige Blindheit« und »sinnloses Herumbrettern« vor und Unfähigkeit, sich an eine Abmachung zu halten. »Die Karre hat immer noch mir gehört«, war Lammbecks Antwort. »Also kann ich damit machen, was ich will.«

Da ihm nun sechshundert Mark in seiner Kalkulation fehlten, legte er sich statt einer neuen nun eine gebrauchte 250er Yamaha zu, mit der man, was die Beschleunigung betraf, immer noch jeden müden Pkw stehenließ.

Zwei Wochen später, kurz vor den Sommerferien, kreuzte er damit auf dem Schulparkplatz auf und erregte einiges Aufsehen. Das Ding bollerte richtig rum, es klang zwar noch immer blechern, aber doch einige Tonlagen tiefer als die sägenden, randalierenden Kleinkrafträder, auf denen die meisten unterwegs waren. Blaumetallic-Lackierung, dreißig PS und mit anderen Zylindern und Vergasern ließ sie sich auf dreihundertfünfzig Kubikzentimeter aufrüsten; eine Maßnahme, die Lammbeck, als er wieder solvent war, umgehend durchführte.

Eggenthal schluckte ein wenig, es war nicht leicht, den Neid zu bekämpfen beziehungsweise Geduld zu haben, denn er wurde erst in einem halben Jahr achtzehn. Die sechshundert Mark legte er auf die Seite, für eine eigene Maschine. Und er beschloss, sich nun doch um einen Ferienjob zu kümmern, um das restliche Geld zusammenzubekommen.

Sticher sprang nicht auf den Motorradzug auf, er fand diesen ganzen Hype albern und übertrieben. Dafür tauchte er eines Tages mit einer acht Jahre alten Citroën DS auf, einem völlig abgedrehten Wagen, stromlinienförmig, mit Doppelscheinwerfern hinter einer Glasscheibe und einem seltsamen Einspeichenlenkrad. Seine Erscheinungsform hätte den Wagen auch als Ufo oder zumindest als eine Art Raumgleiter in einem Science-Fiction-Film qualifiziert. Der Hammer aber war die Hydropneumatik, eine Art hydraulische Federung. Wenn Sticher die DS (ja, es war tatsächlich eine »Sie«) parkte, dann senkte sich der Wagen langsam ab. Startete er, hob er sich mehrere Zentimeter in die Höhe, und Sticher saß während dieses Vorgangs mit dem Ausdruck größter Gleichgültigkeit in dem Auto, wissend, dass er von mindestens zehn Leuten beobachtet wurde.

Gegen 17 Uhr hatte Eggenthals Zug Waldbeck erreicht. Die Rückfahrt hatte ihn abgelenkt, doch je näher er seinem Haus kam, desto deutlicher sah er sich gezwungen, sich mit seiner aktuellen Situation auseinanderzusetzen. Wie zur Bestätigung wandte sich sein Schwager Holger Grisse, der gerade am Hofeingang einen Gartenschlauch zusammenlegte, grußlos von ihm ab, drehte ihm demonstrativ den Rücken zu und ging ein paar Schritte Richtung Scheune.

Das war zu verschmerzen. Wichtiger war es, die atmosphärischen Störungen zwischen ihm und Silke zu beheben und eine Annäherung zu erreichen. Silke war es nicht gewohnt, dass er selbständige Entscheidungen beim Kleidungskauf traf, vielleicht war auch seine Wortwahl im Einkaufszentrum in der ohnehin schon angespannten Atmosphäre suboptimal gewesen. Vermutlich kam alles zusammen. Jedenfalls sah er sich nach den Vorfällen des Nachmittags irgendwie in der Defensive.

Und dort blieb er auch.

Es gab keine Annäherung, der Abend verlief kühl, nur die nötigsten Worte fielen. Es hatte irgendwann einmal zur Stärke ihres Zusammenlebens gehört, dass sie Meinungsverschiedenheiten ausräumen konnten, sie nicht über mehrere Tage schwelen ließen, während derer man sich ignorierte oder allenfalls durch betonte Wortkargheit und Ironie verletzte, aber genau das passierte seit einigen Wochen immer öfter.

Der Brief, den er am frühen Nachmittag achtlos auf dem Schreibtisch abgelegt hatte und den er jetzt öffnete, besserte seine Laune nicht. Er war vom Ordnungsamt der Stadt Lensingen und enthielt ein wirklich gelungenes Schwarzweißfoto eines Menschen auf einem Rad, der zu einer Art Rennhaltung gekrümmt und mit konzentriertem Blick einen Berg hinabfuhr. Der Fahrer war eindeutig als Arno Eggenthal zu identifizieren. Offenbar hatten die Beamten, die seine Personalien aufgenommen hatten, ganze Arbeit geleistet.

Es wurmte ihn, dass er vermutlich der einzige Fahrradfahrer war, der sich an einer Radarfalle erwischen ließ. Dass sie ihm siebzig Euro Bußgeld in Aussicht stellten, fand er noch weniger witzig.

Am Sonntag deckte Eggenthal den Frühstückstisch. Silke ließ sich Zeit, Eggenthal wartete. Luca schlief noch, er erschien an den Wochenenden selten vor 11 Uhr auf der Bildfläche. Er musste am Nachmittag Basketball spielen, ein Heimspiel in Waldbeck.

»Ich kann doch mit Luca zusammen mit dem Rad hinfahren. Ich nehm seine Tasche, dann strengt er sich nicht an, und du kannst dir die Fahrt sparen«, sagte Eggenthal, als er mit Silke am Tisch saß.

»Es regnet. Aber wem es nichts ausmacht, vier Stunden Zeit zu verplempern, um ein einziges Paar Schuhe zu kaufen, dem ist vermutlich auch das völlig egal. Luca hat ein wichtiges Spiel. Ich bin froh, dass er das überhaupt noch ein bisschen ernst nimmt. Und jetzt soll er sich auf ein Fahrrad setzen, das ihm im Übrigen viel zu klein ist, und durchnässt in der Halle ankommen. Zusammen mit seinem Vater, der ihm die Sporttasche schleppt wie einem Grundschüler. Und das alles vor den Augen von zehn Kumpels, die sich über ihn schlapplachen.«

Eggenthal schwieg. Er fand sich, wie gesagt, in der Defensive. Er ließ sie gewähren und fuhr mit dem Rad zur Sporthalle, die paar Regentropfen fand er wirklich nicht erwähnenswert. In der Halle saßen er und Silke weit auseinander.

In den nächsten Tagen ließ er nicht nach in seinen Bemühungen um eine Normalisierung. Am Montagabend schaltete er, als sie abends ins Wohnzimmer kam, den Fernseher um auf eine Sendung, in der Menschen gezeigt wurden, die sich in einem Camp fern der Zivilisation einsperren ließen und versuchen mussten, durch unwürdige Aktionen Nahrung und die Sympathie der Zuschauer zu erlangen. Einige von ihnen brauchten wohl das Geld und gaben sich deshalb dafür her, andere waren zum Heulen blöd, und noch vor einer Woche hatten Silke und er sich die Geschehnisse fasziniert angeschaut und sich darüber unterhalten, welche Beweggründe man für so etwas haben konnte. Es war ein gutes Gespräch gewesen, sogar mit der Erkenntnis, dass sich einige von den Camp-Bewohnern ihrerseits fragen mochten, welche Beweggründe man denn haben konnte, jeden Morgen zur gleichen Zeit aufzustehen und in eine Bank oder Bibliothek zu fahren.

Silke war oft angespannt, wenn sie von der Arbeit nach Hause kam, deshalb versuchte Eggenthal es nun mit dieser Fernsehsendung, die keinerlei geistige Initiative erforderte, in der Hoffnung, über die Aktionen der Insassen zu einem Gespräch mit ihr zu finden. Silke schaute kurz auf den Bildschirm, fragte ihn, ob er sich jetzt jede Woche diesen Schwachsinn reinziehen wolle, und verließ das Wohnzimmer.

Kapitel 10

In der nächsten Woche ging Eggenthal aufs Ganze. In Lucas Schule gab es eine Ausstellung, in der die Ergebnisse der vorangegangenen Projektwoche präsentiert wurden. Da Luca eine Mitfahrgelegenheit hatte und für Silke die Beförderungsaufgabe entfiel, schlug Eggenthal ihr vor, dass er ja die Präsentation besuchen und sie dafür einen gemütlich Abend zu Hause verbringen könne.

Also machte er sich gegen sechs auf den sechzehn Kilometer langen Weg. Die lange Steigung kurz hinter Waldbeck machte ihm nichts mehr aus, er trat geistesabwesend in die Pedalen, erreichte nach gut fünfzig Minuten, schon in der Dämmerung, Lensingen, und plötzlich, als er die Abkürzung über den Parkplatz des Herkules-Marktes nahm, sah er etwas im Eingangsbereich des Freigeländes stehen, das ihn aufmerken ließ: Schneeschieber.

Erst vor zwei Wochen, also Mitte Oktober, hatte Silke darauf hingewiesen, dass sie einen neuen Schneeschieber bräuchten. Eggenthal hatte sich darüber amüsiert, er war, obwohl das Schneeräumen in seiner Straße sehr ernst genommen wurde, eher ein Gegner von Schneeschiebern – nicht zuletzt, da es seit Jahren kaum schneite –, vor allem aber hatte er sich lustig gemacht über ihre Art, alles vorauszuplanen, und sie gefragt, wie ein Mensch mal abschalten solle, wenn man im Oktober an Schneeschieber dachte, und welche Anschaffung sie als Nächstes wichtig fände, Stützstrümpfe vielleicht für schlagartig hereinbrechende Altersbeschwerden oder Ähnliches. Sie hatte eingeräumt, dass es ja nur mal so ein Gedanke gewesen sei, bevor es wieder zu spät wäre …

Das fiel ihm in dieser Sekunde ein, und er bremste, wendete das Rad und bewegte sich auf den Eingang des Marktes zu.

Die Projekte der Arbeitsgruppen waren in verschiedenen Klassenräumen untergebracht, durch die Eggenthal jetzt schlenderte. Ihm war kaum bewusst, dass er selbst auch Blicke auf sich zog. Erst als er Lucas Klassenraum betrat und einige Mitschülerinnen seines Sohnes zu kichern begannen, ahnte er, dass es mit dem Schneeschieber zu tun haben könnte, den er mit sich trug. Luca verzog sich bei seinem Anblick in den hinteren Teil des Klassenraums, wo einige seiner Kumpels herumstanden.

Eggenthal ersparte ihm die Verlegenheit, mit ihm sprechen zu müssen, und sah sich die Schautafeln mit den Informationen an, die die Gruppe erarbeitet hatte, es ging um die Bevölkerungsstatistik in der Region. Nach einer Zeit, die er als angemessen empfand, verließ er den Klassenraum, um sich auf den Heimweg zu machen.

Seine Aufgabe bestand jetzt darin, einen Schneeschieber auf einem Rad den Berg hoch und dann nach Hause zu befördern. Der Transport des Geräts, dessen Kauf er als Zeichen äußerster Demut wertete, funktionierte am besten, wenn man es quer über den Lenker legte und den Stiel zusammen mit den Lenkergriffen erfasste. So nahm er zwar fast den kompletten Radweg ein und hatte nicht unerhebliche Probleme beim Bremsen, kam aber leidlich gut voran.

Am Ortsausgang von Lensingen musste er seine Taktik ändern. Da es stockdunkel war und er in der Breite einen Mittelklassewagen deutlich übertraf, stellte er eine Gefahr für den überholenden Verkehr dar. Er nahm den Schneeschieber jetzt abwechselnd in die rechte oder linke Hand und legte ihn gelegentlich zur Entlastung auf den Lenker, wodurch er sich nun wie ein Ritter in einem dieser Historienfilme fühlte, die, um die Prinzessin zu erobern, auf Turnieren mit der Lanze im Anschlag auf den Gegner zustürmten und versuchten, ihn aus dem Sattel zu werfen. Mit dem Unterschied, dass die Lanze in diesem Fall ein Schneeschieber war und die Prinzessin, die es zu erobern galt, eine Zweigstellenleiterin, mit der er in einem ehelichen Verhältnis stand.

Die spezielle Art des Transports strengte an, so dass er froh war, als er endlich die Steigung gemeistert hatte, auf den Radweg umschwenken konnte und es wieder bergab ging. Er legte das Gerät jetzt wieder quer über den Lenker, die Überbreite stellte hier kein Problem mehr dar, da um diese Zeit längst niemand mehr auf dem Radweg unterwegs war.

Arglos rollte er Waldbeck entgegen, nicht ahnend, dass der Feind, für ihn nicht zu erkennen, reglos und geduldig am rechten Wegrand lauerte. Er verharrte dort in der Dunkelheit, in Gestalt eines drei Meter hohen stählernen Pfostens, an dem in naher Zukunft einmal Hinweistafeln für Radfahrer angebracht werden sollten.

Es nahm Eggenthal kurz den Atem, als die Schaufel des Schneeschiebers mit dem unsichtbaren Gegner kollidierte und der Stiel mit voller Wucht gegen seine Rippen schlug. Während er versuchte, das schlingernde Rad unter Kontrolle zu bringen, wirbelte das Gerät durch die Luft, überschlug sich einige Male und blieb hinter ihm auf dem Radweg liegen.

Eggenthal kam zum Stehen und tastete mit der Hand seinen Brustkorb ab, wobei ihn ein stechender Schmerz auf der rechten Seite etwa in Höhe der dritten oder vierten Rippe zusammenzucken ließ. Er stützte sich eine Weile auf dem Lenker ab, versuchte seinen Atem zu beruhigen, machte vorsichtig ein paar Schritte und hob den Schneeschieber auf. Es schien, als hätte der die Kollision besser überstanden als Eggenthal, es wackelte nichts, und bis auf ein paar Schrammen an der Schaufel, die man in der Dunkelheit erfühlen konnte, war er unversehrt. Eggenthal hatte ein Qualitätsprodukt erworben.

Die kurz aufwallende Wut und den Wunsch, das Gerät durch gezielte Schläge gegen den stählernen Pfosten zu zerschmettern, unterdrückte er, stieg sehr vorsichtig wieder auf das Rad und fuhr nun immer in der Mitte des Radwegs, um einen erneuten Unfall auszuschließen. Ein höheres Tempo wurde ohnehin durch die Schmerzen im Brustbereich vereitelt, die umso stärker wurden, je schneller oder kräftiger er atmete.

Als er gegen neun von der Garage ins Haus ging, fiel schwaches Licht durch die getönten Scheiben der Wohnzimmertür in den Flur. Sie war also noch auf, das hatte er gehofft, er wollte ja wenigstens noch einen Vorstoß machen, um ihre Stimmung zu erkunden. Vorher allerdings zog er sich leise am Treppengeländer hoch und fuhr in seinem Arbeitszimmer den Rechner hoch, um sich kurz über die Art seiner Verletzung zu informieren. Nach Eingabe aller Symptome erhielt er von einem Internetportal die Diagnose Rippenprellung. Das konnte man überleben, würde es aber noch einige Tage – im schlimmsten Fall Wochen – deutlich spüren.

Eggenthal entschloss sich zu einer konservativen Behandlungsweise mit Schmerzsalbe und entschied, den Unfallhergang aus naheliegenden Gründen zu verschweigen.

Fünf Minuten später öffnete er, mit dem Schneeschieber unterm Arm und einer Flasche Tempranillo in der Hand, die Tür zum Wohnzimmer.

»Du hast sie doch nicht mehr alle«, sagte Silke, als sie ihn sah. »Wo kommst du denn jetzt mit diesem Teil her?« Sie sprach mit ihm, immerhin.

»Es war ein Spontankauf. Ich hab die Dinger im Herkules-Markt entdeckt, die Leute haben sich drum gerissen, ich musste echt Schlange stehen und hab gerade noch den Letzten bekommen. Der hatte zwar schon ein paar Macken vom Transport, aber das dürfte die Funktion nicht einschränken.« Das mit dem Transportschaden war fast genial.

»Dann bist du also von Lensingen bis hierher mit dem Teil unterwegs gewesen. Gut, dass es schon dunkel war.«

»Du wolltest doch so ein Gerät haben. Wenn ich mich zum Affen gemacht habe, dann für dich. War übrigens gar kein Problem, es hierherzubringen. Trinkst du noch ein Glas Wein mit mir?«

Es überraschte ihn fast, dass sie ja sagte. Als er zwei Gläser geholt hatte und sich neben ihr auf das Sofa fallen ließ, konnte er einen leisen Schmerzschrei nicht unterdrücken.

»Was ist los?«, frage sie erstaunt.

»Der Rücken. Hab mich heute bei der Arbeit verhoben, als ich einen Korb voller Bücher auf ein Regal wuchten wollte, und da ist es passiert. Ist aber nichts Schlimmes«, sagte er.

»Du wirst alt«, sagte sie.

»Sieht so aus«, antwortete er.

Silke war zugänglich, freundlich, sie tranken Wein und redeten, alles hätte gut sein können, doch die kleinste Bewegung erinnerte Eggenthal daran, wie teuer er sich diese Zuneigung erkauft hatte. Es ging so weit, dass er zum ersten Mal in seinem Leben froh darüber war, dass es nicht zu intimen Handlungen kam, denn als er das gedanklich durchspielte, fiel ihm auf Anhieb nicht eine einzige Variante ein, die einen schmerzfreien Vollzug zugelassen hätte.

Der nächste Morgen war geprägt von der Bemühung Eggenthals, sich mit der Rippenprellung zu arrangieren. Er war zehn Minuten früher aufgestanden als sonst, um ein wenig Pufferzeit zu haben. Wenn er sich nicht zu schnell bückte, langsam von Stühlen aufstand und tiefes Atmen oder gar Husten unterließ, gestaltete sich das Dasein erträglich. Zum Glück sahen ihn Luca und Silke morgens meist nur kurz, da er ja als Erster aufstand.

Das Aufsteigen aufs Rad und die folgende Fahrt geschahen in Zeitlupe, so dass sein Zeitpuffer am Bahnhof in Waldbeck bereits aufgebraucht war und er sich völlig erledigt fühlte. Immerhin hatte sich, nachdem sie drei Tage kaum miteinander gesprochen hatten, die Lage zu Hause entspannt. Sie hatten sich ganz normal unterhalten, jedenfalls soweit es die Umstände zuließen; Silke, die mehr Kontakte im Ort pflegte, hatte ihm erzählt, was es Neues gab. Sie verglichen Eggenthal im Dorf jetzt mit seinem Vater. Der hätte vor langer Zeit den Hof der Familie übernehmen sollen, eine Aufgabe, für die er offensichtlich nicht geboren war. Die Fähigkeit, einen Schlepper mit einem oder sogar zwei Anhängern zu rangieren, erwarb er nie, genauso zeigte er Defizite bei der so wichtigen Wartung und Reparatur der Landmaschinen und Gebäude. Früh tauschte er die Arbeit auf dem Hof gegen einen Routinejob bei der Post ein. Im Dorf machte er sich rar, und seine Freizeit verbrachte er mit Tätigkeiten, die allgemein als unproduktiv angesehen wurden. Man erinnerte sich daran, dass er jahrelang versuchte, immer größere Sonnenblumen zu züchten, oder dass er aus den meterlangen Holzbrettern, die massenweise in der Scheune herumlagen und eigentlich für die Erweiterung des Gartenschuppens vorgesehen waren, Phantasiefiguren sägte, sie anmalte und als Skulpturen in dem abenteuerlich anmutenden Garten hinter dem Haus aufstellte. Über Mängel an anderer Stelle, wie etwa ein über Jahre undichtes Scheunendach, sah er großzügig hinweg.

Als er pensioniert war, erklärte er, dass er von nun an die Sommerzeit nicht mehr mitmachen würde, sondern in dem Rhythmus weiterleben würde, den die Natur ihm vorgab, so wie es die Vögel und die Fische auch taten. Er stellte die Uhr also nicht mehr, wie es alle taten, zum festgelegten Zeitpunkt eine Stunde vor, sondern lebte weiter nach der »alten« Zeit, was zur Folge hatte, dass er jetzt morgens später aufstand als alle anderen und dafür abends später zu Bett ging. Oft kam er, da er ja in einer anderen Zeitzone lebte, zu spät zu vereinbarten Treffen oder Familienfeiern, verpasste gelegentlich die erste Halbzeit von wichtigen Fußballübertragungen, blieb aber »im richtigen Rhythmus« und wurde erst im Herbst nach Rückstellung der Uhren wieder zugänglich für Terminabsprachen.

Als Grisse dann auf den Hof kam, übernahm er schnell die Initiative und brachte alle Gebäude auf Vordermann. Die seltsamen Gestalten aus Holz entfernte er aus dem Garten, lagerte sie eine Zeitlang und warf sie schließlich, kein Vierteljahr nachdem Eggenthals Vater gestorben war, als Brennholz in den Ofen.

Eggenthal wunderte sich immer noch, worüber sich seine Mitmenschen, offensichtlich auf der Suche nach Erklärungen für sein Verhalten, so alles Gedanken machten. Und erfuhr kurz darauf, dass er nicht nur die Menschen in seinem Dorf verunsicherte.

In der Bibliothek lagen in einer Nische am Ende des Flurs, von dem die Büros abgingen, eine Teeküche und daneben eine Abstellkammer, ein vielleicht drei Quadratmeter großer, von einer Neonlampe beleuchteter Raum ohne Fenster, in dem die

Putzfrauen ihre Gerätschaften aufbewahrten. Darin gab es außerdem ein Waschbecken mit einem kleinen Spiegel darüber, einen Hocker und einige Kleiderhaken.

Eggenthal nutzte die Kammer zum Umziehen. Jeden Morgen zog er dort seine »Büroschuhe« an, stellte die Trekkingschuhe ab und hängte die Regenjacke oder was er gerade anhatte an einen der Haken, wo er auch ein Handtuch und einen Waschlappen deponiert hatte, um sich, falls erforderlich, kurz frisch machen zu können.

An diesem Morgen hatte er die Tür hinter sich nur angelehnt. Eggenthal hatte sich zur Erholung noch kurz auf dem Hocker niedergelassen und wollte die Kammer gerade verlassen, als er Stimmen hörte und stutzte, als sein Name fiel. Es waren ein paar Kollegen, die sich nebenan in der Teeküche unterhielten.

»Also mir wär das viel zu umständlich.« Es war die Stimme von Wicke.

»Umständlich, wenn es das nur wäre«, sagte Kallmann. »Was der für Zeit verliert. Und die Bewegungsfreiheit ist weg. Die Spontaneität. Du hast doch gar keine Lebensqualität mehr, wenn du dich so einschränkst.«

»Ich versteh es nicht«, sagte Wicke. »Ich frag mich immer noch nach dem Beweggrund. Wie einem aus heiterem Himmel so was einfallen kann. Und seit gestern hat er ein neues Foto auf seinem Schreibtisch stehen: Die haben ihn auf dem Rad kurz vor Lensingen geblitzt, und er hatte fünfundzwanzig Sachen zu viel drauf. Ist doch nicht normal, so was.«

»Die haben ihn geblitzt, weil er zu schnell mit dem Rad war? Also ich finde, das hat schon was.« Es war die Stimme von Carla Berg.

»Das hat was Idiotisches«, sagte Kallmann.

»Aber wenn man sich die Nachrichten so anhört, dann gibt

es schon Beweggründe für seine Aktion. Auch wenn man's nicht auf die Spitze treiben muss.« Das war wieder Carla Berg.

»Ich hör mir die Nachrichten schon an. Und zwar ziemlich genau. Bei den Problemen, die du meinst, müssen erst mal andere tätig werden. Die ganzen Produktionsanlagen, die die Umwelt belasten, da ist die Regierung gefordert und nicht wir, die sind dafür gewählt worden, dann sollen sie auch ihren Job machen«, sagte Kallmann. Eggenthal in seiner Kammer grinste.

»Es ist natürlich auch eine Möglichkeit aufzufallen«, so Kallmann weiter. »Das ist er ja beruflich bisher nicht so häufig.«

»Glaub nicht, dass er das will, er geht ja ziemlich zurückhaltend damit um«, meinte Carla Berg.

»Weil er nicht will, dass er dran gemessen wird. Bisher ist er noch gar nicht richtig gefordert worden, es wird doch jetzt erst richtig interessant. Das gibt noch Stress zu Hause, und das Mistwetter kommt auch bald dazu. Dem wird wahrscheinlich langsam bewusst, was er sich da vorgenommen hat. Und wenn er seine hirnlose Aktion an die große Glocke hängt, dann hat er keine Hintertür mehr offen, um ohne Aufsehen aus der Nummer wieder rauszukommen.«

Eggenthal wartete, bis sie sich verzogen hatten, verließ seinen Raum und machte sich einen Kaffee. Der Kaffee schmeckte ihm seltsamerweise besser, seit er mit Rad, Bahn und Bus zur Arbeit fuhr. Wenigstens etwas, dachte er.

Auch Raimund Schwickert, der Leiter des Bereichs Sprach- und Literaturwissenschaften, wusste mittlerweile Bescheid über seinen selbstgewählten Auto-Entzug, so dass bei der Besprechung, die an diesem Morgen stattfinden sollte, auch von ihm ein kurzer Kommentar zu befürchten war. Eggenthal erwartete nicht, dass Schwickert als Führungskraft zu einem qualifizierteren Umgang mit der Thematik befähigt wäre.

Schwickert fuhr einen dieser sogenannten SUV, ein Fahrzeug mit den Ausmaßen und dem Luftwiderstandswert einer Feldscheune und dem Spritverbrauch eines Leopard-Panzers, optisch einem Geländewagen nachempfunden, obwohl es dort nie benutzt wurde. Wenn es darum ging, die Vorzüge des Wagens zu erläutern, verwies er stets auf die Sicherheit und die hervorragende »Traktion«. Auf die bei einem früheren Zusammentreffen gestellte Frage einer Kollegin, ob er nicht Bedenken hätte wegen des hohen Verbrauchs und der ganzen Problematik mit den Abgaswerten, das würde ja sogar zum Abschmelzen der Eisberge führen und so weiter, hatte Schwickert damals geantwortet: »Haben Sie hier in der Gegend schon mal einen Eisberg gesehen?« Die Antwort war der Brüller gewesen.

Eggenthals Aktion kommentierte er an diesem Morgen nur kurz. »Wenn es die Einhaltung der Arbeitszeiten nicht beeinträchtigt«, sagte er und sah ihn über den Rand seiner Brille hinweg an, »dann können Sie von mir aus auch auf einem Kamel herkommen. Jeder nach seiner Façon.« Alle lachten vorschriftsmäßig bis auf Carla Berg, die den Witz mit verschränkten Armen und einem demonstrativen »Haha« kommentierte.

»Klar ist Schwickert manchmal bescheuert«, sagte sie später zu Eggenthal, als sie zusammen an der Ausleihtheke standen und einen Moment Ruhe hatten. »Aber was du machst, ist ja auch nicht ganz dicht.«

Er hätte gern mit Silke über alles gesprochen, über das Geschwätz seiner Kollegen, über den ersten überstandenen Monat seiner Aktion und die kleinen Erfolge, die sie ihm hin und wieder bescherte; er hätte das gern mit ihr geteilt, und es wäre ihm eine Hilfe gewesen, doch da sie gerade erst ihre Spannungen überwunden hatten, zog er es vor, das Thema auszublenden.

Am Wochenende schlief sie mit ihm. Es war gar nicht schlecht, wenn man davon absah, dass er wegen der anhaltenden Schmerzen nur in der Rückenlage agieren konnte. Auch davon abgesehen, war es nicht ganz so wie sonst, eher sachlicher, funktioneller, und es gab auch kein Gespräch danach, was er bedauerte. Dass sie allerdings überhaupt Sex hatten, war immerhin ein ziemlich großer Fortschritt. Und es war für ihn ein wichtiger Bestandteil der komplexen Aufgabe zusammenzuleben.

Er konnte jetzt keine zusätzlichen privaten Probleme gebrauchen, sondern musste sich auf die Außeneinflüsse konzentrieren – es war November. Die Temperatur lag irgendwo zwischen einem und fünf Grad, und es brachte nicht mehr viel, sich über die Regenwahrscheinlichkeit im Internet zu informieren, sie lag jetzt generell bei neunzig Prozent. Es regnete praktisch am Stück; eine Wetterlage, die er selbst als Fußgänger immer als extrem unangenehm empfunden hatte und die seine morgendliche Startprozedur verlängerte und komplizierte.

Er wählte nun nicht mehr den direkten Weg vom Haus in die Garage, sondern ging, mit dem Rucksack in der Hand, zur Haustür hinaus, um das Wetter zu checken. Dann nahm er – bei Bedarf – die Regenhose aus dem Rucksack und zog sie über. Unter dem Radhelm trug er eine enganliegende Kappe oder ein Stirnband, über den Helm spannte er eine Plastikhaube, und auch über den Rucksack kam ein Überzug als Schutz gegen die Nässe. Es war umständlich, und die kalten Regentropfen, die ihm beim Fahren ins Gesicht prasselten, waren unangenehm, besonders bei Gegenwind. Am Bahnhof, triefend nass, zog er die Regenhose wieder aus, steckte sie in einen Plastikbeutel und dann in den Rucksack, wozu er erst den Überzug entfernen und dann wieder überziehen musste. Bei der Arbeit holte er die Hose wieder aus dem Rucksack und hängte sie zum Trocknen in seine Kammer.

Auf der Heimfahrt das gleiche Spiel. Als er eines Abends in Waldbeck ausstieg, fing es wie auf Kommando und wie aus Eimern an zu schütten. Eggenthal musste erkennen, dass er vermutlich trocken nach Hause gekommen wäre, wenn der Zug nicht wegen einer Signalstörung fünfzehn Minuten Verspätung gehabt hätte. Leicht genervt zog er die Regenklamotten an, wobei er hin und wieder zusammenzuckte – er bekam bei hastigen Bewegungen immer noch Signale aus der Rippengegend –, und machte sich auf den Weg.

Als er mit klammen und eiskalten Händen – die Handschuhe lagen in der Kammer bei der Arbeit – zu Hause ankam, stand sein Nachbar Robert Basse mit aufgespanntem Schirm wie eine Art Kontrollposten an der Hecke, die die beiden Grundstücke trennte. Der Anblick gab ihm den Rest, es hatte tatsächlich den Anschein, als hätte Basse es darauf angelegt, die Ankunft des triefenden und durchgefrorenen Eggenthal, der jetzt vor seinem Garagentor anhielt und vom Rad stieg, auf keinen Fall zu verpassen.

»'n' Abend, Arno«, sagte Basse. »Auch schon da? Ganz schön ungemütlich heute. Macht dir das gar nichts aus bei dem Mistwetter?«

Eggenthal hatte sich bisher nie auf längere Dialoge zu der Thematik eingelassen, aber nun beschloss er, Basse ein wenig Stoff zum Nachdenken zu geben. »Nein, macht mir nichts aus. Ist mit den richtigen Klamotten kein Problem. Macht sogar richtig Spaß, wenn man bedenkt, was man sich dadurch alles erspart.«

»Und was ersparst du dir dadurch so alles, zum Beispiel?«

»Ein komplettes Auto zum Beispiel.«

»So 'n Zweitwagen kostet doch heut nicht mehr die Welt, was soll's, der frisst doch kein Brot, wenn man den einmal angeschafft hat.« Basses Fuhrpark bestand aus einer mit Alufelgen und Breitreifen aufgemotzten Familienkutsche und einem Kleinwagen. »Du musst ja die Zugfahrt auch bezahlen.«

»Die ist fast geschenkt durch das Jobticket«, meinte Eggenthal, was nicht hundertprozentig der Wahrheit entsprach. »Aber jetzt rechne die Kosten für den Zweitwagen mal auf einen längeren Zeitraum. Du hast zwölftausend für die Karre hingelegt und kriegst nach zehn Jahren zweitausend raus, macht zehntausend Euro Verlust.«

»Na und, ist aufs Jahr umgelegt doch halb so wild. Was soll's?«

»Moment«, sagte Eggenthal, »geht ja noch weiter. In den zehn Jahren bezahlst du ungefähr sechstausend für Versicherung und Kfz-Steuer und vierzehntausend Euro für Sprit.«

»Vierzehntausend Euro für Sprit, hast du sie noch alle?« Basse tippte sich an die Stirn.

»Ist genau so«, sagte Eggenthal, »ich hab das für mich mal nachgerechnet, und ihr fahrt ja täglich in etwa die gleiche Strecke wie ich früher. Dein Zweitwagen vernichtet bei der Rumgurkerei hier und in der Stadt über sechs Liter, da kommst du in zehn Jahren locker auf den Betrag, eher noch mehr, weil die Spritpreise ja dauernd steigen.«

»Na und, dann ist das eben so«, sagte Basse unter dem Regenschirm und wirkte zum ersten Mal ein wenig nachdenklich.

»Jetzt rechne die drei Beträge zusammen. Das sind schon dreißigtausend Euro, und das ist nur das, was einem auf Anhieb einfällt, da fehlen noch die Kosten für neue Reifen,

Inspektionen, Reparaturen, TÜV, Falschparken, Geschwindigkeitsübertretungen. Damit kommst du locker auf über fünfunddreißigtausend. Überleg mal, was du dir alles anschaffen könntest, wenn du auf den Zweitwagen verzichten würdest.«

Basse überlegte. »Ja, das hab ich ja auch schon mal zu Ulrike gesagt, aber wir haben ja beide auch jeden Morgen die Fahrt zur Arbeit ...«

»Weißt du, Robert«, sagte Eggenthal jetzt, »der Tag, als ich das Auto verkauft hab, das war eine Befreiung. Da fällt einem 'ne richtige Last von den Schultern.«

Dann schob er mit der linken Hand, so lässig es ging, das Garagentor nach oben, winkte seinem Nachbarn zum Abschied, der in den Regen starrte, und verschwand samt Rad in der Garage. Bis eben hatte er sich nass, kalt und elend gefühlt. Doch der Dialog mit Basse hatte ihn aufgebaut.

Am Samstag, als Eggenthal sich mit Rad und Anhänger auf den Weg nach Lensingen zum Baumarkt machte, war es wenigstens trocken. Zu Eggenthals Haus gehörte eine Einliegerwohnung, ein etwa fünfundvierzig Quadratmeter großer Bereich im Untergeschoss, bestehend aus einem kleinen Raum mit angegliederter Küchenzeile, einem Schlafzimmer, einem fensterlosen Dusch- und Toilettenbereich und einem separaten Eingang auf der Gartenseite. Die Einliegerwohnung war, warum auch immer, wichtig bei ihrer Kaufentscheidung gewesen, obwohl sie seitdem kaum benutzt worden war. Vor etwa vier Jahren war Jana dann aus ihrem Zimmer unterm Dach dorthin gezogen, seit ihrem Auszug vor über einem Jahr stand sie jedoch wieder leer. Jana hatte geschätzte zweitausend Poster ihrer Idole mit Klebeband an den Wänden befestigt, das beim Entfernen die Tapete beschädigt hatte, und nun sollte renoviert werden.

Es ging Eggenthal darum zu zeigen, dass man mit dem Rad jegliche Art von Einkäufen erledigen konnte, selbst wenn es sich um größere Mengen an Baumaterialien handelte. Er erwarb einen Eimer Dispersionsfarbe, einige Rollen Raufasertapete und zwei Walzen, denn auch Luca sollte beim Renovieren helfen, da er der nächste Bewohner werden würde.

An der Kaffeetheke, die im Kassenbereich des Baumarkts untergebracht war, schlürfte Eggenthal noch einen großen Kaffee. Er saß dabei auf seinem Hocker, die Haare teils wirr, teils nach einem speziellen Muster vom Helm eingedrückt, mit ein wenig eingetrocknetem Kettenfett an Händen und Jacke, besah sich das Treiben um ihn herum und fühlte sich ganz in Ordnung. Dann packte er seine Einkäufe auf dem Parkplatz in den Hänger, verzurrte alles mit einem Strick und Spanngurten und machte sich, in kleinem Gang, an die Steigung Richtung Waldbeck.

Unterwegs fragte er sich, was nach Luca kommen würde und ob es ihnen gehen würde wie so vielen anderen. Sie bauten oder kauften Häuser, und wenn die Kinder sieben oder acht waren, merkten sie, dass sie zu wenig Platz hatten, und bauten Keller aus und Erker aufs Dach, und kaum zehn Jahre später lebte ein Kind in Hamburg und das andere verbrachte ein Studienjahr in Shanghai oder zog einfach aus, weil es keinen Bock mehr auf die Alten hatte – und das hätte man alles kommen sehen können, weil es heutzutage normal war –; und irgendwann saß man dann zu zweit in einem Haus mit zehn Zimmern, das man nicht mehr »aufgeben« konnte, weil zu viel Arbeit darin steckte.

Seinem Schwager Holger Grisse konnte das nicht passieren, der hatte alles genau geplant. Als sich abzeichnete, dass Christine, seine älteste Tochter, nach ein, zwei bewegten Jahren den Übergang zum Gymnasium nicht packen würde, hatte er ihr, wie er es ausdrückte, einen Arbeitsplatz »besorgt« über »gewisse Kontakte«, um damit eine »Abwanderung« zu verhindern. Christine war Einkäuferin in einem Holzhandelsbetrieb geworden. Grisse hatte ein Nebengebäude auf seinem Anwesen ausgebaut, in dem Christine und ihr Freund jetzt lebten. Sie würden bald heiraten und irgendwann, wie es hieß, »den Hof bekommen«. Christine war die Lieblingsnichte von Eggenthal, sie hatte nach seiner Einschätzung nichts von Grisse und nur Eigenschaften von seiner Schwester Helga geerbt. Eggenthal war sich nicht sicher, ob das alles ein Herzenswunsch von Christine gewesen war, und insgeheim hielt er es für möglich, dass der Plan von Grisse doch nicht aufgehen würde, vielleicht hoffte er es auch ein bisschen.

Kapitel 11

Eggenthal hatte jetzt eine erste kleine Erfolgsbilanz vorzuweisen und damit schon einige von Lammbecks Bedenken widerlegt, Grund genug also, ihn abends mal anzurufen. Es dauerte ein wenig, bis er ihn dranbekam, denn sein Kumpel war ein ziemlich beschäftigter Mann. Lammbeck war Architekt geworden und hatte vor Jahren eine Marktlücke entdeckt, mit der er richtig Geld machte. Er profitierte vom schlechten Gewissen gutbetuchter Villenbesitzer und sanierte die Dinger, vor allem unter umwelttechnischen Gesichtspunkten, mit riesigem Aufwand (Motto: »Wohlstand mit gutem Gewissem genießen«). Danach wurden dann achttausend Liter Heizöl weniger als vorher verbraucht, wenn auch immer noch fünfmal so viel wie bei einem normalen Haus.

Lammbeck war tatsächlich erstaunt, dass Eggenthal sich immer noch »im Zeitlupentempo« durch die Welt bewegte. Immerhin attestierte er ihm eine CO_2-Ersparnis von über zwei Tonnen im Jahr, um gleich darauf nachzuschieben, dass durch seine eigene Tätigkeit der Welt im gleichen Zeitraum über hundert Tonnen erspart blieben.

»Und das, obwohl ich Motorrad und Auto fahre. Das fällt dabei gar nicht ins Gewicht. Du stellst dich auf den Kopf, ohne dass man den Effekt bemerkt. Das ist ein Kampf gegen Windmühlen, du bist so eine Art moderner Don Quijote. Was sagt eigentlich Silke dazu?«

»Die verhält sich neutral«, sagte Eggenthal.

»Neutral. Darunter kann man sich 'ne Menge vorstellen. Hört sich nach Waffenstillstand an oder nach einem Abkommen oder so.«

»Kein Abkommen. Aber es ist jetzt notgedrungen manchmal so, dass jeder seinen eigenen Weg geht, um zum gleichen Ziel zu kommen. Also man macht nicht mehr komplett alles zusammen. Muss ja kein Nachteil sein.«

»Aber die Situation ist ja eigentlich durch einen einseitigen Entschluss von dir entstanden, man nennt das auch Willkür. Ich kenn so was. Wenn du dem Partner keine Chance lässt, muss er mit eigenen Maßnahmen reagieren.«

»Und was für Maßnahmen sollen das deiner Meinung nach sein? Ich meine, nur damit ich mich schon mal wappnen kann.«

»Das Rührende an dir ist, dass du dir über all die Jahre deine Naivität bewahrt hast«, sagte Lammbeck. »Ich denke, sie lässt es dich schon spüren, und sie wird sich irgendwie revanchieren. Sexentzug wahrscheinlich, falls ihr das Vögeln nicht sowieso schon aus Altersgründen eingestellt habt.«

»Nee«, sagte Eggenthal nachdenklich. »Wir praktizieren das schon noch ...«

»Ihr praktiziert das noch. Hört sich an wie beim Arzt. Macht ihr vorher alles ganz steril oder zieht ihr Handschuhe an oder so was?«

»Quatsch.« Irgendwie fand sich Eggenthal schon wieder in der Defensive. »Man kann sich doch nach der ganzen Zeit nicht mehr vormachen, dass man vor Erregung schon halb ohnmächtig wird, wenn der andere einen nur mal zufällig mit der Wange berührt oder so«, sagte er. »Irgendwie muss man's ja in Gang bringen. Und ich frag dann zum Beispiel, ob wir nicht mal wieder ein bisschen Sexualverkehr praktizieren könnten, warum soll man drum herumreden?«

»Und woher weißt du, dass sie nicht nur mitmacht, weil sie dann wieder Ruhe hat, bis es bei dir wieder mal so weit ist?«

»Weil sie auch manchmal fragt«, sagte Eggenthal.

»Was fragt?«

»Na ob wir nicht mal wieder ein bisschen Sexualverkehr praktizieren wollen.«

»So. Tut sie das? Ziemlich bizarr, das Ganze. Aber wenn dir das reicht, okay. Zu solch extremen Formulierungen hab ich bis jetzt noch nie gegriffen. In dem Zusammenhang kann ich dich ja gleich informieren, dass ich dabei bin, mich beziehungsmäßig umzuorientieren.«

»Hört sich aber auch ziemlich theoretisch an«, sagte Eggenthal. »Aber wenn dir das reicht, okay. An welchen Namen muss ich mich gewöhnen, mittelfristig gesehen?«

»Birte. Hab ich auf einem Kurztrip in Madrid kennengelernt, vor acht Wochen. Kommt aus München, totaler Zufall. Ich hab das Johanna letzte Woche beigebracht, war nicht einfach, man kennt das ja. Aber vielleicht kannst du Johanna ja übernehmen, dann kommt mal wieder ein bisschen Schwung in dein Leben.«

»Begnadeter Vorschlag«, sagte Eggenthal. Es wurde Zeit, das Gespräch zu beenden.

Als sie aufgelegt hatten, nahm er sein Notizbuch mit den Telefonnummern, suchte die Seite, auf der »Theo und Johanna« stand, radierte Johanna aus und trug den Namen Birte ein. Er schrieb die Namen der Partnerinnen von Lammbeck seit Jahren nur noch mit Bleistift, da sie mit einer gewissen Regelmäßigkeit wechselten, so dass auch Eggenthal und Silke nie eine beständige Beziehung zu ihnen aufbauen konnten, was er ein wenig bedauerte.

Jetzt also Birte. Der Name verhieß nichts Gutes. Er hatte so was Entschlossenes, fand Eggenthal.

Dass Lammbeck ihm vorgeschlagen hatte, Johanna zu »übernehmen«, hatte durchaus eine süffisante Note und erinnerte Eggenthal an einen Vorfall, der lange Zeit zurücklag und den er gern verdrängte. Es war im Herbst ihres letzten Schuljahrs gewesen.

Lammbeck hatte mit Gabi Lauch Schluss gemacht, wegen einer anderen mit größeren Brüsten, wie Sticher es formulierte; und Eggenthal bemerkte mit einer gewissen Verwunderung, dass Gabi Lauch nun seine Nähe suchte, ihn in den Pausen oder an den üblichen Treffpunkten, zum Beispiel am Stadtbrunnen in Lensingen, wo sie nach der Schule abhingen, öfter ansprach oder sich neben ihn setzte, was früher fast nie vorgekommen war.

Noch deutlicher wurde es dann auf einer Fete im Keller bei Gerber, einem Klassenkameraden. Es war eine dieser üblichen Spontanfeten, jeder brachte ein paar Schallplatten mit, und man besorgte ein paar Kästen Bier. Als Sitzgelegenheiten dienten Matratzen, die rundum an den Wänden ausgelegt waren; beleuchtet wurde die Szenerie üblicherweise von ein paar Kerzen.

In diesem Halbdunkel ergab sich folgende Konstellation: Gabi Lauch und Eggenthal saßen eng zusammen, tranken gemeinsam aus einer Flasche und unterhielten sich angeregt. Sie erzählte ihm unter anderem, dass sie sich richtig frei fühle seit der Trennung; er versicherte ihr, dass er sie schon immer gemocht habe. Sie drückte sich an ihn und blickte gelegentlich zu Lammbeck, der ohne seine Neue da war, lässig an einer anderen Ecke des Raums lehnte und, ins Gespräch mit Sticher vertieft, ihre Blicke ignorierte. Eggenthal schielte gelegentlich zu Annette Felber, sie sollte ruhig merken, dass er begehrt war, aber sie lächelte ihm nur ein paarmal zu. Vielleicht überblickte sie die Situation besser als er.

Gabi Lauch intensivierte den Kontakt, besonders der Moment, als sie ihre Hand unter sein Shirt schob und ihm ins Ohr biss, gefiel ihm. Es ging in eine wilde Knutscherei über. Sie landeten schließlich in einem Nebenraum des Kellers, einer Waschküche mit gefliesten Wänden, und hier, auf einem dieser braunen Fünfziger-Jahre-Sofas mit geschwungenen Lehnen, zwischen E-Herd und Waschmaschine, kam tatsächlich eine Vereinigung zustande, aus der Eggenthal in Socken und als Sieger, als neuer Mensch hervorging.

Er lief den Rest des Abends herum, als wäre er der Größte. Tatsächlich war er schwer verliebt und Annette Felber erst mal zweitrangig, dazu war das Erlebte zu überwältigend gewesen. Er trank noch ein paar Bier, riss sich irgendwann nach Mitternacht das Sweatshirt vom Leib und tanzte mit freiem Oberkörper zu dem Song »Pinball Wizard« von The Who, er hatte die Platte selbst mitgebracht und die Lautstärke voll aufgedreht. Annette Felber lächelte immer noch, wenn sie zu ihm rübersah, wie dürr er war, seine herumfuchtelnden Arme, die langen, wirren Haare; es war ein friedliches Lächeln von ihr, sanft und ein bisschen amüsiert.

Das Ganze konnte natürlich nicht funktionieren. Lammbeck wurde nicht eifersüchtig und zeigte auch in den Tagen darauf keine Anzeichen davon, was Gabi Lauchs Annäherung an Eggenthal, die wohl von Anfang nicht als nachhaltige Unternehmung angelegt gewesen war, offensichtlich ihrer Grundlage beraubte. Sie zog noch ein paar Tage lang mit ihm durch die Gegend und erklärte ihm irgendwann, dass sie doch noch nicht so weit sei, eine neue Beziehung eingehen zu können, sie müsse erst mal den Kopf freikriegen.

Eggenthal reagierte mit einer gewissen Verbitterung auf diese Entwicklung. So war es eben, wenn man etwas von Lammbeck übernahm, dachte er, es hatte mit Gabi Lauch nicht viel besser geklappt als mit der Kreidler. Aber dass er diesen Zusammenhang herstellte, zeigte auch, dass vielleicht von Anfang an zu wenig Gefühle im Spiel gewesen waren.

Den Kummer spülte er, allein und eingeschlossen auf seiner Bude, mit ein paar Flaschen Bier weg, fischte das Album »Another Side Of Bob Dylan« aus dem Regal und legte die Platte auf. Dylan hatte natürlich die Antwort auf seine Probleme: »It Ain't Me, Babe«, so hieß der Song, in dem der Meister seiner Liebsten unmissverständlich klarmacht, dass er nicht der Typ ist, der für sie Blumen sammelt oder sie ständig beschützt und verteidigt und ihr jedes Mal aufhilft, wenn sie hinfällt, sondern dass sie bei ihm an der falschen Adresse ist und gefälligst das Weite suchen solle.

Damit konnte Eggenthal sich identifizieren. Es ging zwar, was seinen speziellen Fall betraf, mit einer leichten Verdrehung der Tatsachen oder zumindest einer gewissen Umdeutung einher, aber es half, so dass Eggenthal dieses Intermezzo, dieses kurze Kapitel in seinem Leben abhaken konnte. Er hatte es überwunden, und nicht nur das – er war jetzt sexuell erfahren.

Im November bekamen die Bahnpassagiere Schnupfen. Eggenthal hatte von der Verbreitung von Erkältungskrankheiten in Zügen gehört, er sah dies durch die Realität bestätigt und war froh, wenn er einen gewissen Abstand zu besonders hartnäckig schniefenden und schnäuzenden Mitfahrern wahren konnte. Der Einfluss darauf war freilich gering. Außerdem gelang es selbst bei größerer Distanz nicht immer, die dazugehörigen Geräusche zu ignorieren; ein Mitreisender schaffte es einmal, während der halbstündigen Heimfahrt konsequent alle fünfundzwanzig Sekunden die Nase hochzuziehen (Eggenthal stoppte die Intervalle), das hieß insgesamt zweiundsiebzig Mal, wie er zu Hause ausrechnete.

Die Technik seines Rads hatte er inzwischen im Griff, er konnte Reifen wechseln und Schläuche flicken, auch seine Probleme mit der Bedienung der Schaltung gehörten der Vergangenheit an. Bei allen Schwierigkeiten, die seine Aktion mit sich brachte, kam ihm die neue Geschwindigkeit, mit der er sich durch die Welt bewegte, entgegen. Eggenthal war nie ein Mann gewesen, der mit Hast agierte; seine Fähigkeit, schlagfertig antworten zu können, hatte oft im Gegensatz gestanden zu seinem eher langsamen Handeln. Das neue Tempo seines Lebens war eines, das ihm lag. Aber es passte nicht hundertprozentig zu dem Rhythmus, in dem das Leben um ihn herum ablief.

Er entwickelte neue Gesprächsstrategien. Wenn einer seiner Kollegen, Nachbarn oder Bekannten wieder die Standardfrage stellte, nämlich: »Warum machst du das eigentlich?«, dann antwortete er lapidar: »Weil es funktioniert.« Manchen gab diese Antwort scheinbar zu denken, für andere schien seine Art, sich fortzubewegen, nach wie vor so etwas wie eine Provokation oder ein Tabubruch zu sein.

Seine Geschichten für den *Radkurier* profitierten von seinen Erfahrungen. Die, die er gerade abschicken wollte, war aus aktuellem Anlass entstanden. Auf seiner heutigen Heimfahrt hatte er wieder eine Vollbremsung hinlegen müssen, weil ihm der Hund von Plötzke fast ins Rad gelaufen war, außerdem hatte Plötzke jetzt noch einen weiteren Hund dabei, den er am Halsband festhalten musste. Diesen anhaltenden Trend zum Zweithund beobachtete Eggenthal schon seit einiger Zeit mit großem Misstrauen, weshalb er beschlossen hatte, sich dieser für Radfahrer brandaktuellen Thematik anzunehmen. Er überflog den Text noch mal.

Der Mensch ist schuld

Es nervte Kamotzki, wenn er gefragt wurde, woher seine Angst vor Hunden käme. Er hatte sie nämlich schon immer gehabt, sie war angeboren. Die Leute, die keine Angst vor Hunden hatten, verstanden das nicht, und die Leute, die Hunde hatten, hielten ihn für krank.
Da es als Radfahrer unpraktisch war, Angst vor Hunden zu haben, hatte Kamotzki schon viel versucht, leider zwecklos. Immerhin wusste er mittlerweile die zwei wichtigsten Dinge darüber:
Erstens ist nie der Hund schuld, wenn er aggressiv wird, angreift oder jemandem Verletzungen zufügt, sondern immer der Mensch, der ihn so weit gebracht hat, sein Herrchen oder Frauchen also. Das hatte er mal in einer Zeitschrift gelesen, und das war eine sehr wertvolle und auch trostreiche Information für Kamotzki. Falls er also angegriffen und schwer verletzt würde, würde er dem Tier verzeihen können und dessen Tat verstehen, denn es war ja nicht schuld daran.
Zweitens solle man sich, wenn man denn Angst vor Hunden hat, diese nicht anmerken lassen: Ein verkrampfter Körper und ein erhöhter Puls werden von einem Hund sofort registriert und verunsichern ihn, was zu unangemessenen Reaktionen führen kann. Das war einleuchtend.
Mit diesen wichtigen Erkenntnissen ausgestattet, fuhr Kamotzki mit dem Rad über einen gut ausgebauten Feldweg, um einen Freund im Nachbarort zu besuchen. Er war bester Laune, die Sonne schien,

und ein leicht böiger Wind kam von hinten. Dann erkannte er in einiger Entfernung einen Menschen mit zwei Hunden. Die Größe der Tiere reichte aus, um seine Alarmsysteme zu aktivieren, er hoffte, dass sie angeleint wären, und als er sah, dass das nicht der Fall war, hoffte er, dass sie wenigstens gehorchten, doch als er erkannte, dass es sich bei dem Trio um Bruno Fette und seine beiden schwarzen Riesenviecher handelte, wusste er, dass auch das nicht zutreffen würde.

Kamotzki versuchte, sich seine Angst nicht anmerken zu lassen, so wie er es gelernt hatte. »Körper, verkrampfe dich nicht«, murmelte er, »Puls, erhöhe dich nicht«, doch beides geschah.

Natürlich liefen die Hunde auf ihn zu, und natürlich rief Fette, der gefühlte acht Kilometer von den Tieren entfernt war, sie nicht zurück. Er rief sie nie zurück, um sich die Blamage zu ersparen. Denn sie kamen nicht zurück, wenn er rief.

Kamotzki war mit seinem Rad stehengeblieben und tastete in seiner Jackentasche nach dem Pfefferspray, das er eigentlich nur zur moralischen Unterstützung dabeihatte. Der erste Hund hatte ihn jetzt erreicht, blieb mitten auf der Straße vor dem Rad stehen, blickte in die Gegend und fing an zu bellen. Der zweite Hund stand etwa zwei Meter vor Kamotzki, bellte und knurrte und machte immer dann zwei Schritte vorwärts, wenn Kamotzki einen Schritt rückwärts machte. »Lass es, Flint«, rief Fette, der die Gruppe schwer atmend und blöde grinsend endlich erreicht hatte, doch Flint, der offenbar einen Hörfehler hatte, war schon auf dem Sprung.

Kamotzki zog jetzt in höchster Bedrängnis das Pfefferspray, zielte genau zwischen Nase und Augen und drückte ab. Die Wirkung war frappierend.

Fette wurde zurückgeschleudert – es sah fast aus wie in diesen amerikanischen Filmen, wenn der Gegner eine Salve aus einer abgesägten Schrotflinte verpasst bekam –, landete auf dem Rücken und presste sich wimmernd die Hände vor die Augen.

Jetzt ließen auch die Hunde von Kamotzki ab und liefen zu ihrem Herrchen, das sich am Boden krümmte.

Kamotzki hatte wieder freie Bahn. Großzügig zog er seine Flasche Mineralwasser aus dem Flaschenhalter und stellte sie auf dem Weg ab. »Augen ausspülen, das hilft«, sagte er und fuhr los.

Später würde er erzählen, dass es wohl der böige Wind gewesen war, der bedauerlicherweise den Sprühstrahl auf Fette gelenkt hatte. Aber vielleicht hatte es ja, wenn es denn Zufall war, sogar den Richtigen getroffen. Denn, so hatte Kamotzki es schließlich gelernt: Der Mensch ist schuld.

Eggenthal kratzte sich nach der Lektüre kurz am Kopf und schickte die Story dann per Mail an die Redaktion. Es war nicht gerade eine alltägliche Erfahrung, die er beschrieben hatte, aber wenn man oft unterwegs war, erlebte man solche Dinge – und deshalb gehörten sie auch in den *Radkurier*.

Kapitel 12

Irgendwann Anfang Dezember fragte Silke ihn, was er sich dieses Jahr zu Weihnachten wünsche. Es war eine rhetorische Frage, Eggenthal hatte nie Weihnachtswünsche gehabt, bisher jedenfalls. Doch diesmal hatte er ganz klare Vorstellungen.

»Ich brauche dringend einen Nabendynamo und Neoprengamaschen«, antwortete er spontan. Das waren zwei Dinge, die seine Lebensqualität entscheidend erhöhen würden, denn ein Nabendynamo funktionierte auch bei Nässe und Schnee gut und die Gamaschen würden ein anderes Problem lindern – er wusste nämlich mittlerweile, wie sich kalte Füße anfühlten.

Silke war nicht einmal besonders erstaunt. »Brauchst du sonst noch was? Eine Lenkstange oder einen Bremsklotz oder vielleicht ein Pedal?«, hatte sie übertrieben verzweifelt gefragt, was Eggenthal im Stillen freute. Es hatte sich eingespielt. Dachte er.

Am 14. Dezember waren sie auf einen Geburtstag eingeladen. Bei Frank Holm, einem Bekannten aus gemeinsamen Motorradzeiten, einem gutmütigen Typen, der in Eggenthals Dorf geboren war und vor fünfzehn Jahren nach Backenbach gezogen war.

Eggenthal saß in seinem Arbeitszimmer im Dachgeschoss am Computer und öffnete gerade eine Mail, als ihm Silke kurz vor 20 Uhr von unten etwas zurief. »Ich fahr jetzt los, bis gleich«, informierte sie ihn knapp, danach hörte er das Motorengeräusch des Kombis, der aus der Garage rollte und sich entfernte. Sie ging mittlerweile ziemlich souverän mit der Situation um.

Eggenthal hatte seine Hinfahrt schon geplant. Es waren nur gut zehn Kilometer bis nach Backenbach. Der Uferradweg dorthin war allerdings durch die Regengüsse der letzten Wochen überschwemmt, so dass er erst mal in die Gegenrichtung, nach Waldbeck, fahren und das Rad mit in den Zug nach Backenbach nehmen würde. Zurück konnte er dann auf der Landstraße fahren, was unbedenklich wäre, da dort nachts kaum noch Autos unterwegs waren. Der Zug in Waldbeck ging um 20:30 Uhr, er hatte also noch eine Viertelstunde Zeit und las die Mail erneut.

Sie war erfreulich. Sein Redakteur vom *Radkurier* hatte geschrieben: Eggenthals Vorschlag, das Heft in Zukunft *Bike-Messenger* zu nennen, war in der Redaktion begeistert aufgenommen worden, genau so würde das Heft ab Mitte des nächsten Jahres heißen. Außerdem erschiene die Zeitschrift dann monatlich und seine Mitarbeit wäre weiter sehr erwünscht, möglicherweise sogar zu einem höheren Honorar.

Es waren gute Nachrichten, die seine Gedanken beflügelten. Zum ersten Mal kam ihm die Idee, seine realen Erlebnisse mit all den kleinen und größeren Hindernissen, die er täglich überwand, im *Bike-Messenger* zu veröffentlichen. Er musste nur den zuständigen Redakteur über seine Aktion in Kenntnis setzen und ihm sein Angebot machen: einen Erfahrungsbericht von einem Mann, der ein Jahr lang in kein Auto einsteigt, in allen Einzelheiten, und zwar nicht von dem fiktiven Bert Kamotzki, der sich vor der Öffentlichkeit verstecken musste, sondern von ihm, von Arno Eggenthal.

Er bastelte ein bisschen an seiner Idee, versenkte sich richtig hinein und verschob aus diesem aktuellen Anlass seine Abfahrt von Waldbeck auf den nächsten Zug. Um 21:10 Uhr klopfte er bei Luca, aus dessen Zimmer Musik dröhnte, die die Fensterscheiben vibrieren ließ – die Richtung hieß Thrash Metal oder so ähnlich –, und sagte ihm, dass er jetzt nach Backenbach fahren würde. Luca nickte. Seltsam, dachte Eggenthal, Silke und er informierten ihn, was sie vorhatten, obwohl es ihn absolut nicht interessierte, er dagegen meldete sich trotz ihres Interesses nicht mehr bei ihnen ab und ging seiner Wege.

Es war dunkel und kalt draußen, um die null Grad, als Eggenthal auf seinem Rad die Straße hinabrollte und das stille Dorf durchquerte. Er mochte diese Stille, die sich oben, in der Siedlung, so gut wie nie einstellte. Es lag an der Autobahn. Tag und Nacht war das Geräusch zu hören, ein immer präsentes Rauschen. Die meisten, die dort wohnten, behaupteten, es gar nicht mehr wahrzunehmen, es war zur Gewohnheit geworden, aber Eggenthal hörte es immer, wenn er draußen war, je nach Windrichtung so stark, dass es ihn im Sommer von der Terrasse nach drinnen vertrieb. Sein Nachbar Robert Basse machte den Mauerfall dafür verantwortlich, danach habe eben der Verkehr zugenommen, und forderte die Wiedererrichtung der Grenze, was für Eggenthal keine praktikable Lösung war. Als vor über zwanzig Jahren der Hauskauf in die entscheidende Phase ging, hatte er zwar vorsichtig auf die Nähe zur Autobahn hingewiesen, aber damals war tatsächlich noch weniger Verkehr gewesen, so dass seine Bedenken von Silke nicht ernst genommen worden waren.

Auf den Wegen, die er nahm, waren jetzt keine Menschen mehr unterwegs, er fuhr, als er den Birkenpfad Richtung Waldbeck erreicht hatte, durch tiefschwarze Nacht; kein Mond, kein Schimmer einer Laterne oder eines erleuchteten Fensters war um ihn herum zu sehen. Das einzige Licht, das es gab, erzeugte er selbst, diesen hellgelben, flackernden Leuchtkegel seines Scheinwerfers, der ihm den Weg wies.

Er trug warme Unterwäsche unter den Jeans und eine Doppeljacke, dazu eine dünne Mütze unter dem Helm, das reichte für diese Temperaturen und diese Entfernung immer, und bevor die Kälte an Kinn und Wangen unangenehm wurde, erreichte er den Bahnhof. Im Zug, der so gut wie leer war, stellte er sein Rad ab, setzte sich auf einen Klappsitz daneben und machte sich schon mal Notizen für die Mail an seinen Redakteur vom *Radkurier*. Er war hochkonzentriert, jedenfalls auf den Text, und nahm die kleineren Stationen, an denen der Zug hin und wieder hielt, gar nicht wahr. Leider auch nicht die in Backenbach, wo er hätte aussteigen müssen, was er erst bemerkte, als der Zug schon längst wieder unterwegs war zum nächsten Ort.

Der hieß Kreilingen, und dort stieg er um 22:10 Uhr aus und stellte sich auf den Bahnsteig, um auf den Zug um 22:30 Uhr aus der Gegenrichtung zu warten, der ihn zurück nach Backenbach bringen sollte. Der hatte wegen Räumungsarbeiten auf der Strecke über dreißig Minuten Verspätung, so dass es letztendlich fast halb zwölf war, als Eggenthal Backenbach erreicht hatte und an der Wohnungstür von Frank Holm klingelte.

Holm öffnete selbst und begrüßte ihn, schon ein wenig schwankend. Eggenthal legte seine Sachen an der vollgestopften Garderobe ab. Das Haus war voll, man kannte sich, es gab ein kurzes Grölen von den anderen, als Eggenthal im Wohnzimmer erschien. Ihm wurde heiß, aber das kannte er; seit er öfter draußen unterwegs war, fand er es in vielen Räumen zu warm. Die Frage, wo er jetzt erst herkam, wurde gestellt, außerdem fielen Worte wie »Aktivist«, das schon bekannte »Öko-Arno«, und er glaubte auch den Satz »Der Retter der

Welt ist erschienen« zu hören. Silke, die mit einigen anderen an einem Stehtisch lehnte, blickte auf die Uhr und sah ihn ein wenig irritiert an; Helga, seine Schwester, drückte ihn zur Begrüßung im Vorbeigehen kurz an sich; in einer Ecke auf dem Sofa hatte sich sein Schwager Grisse breitgemacht und gestikulierte. Es war verraucht, die Musik war laut, gerade lief im Holzhammer-Takt »I Can't Dance« von Phil Collins.

Eggenthal wusste, wie es weiterginge. Als Nächstes würden die Hits aus den Achtzigern kommen, Holms Frau, Sabine, würde ein paar Stühle zur Seite schieben und sich unter starkem Arm- und Beineinsatz zu der Musik bewegen, und dann würden alle anfangen herumzutanzen, froh darüber, dass ihre Kinder groß und sie selbst trotzdem noch total jung waren.

Er selbst fühlte sich gerade wie Mitte vierzig und beobachtete die Szene vom Rande, er kam, bedingt durch seine späte Ankunft, nicht in Stimmung, um mitzumachen, und war mindestens fünf bis sechs Bier im Rückstand. Er dachte, wenn Luca jetzt sähe, wie sie herumsprangen, würde er meinen, Menschen aus einem anderen Zeitalter vor sich zu haben, dem Oligozän etwa oder dem Miozän, das ungefähr zwanzig Millionen Jahre zurücklag.

Jetzt lief »Relax« von Frankie Goes To Hollywood, das war Eggenthal vor über zwanzig Jahren schon auf den Keks gegangen. Er war froh gewesen, als die Synthie-Pop-Ära überwunden war, mit ihren Songs, die gnadenlos nervend aufs Gehirn eindroschen, er konnte sich nicht erinnern, jemals einen am Stück durchgehalten zu haben, und jetzt gruben sie das Zeug wieder aus, es war eine Katastrophe.

Er ging auf den Stehtisch zu, an dem Silke sich mit Sabine unterhielt. Sabine drehte sich zu ihm, stellte ihr Glas ab, sah ihn aus blauen Augen an und musste sich auf die Zehenspitzen stellen, um ihn auf die Wange zu küssen.

»Schön, dass du da bist«, sagte sie, fragte nicht nach Gründen oder erging sich in Zweideutigkeiten, es war ihre Art, und Eggenthal mochte sie dafür. Im nächsten Moment hatte sie seine Hand ergriffen, um ihn auf die improvisierte Tanzfläche zu ziehen. Er erkannte, dass sie bereits alarmierend guter Laune war – auch das war ihre Art –, und blieb wie angewurzelt stehen. Das war das Letzte, was er jetzt gebrauchen konnte.

»Komm schon, ein bisschen Bewegung, zum Aufwärmen«, sagte sie und zog weiter an ihm.

»Lass mal«, sagte Eggenthal, »ist nicht meine Musik.«

»Wieso nicht deine Musik, das hast du doch früher auch gehört.«

»Zwangsweise. Es lief ja eine Zeitlang nichts anderes, da konnte man ja gar nicht entkommen.«

»Mensch, Arno, lass dich doch mal darauf ein. Das war unsere Zeit.«

Da war sie wieder, die Redewendung. Eggenthal hatte sie selbst noch nie benutzt, da war er sich sicher oder er hoffte es zumindest, aber sie war zuletzt immer öfter zu hören, wie ihm in diesem Moment bewusst wurde.

»Unsere Zeit. Wieso war das unsere Zeit?«, fragte er.

»Na, weil wir da jung waren und allen möglichen Quatsch gemacht haben und jede Woche woanders unterwegs waren …«

»Ich meine, was heißt ›unsere Zeit‹ und wieso soll das gerade damals gewesen sein?« Eggenthal wunderte sich selbst, warum er sich jetzt so engagierte, er kämpfte richtig gegen die Lautstärke der Musik an. »Also wenn das unsere Zeit war, was ist dann jetzt, haben wir unsere Zeit jetzt hinter uns? Oder findet sie nur noch statt, wenn wir besoffen sind und schwachsinnige Musik hören oder so was?«

»Mensch, Arno«, sagte Sabine, »wie bist du denn heute drauf? Jetzt beruhig dich doch mal.«

»Lass ihn«, sagte Silke, »er muss sich erst mal akklimatisieren, ist vielleicht der Fahrtwind und dann die Hitze hier drin, und man wird ja mit zunehmendem Alter auch nicht flexibler ...«

Netter Versuch, dachte Eggenthal, aber auch keine echte Parteinahme für ihn. Er wollte etwas erwidern, aber jetzt schaltete sich Hella Gruber ein, eine weitere Bekannte, die noch am Tisch stand und bisher mit hängenden Mundwinkeln desinteressiert in die Gegend geblickt hatte in Ermangelung der Fähigkeit, einem Gespräch länger als dreißig Sekunden zu folgen beziehungsweise sich über ein allgemeines Thema, das sich nicht direkt mit den Verfehlungen eines ihrer Bekannten oder dem neuesten Dorfskandal befasste, auch mal in mehr als drei Sätzen kontrovers auszutauschen (vermutlich hatte sie ihre Zeit hinter sich). Jedenfalls hatte Hella Gruber in einer Eingebung das Handy gezückt, und Eggenthal wusste, dass dies das Ende des Gesprächs sein würde, denn nun sollten sich alle die Bilder ansehen, von ihrer Urlaubstour »von Rio dö Schanneero bis Bonnes Airos«, wie sie erklärte. Eggenthal wollte sich das ersparen und ging wieder ein paar Schritte zurück zur Tür.

Lars Berger kam auf ihn zu, drückte ihm eine Flasche Bier in die Hand.

»Trink was, Arno«, sagte er. »Siehst gestresst aus.«

Berger war Ofenbauer und ebenfalls aus Eggenthals Dorf, er gehörte zu den Leuten, mit denen er einst mit dem Motorrad unterwegs gewesen war. Er war kleiner als Eggenthal, ein sehniger Typ, immer in Bewegung, und Eggenthal mochte ihn.

»Bin ein paar Bier im Rückstand«, antwortete er. »Ich komm nicht so richtig rein in die Feier hier.«

»Ich glaub nicht, dass es am Bier liegt«, meinte Berger.

»Eher, dass dir das Geschwätz auf den Keks geht. Du siehst aus, als wärst du gerade lieber woanders.« Sie stießen miteinander an. »Wo kommst du eigentlich jetzt erst her? Es wurde spekuliert, du könntest dich verfahren haben.«

Eggenthal lachte. »Ja, das stimmt in etwa. Könnte man so nennen. Es wird also spekuliert …«

»Dein Fall ist ziemlich speziell, so was in der Art hatten wir hier noch nicht. Das muss erst mal analysiert werden. Aber es ist ganz interessant zuzuhören. Manche suchen jetzt plötzlich nach Gründen, warum sie selbst auf keinen Fall aufs Auto verzichten können und warum das absoluter Schwachsinn ist, so als müssten sie sich rechtfertigen.«

»Und du? Was meinst du?«

»Ganz einfach. Ich mag kein Radfahren. Und ich kann keinen Ofen plus Baumaterialien auf dem Fahrradanhänger ausliefern, so zwei-, dreihundert Kilo insgesamt. Ist bei dir ja was anderes, du trägst ja eher Gedanken mit dir rum, ist vielleicht sogar ganz gut, wenn die mal an die frische Luft kommen.«

Eggenthal stutzte kurz. »Ich meine, was du von meiner Idee hältst? Ich glaub nicht, dass es irgendjemand nachvollziehen kann.«

»Ist doch egal. Wenn du darauf wartest, brauchst du nichts Neues anzufangen. Es war deine Idee, du führst sie aus, und damit ist die Sache erledigt. Ist Grund genug. Außerdem gibt es sogar Leute, die sich von dir inspirieren lassen.«

»Was?«

»Als ich letzten Mittwoch in der Kneipe war, waren sie gerade mit Robert am Diskutieren.«

»Robert?«

»Ja, Robert Basse, deinem Nachbarn. Der hatte nach ein paar Bier laut darüber nachgedacht, dass man sich ja eigentlich den Zweitwagen sparen und sein Geld sinnvoller ausgeben könnte. Vermutlich hat er damit einen 3er BMW gemeint, jedenfalls hat er das durchblicken lassen, dann wär er ja quasi auf einer Stufe mit deinem Schwager Holger Grisse. Natürlich haben sie versucht, ihm das auszureden, allen voran Holger. War aber gar nicht nötig.«

»Wieso?«

»Als Ulrike von dem Plan erfahren hat, war die Sache erledigt. Robert hatte sich überlegt, dass sie statt des Zweitwagens einen Motorroller bekommen und damit zum Bahnhof und dann mit dem Zug zur Arbeit fahren sollte.«

»Sieh da, der Robert. Da hat er sich die Sache wohl ein bisschen zu einfach vorgestellt. Weiß gar nicht, wie er auf solche Ideen kommt«, sagte Eggenthal und sah Berger scheinbar ratlos an.

Berger grinste, stieß noch mal mit ihm an und trank den Rest seiner Flasche aus. »Ich muss noch mal rüber zu deinem Schwager wegen seinem Kamin. Nehme an, du willst nicht mit, oder?«

»Danke«, sagte Eggenthal. »Grüß ihn von mir.« Berger erwiderte noch etwas, bevor er ging, doch er war nicht mehr zu verstehen. Irgendjemand hatte die Musik lauter gedreht, die Stilrichtung hatte wieder gewechselt. »Beschissen war die Nacht«, verkündete jetzt ein Sänger, und Eggenthal bewegte sich unauffällig in Richtung Tür. Er fühlte einen deutlichen Impuls, sich ohne großes Aufhebens auf den Heimweg zu machen.

Er nahm seine Sachen von der Garderobe und steuerte auf die Haustür zu, klopfte aber vorher Frank Holm noch einmal auf die Schulter, der mit dem Rücken zu ihm gestanden hatte und ihn jetzt überrascht ansah.

»Du willst doch nicht schon los?«

»Ist nicht mein Tag heute, Frank«, sagte Eggenthal, »liegt nicht an dir.«

»Komm, auf ein Bier noch«, sagte Holm und sah ihn fast bittend an, verschwand dann in der Küche und kam mit zwei Flaschen zurück. Eggenthal ließ es geschehen.

»Was ist das eigentlich für Musik?«, fragte er. »So was gab's doch früher nicht auf unseren Feten.«

»Weiß nicht. So was hört man heute halt. Egal. Hast du schon mitgekriegt, dass ich mir nächstes Jahr wieder ein Motorrad zulegen will? Irgendwas mit fünfzig oder sechzig PS, nur so zum Rumgondeln am Feierabend. Wenn du dein Jahr Abstinenz hinter dir hast und wieder normal geworden bist, kannst du ja auch wieder einsteigen.«

»Lammbeck hat 'ne Hayabusa«, sagte Eggenthal.

»Lammbeck.« Holm sah ein wenig betrübt aus und schien zu überlegen. Eggenthal stellte sich ihn beim »Rumgondeln am Feierabend« vor. Holm leitete die Revisionsabteilung eines Großbetriebs in der Stadt, hatte was drauf und lebte für die Arbeit und das ganze Drumherum und für die Erfüllung selbstgesetzter Vorgaben. Nächstes Jahr hießen die Vorgaben: eine Woche Cortina d'Ampezzo im Frühjahr, drei Wochen Aida im September und dazwischen also ein Motorrad.

»Lammbeck«, sagte Holm noch einmal. »Der schwimmt doch im Geld. Und so eine Karre, da fährt man sich doch den Hals ab ...«

»Lammbeck nicht«, sagte Eggenthal.

»Nee. Lammbeck nicht, das stimmt wahrscheinlich. Der war uns immer einen Schritt voraus. Hab ihn ewig nicht gesehen.«

»Ich schick ihn mal bei dir vorbei, wenn er in der Gegend ist«, sagte Eggenthal und trank aus. Dann klopfte er Holm ein weiteres Mal auf die Schulter, verabschiedete sich und ging zur Haustür.

Er hatte die Landstraße jetzt ganz für sich allein, nahm die Ruhe um ihn herum als etwas sehr Angenehmes wahr und wärmte sich auf, indem er in die Pedalen trat. Um sich vor dem eiskalten Fahrtwind zu schützen, zog er seinen Schal hoch bis zu den Ohren.

Nach einer knappen halben Stunde erreichte er sein Haus, wo er sich mit zwei Flaschen Bier in sein Arbeitszimmer zurückzog, das noch warm war. Er kramte in seiner Plattensammlung, fand das Album »Another Side Of Bob Dylan« und legte Song Nummer vier auf, »Chimes Of Freedom«, ein gewaltiges Werk, das von Freiheit für die Vergessenen und Verfolgten handelte, von unglücklichen Kämpfern und einsamen Verliebten, insgesamt also die richtig armen Schweine. Es ging darin um etwas mehr als die geglückte Flucht von einer Party, aber immerhin, er war in diesem Moment frei zu hören, was er wollte, und das war sehr entspannend.

Irgendwann in der Nacht wurde er wach, als sich die Tür zu seinem Zimmer öffnete und die Deckenbeleuchtung anging. Es war Silke, die heimgekommen war und ihn bei Dämmerlicht schlafend im Sessel vorgefunden hatte. Um ihn herum ein paar leere Flaschen Bier und einige alte Plattencover.

»Wollte warten, bis du nach Hause kommst«, sagte er. »Muss eingeschlafen sein.«

»Und davor hast du wohl eine Privatparty abgezogen?«, fragte sie, als sie sich umblickte, dann warf sie ihm eine Wolldecke zu und verabschiedete sich mit den Worten: »Falls du nicht erfrieren willst.«

Eggenthal, noch im Halbschlaf, sah ihr nach. Es war tatsächlich kalt geworden, und er wusste nicht, ob die Aktion mit der Wolldecke Fürsorge war oder eine Ansage, dass er besser in seinem Arbeitszimmer übernachten sollte.

Er dachte eine halbe Stunde darüber nach und schlich sich irgendwann ins Bad und dann in sein Schlafzimmer. Silke schlief bereits oder tat jedenfalls so, als er sich ins Bett legte.

Kapitel 13

In der Folgewoche erwähnte Silke den Abend bei Frank Holm und Eggenthals Kurzbesuch mit keinem Wort, so dass auch er die Sache abhakte und sich auf die anstehenden Herausforderungen vorbereitete. Es war anhaltend nass und kalt und dunkel draußen, und so war in diesem Monat für ihn nicht der 24., wie für alle übrigen Menschen, sondern der 21. Dezember der wichtigste Tag. Wenn dieser Tag vorbei wäre, dann hätte er den kürzesten Tag des Jahres überstanden. Natürlich würde es auch danach noch eine ganze Weile nass und kalt und dunkel weitergehen, aber mental war das Datum trotzdem wichtig, als Überwindung eines Tiefpunkts.

Eggenthal hatte sich das Jahr längst in Etappen eingeteilt, das half ihm. Der nächste Meilenstein wäre der 31. März. Ihm war klar, dass es bis dahin noch ein gewaltiges Stück war, spätestens ab diesem Zeitpunkt ginge es jedoch wirklich bergauf, er hätte dann jedes erdenkliche Grauen, das die Natur bringen konnte, erlebt und überlebt, dann wäre er durch. Und als Belohnung konnte er alles, was in dem noch folgenden halben Jahr anstand, mit der größten Gelassenheit angehen. Dachte er jedenfalls.

Auch für Weihnachten hatte er vorgesorgt, diese heikle Zeit, die gewöhnlich mehr Zerwürfnisse und Irritationen als Zuneigung und Harmonie mit sich brachte, wofür neben der zwangsweisen Zusammenführung von Familienmitgliedern auch das Schenken verantwortlich war. Eggenthal wusste aus

Gesprächen im Bekanntenkreis, dass es als völliges Erlöschen der Liebe und im Grunde als Ende der Beziehung betrachtet wurde, wenn man sich in einer Partnerschaft zu Weihnachten nicht mehr beschenkte. Aus Einzelgesprächen wusste er aber auch, dass gerade Männer beim Schenken vor hohen Herausforderungen standen und dankbar für jeden Lösungsansatz waren. Wenn eine Partnerin irgendwann, als Wink mit dem Zaunpfahl, einmal erwähnt hatte, dass sie eine Vorliebe für ein bestimmtes Parfüm habe, konnte das in Einzelfällen dazu führen, dass sie Jahre später etwa zehn Liter davon besaß und sich doch jedes Mal aufs Neue über das Geschenk freuen musste, denn das war dem völligen Erlöschen der Liebe allemal vorzuziehen.

Eggenthal löste das Problem, indem er Silke gewöhnlich zu Weihnachten ein Buch schenkte – da es jedes Mal ein anderes Buch war, konnte man nicht behaupten, dass er sich nichts einfallen ließ – und dazu einen Gutschein für ein Geschäft, von dem er glaubte, dass sie dort gern einkaufte. Er brachte es dadurch sogar auf zwei Geschenke und übertraf damit die meisten seiner Bekannten.

Diesmal hatte er sich jedoch selbst übertroffen. Irgendwann im Frühjahr, als sie noch zusammen Auto fuhren, war ihm aufgefallen, welche Art von Musik ihr gerade gefiel. Er hatte es sich gemerkt, sich ein wenig im Internet umgesehen und bereits vor einigen Wochen zwei Karten für ein Konzert von Ich + Ich in Hamburg besorgt.

Silke – die ein Buch und einen Gutschein für ein Geschäft, von dem er glaubte, dass sie dort gern einkaufte, erwartet hatte – fiel ihm tatsächlich um den Hals, als sie die Karten auspackte. Seine Wahl war wirklich gut getroffen, es war eine Art Gesamtpaket, bei dem Zuganreise und Hotelaufenthalt gleich mit drin waren, so dass die leidige Autofrage gar nicht erst aufkam.

Außerdem wäre das Konzert im März des nächsten Jahres, es war also noch ein wenig Zeit bis dahin, was ihm wiederum ganz gut gefiel.

Es war nämlich so, dass Silke und er, was die Musik betraf, nur über eine verschwindend kleine Schnittmenge von Interpreten verfügten, die beide gut fanden, und dass Ich + Ich in dieser Schnittmenge nicht enthalten war. Es kostete ihn in der Tat einige Überwindung, dieses Geschenk zu machen, das musste sie wissen und irgendwie honorieren. Näher und objektiv betrachtet reichte es fast schon an die Sache mit dem Schneeschieber heran.

Silke fand ihr Geschenk für Arno eher unromantisch. Sie hatte sich vor einigen Wochen mit Peter Wacker, dem Fahrradhändler, in Verbindung gesetzt und Eggenthals Wunsch, den Nabendynamo, unter Angabe der genauen Modellbezeichnung durchgegeben. Wacker hatte alles besorgt, und heute, am Morgen des 24., einem Freitag, hatte Silke das Rad von Eggenthal in den Kombi gepackt und zu Wacker gebracht, der alles montiert hatte.

In einem unbemerkten Moment schob sie das Rad dann ins Wohnzimmer und bedeckte es mit einem großen bunten Laken. Eggenthal reagierte bei der »Bescherung« begeistert. Er hielt es noch etwa eine Stunde aus, doch als Luca gegen 21 Uhr ankündigte, dass er jetzt losmüsse, sich mit ein paar Kumpels treffen, da nutzte auch Eggenthal die Gelegenheit, zog sich – ein leichtes Stirnrunzeln von Silke ignorierend – seine Winterklamotten an und brach zu einer kurzen Testfahrt auf. In der Siedlung herrschte, bedingt durch die Weihnachtsillumination, seit einigen Wochen Lichtverschmutzung, also rollte er die Straße hinab auf den dunklen Birkenpfad Richtung Waldbeck und freute sich über die strahlende Helligkeit, die sein Scheinwerfer lieferte. Sein Rad lief jetzt so gut wie geräuschlos, das immer präsente Surren, das der alte Dynamo produziert hatte, war verschwunden, nur das leise Abrollen der Reifen drang beruhigend ans Ohr, und so fuhr er noch eine Weile, drehte in Waldbeck um und kehrte zufrieden ins Dorf zurück.

Kurz vor der Abzweigung, die hoch zur Siedlung führte, standen die letzten alten Häuser des Dorfes, darunter auch das etwas chaotische Anwesen von Lars Berger, dem Ofenbauer, und von dort kam Musik, die Eggenthal auf der Hinfahrt schon aufgefallen war. Er wunderte sich, als er Berger plötzlich laut seinen Namen rufen hörte, und machte einen Schlenker auf den Hof.

»Wie hast du mich so schnell erkannt?«, fragte er.

»Hab ich gar nicht«, sagte Berger. »Aber hier kommt um diese Zeit sonst keiner mit dem Rad durch, also musstest du es sein. Zieh mal die Handschuhe aus und nimm das hier«, sagte er und gab Eggenthal einen Becher in die Hand, an dem der sich fast die Finger verbrannte.

Eggenthal schaute sich um. Auf dem Hof wimmelte es von Leuten – nach mehreren Ehen hatte Berger eine große Familie –, Eggenthal erkannte Bergers Eltern, zwei seiner Exfrauen, seine eigenen und ein paar angeheiratete Kinder, die wiederum Freunde mitgebracht hatten, man umarmte sich, es wurde gequalmt, gequasselt und gelacht. Über einem offenen Feuer mitten auf dem Hof hing an einem Gestell ein Kessel, in den gerade Glühwein nachgefüllt wurde, und vor der Scheune wurde gegrillt. Die Flammen des Feuers warfen einen warmen Schein auf das Haus und die alte Scheune, unter deren Dach die Leute standen. Zu seiner Überraschung trieb sich auch Luca hier herum, stand zwischen einigen Typen seines Alters und unterhielt sich mit Tina, der neunzehnjährigen Tochter von Berger, die, etwa eins fünfzig groß und zierlich, mit ihren einseitig rasierten Haaren und den schwarzen Klamotten zumindest im Dorf eine auffällige Erscheinung war. Luca zog gelegentlich an einer Zigarette, was neu war für Eggenthal, der wieder einmal bemerkte, dass sein Sohn längst ein eigenes Leben hatte.

Eggenthal, der hin und wieder an seinem Becher nippte, gefiel die Stimmung, der Glühwein wirkte praktisch schon während des Trinkens und wärmte das Gemüt, und aus den Boxen klangen gerade die friedlichen Töne von »Imagine« von John Lennon. Ein paar Leute klopften ihm auf die Schulter; Stella kam vorbei, mit der Berger irgendwann zwanzig Jahre zuvor verheiratet gewesen war, und umarmte ihn zur Begrüßung. Berger trat dazu und drückte Eggenthal noch einen Becher Glühwein in die Hand. Es hätte so weitergehen können, doch ihm fiel ein, dass bei ihm zu Hause ja auch Weihnachten war.

»Ich muss los«, sagte er, nachdem er den zweiten Becher geleert hatte. »War schön bei euch, Lars.« Die Weihnachtsfeiern von Berger waren dorfbekannt; es blieb natürlich nie bei Songs wie »Imagine« oder »Happy Christmas«, sondern wurde gelegentlich lauter und heftiger, was stets für große Unruhe bei denen sorgte, die in den umliegenden Häusern wohnten.

Silke war ein bisschen ungehalten, dass er so lange weg gewesen war, jetzt, wo Jana schon mal zu Besuch war, aber er hatte ja etwas zu erzählen und quasselte gelöst drauflos, so dass seine Tochter eher überrascht war und amüsiert fragte: »Wie ist der denn drauf?«

Überhaupt, Jana. Eggenthal genoss es, dass sie da war. Sie war am Morgen angekommen, hatte ihn so selbstverständlich geküsst und umarmt, wie sie es seit fast zwanzig Jahren tat – Jana, längst so groß wie Silke, so schlank und so strahlend. Drei Viertel des Tages verbrachte sie mit dem Handy am Ohr, und um 23 Uhr ging sie noch mal los, alte Bekannte treffen, und am nächsten Tag musste sie wieder zurück nach Hamburg, neue Bekannte treffen, und dann küsste und umarmte sie Eggenthal so selbstverständlich, wie sie es seit fast zwanzig Jahren tat – und dann war sie wieder weg …

Die üblichen Festtagsveranstaltungen bei Eggenthals Mutter, seiner Schwester Helga und seinem Schwager Holger Grisse überstand er glimpflich, genauso den Besuch bei seinen Schwiegereltern in der Stadt. Silke ging tatsächlich auf seinen Vorschlag ein, zusammen mit dem Zug hinzufahren, da er mittlerweile das Jobticket besaß, konnte sie umsonst mitfahren. Freilich fuhr sie mit dem Wagen nach Waldbeck zum Bahnhof, während Eggenthal wie immer das Rad nahm. Bei seinen Schwiegereltern wurde er dann eine Stunde lang mit Vorträgen über die Risiken seiner Aktion konfrontiert, von den Bedrohungen des Straßenverkehrs über die Erkältungsgefahr bis hin zu möglicher Impotenz durch stundenlanges Sitzen im Fahrradsattel.

Und da war da noch die Weihnachtskarte von Annette Felber, die er in seiner Schreibtischschublade verwahrte und immer mal wieder durchlas. Annette hatte über die Jahre öfter zu Weihnachten geschrieben, und Eggenthal hatte immer umgehend geantwortet. Diesmal hatte sie sich neben den üblichen Grüßen nach dem Verlauf seiner Aktion erkundigt, die sie »total spannend« fand; sie dachte an ihn, bedauerte ihn auch, wenn es draußen mal richtig ungemütlich war, wünschte ihm Durchhaltevermögen und freute sich auf das Gespräch »unter vier Augen« im kommenden Jahr.

Sie hatte es also nicht vergessen. Es tat ihm gut, jemanden auf seiner Seite zu wissen. »Bin gut unterwegs und krieg es hin. Alles Weitere dann mündlich«, schloss er seinen Brief an sie.

Das neue Jahr begann mit Regen. Im Büro von Eggenthal gab es einen kurzen Rückblick auf die Feiertage, der sich vor allem um Gewichtszunahme, Stress und Alkoholkonsum drehte und um die Erleichterung, mal wieder alles hinter sich zu haben. Eigentlich ein bedrückendes Fazit, wie Eggenthal fand.

Sein Kollege Kallmann aus dem Nachbarzimmer, der ebenfalls an der Diskussion teilnahm, hatte noch ein ganz anderes Problem. »Ich hab die Schnauze voll von dem Scheißwetter«, sagte er in Richtung von Hendrik Wicke, der Eggenthal gegenübersaß.

»Jetzt bring doch hier nicht so ’ne miese Stimmung rein«, sagte Eggenthal. »Was soll ich denn da sagen. Hast du von mir schon mal eine Beschwerde übers Wetter gehört?«

»Wenn man sich ohne Not in so eine Situation bringt wie du, dann sollte man mit so was auch besser vorsichtig sein. Oder, anders gesagt: Wenn man keine Ahnung hat, einfach mal die Fresse halten.«

»Ach du Schande«, sagte Eggenthal und blickte Carla Berg, die im Türrahmen stand, fragend an. »Was ist denn mit dem los?«

»Es regnet rein bei ihm«, antwortete sie.

»Es regnet rein bei ihm. Ja gut, das kann man verstehen, da brennt dann schon mal ’ne Sicherung durch, oder es kommt zum Kurzschluss oder so.«

»Halt dich einfach raus«, sagte Kallmann und wandte sich wieder an Hendrik Wicke. »Das Wasser kommt oben im Fensterbereich rein, keine Ahnung, woher und warum. Ihr habt doch mal ein Peugeot-Cabrio gehabt, ist so was da auch passiert?«

»Wir haben den Wagen früh genug verkauft«, sagte Wicke. »Eurer hat ja schon ein paar Jahre auf dem Buckel. Es kann an der Verriegelung liegen oder an den Dichtungen, das finden die nur in der Werkstatt raus. Wie viel Wasser kommt denn rein?«

»Jede Menge«, knurrte Kallmann, und Eggenthal begriff, dass es um das Stoffverdeck des Mazda MX5 ging, des Zweitwagens der Kallmanns, den er hegte und pflegte, aber notgedrungen auch im Winter benutzen musste.

»Jaja, so ein Cabriolet ist halt kein Winterfahrzeug«, sagte Eggenthal mit Kennermiene. »Es sei denn, man verfügt über moderne Technik. Schau mich an, ich fahr ja praktisch ganzjährig Cabrio. Mein Verdeck, wenn man so will, ist eine Jacke aus Goretex Paclite. Das ist Hightech, speziell beschichtet, Dichtigkeit zehntausend Millimeter Wassersäule, falls dir das was sagt. Da regnet gar nichts rein. Nicht billig, hundertfünfzig Euro hab ich dafür hingelegt. Aber ich glaub nicht, dass sie für den Betrag dein Dach dichtkriegen …«

Carla Berg grinste, Kallmann sah ihn scharf an. »Vielleicht lässt du uns mal mit deinem Kinderkram in Ruhe und tust was Sinnvolles. Wie wär's zum Beispiel mit Händewaschen, oder willst du warten, bis der Chef dich wieder dazu auffordert? Und steck dir mal das Hemd in die Hose.«

Eggenthal blickte auf seine Finger. »Makellos«, sagte er. »Damit setz ich einen neuen Maßstab. Ihr solltet bei euch mal nachschauen, kann ja sein, dass wir jetzt alle die Hände vorzeigen müssen.« Er stand auf und bemerkte, dass Wicke tatsächlich einen prüfenden Blick auf seine Fingernägel warf. »Ich hol mir mal einen Kaffee«, fuhr er fort. »Dann könnt ihr das Thema mit dem Verdeck unter Erwachsenen weiterdiskutieren.«

»Ich komm mit«, sagte Carla Berg und folgte ihm.

»Mit dem Händewaschen wird er dich noch eine Zeitlang nerven«, sagte sie, als sie draußen waren.

»Kann ich mit leben«, sagte Eggenthal. Der Zwischenfall

hatte sich vergangene Woche abgespielt und hing mit seinen neuen Lebensgewohnheiten zusammen. Seine ständigen Regenfahrten mit dem Rad, teilweise auch durch Dreck oder über verschmutzte Feldwege, brachten einen gewissen Pflegeaufwand für das Fahrrad mit sich. Das Wichtigste war dabei, den Antriebsstrang, also Kette, Ritzel und Schaltwerk, einigermaßen sauber und gut geschmiert zu halten. Als Folge dieser Wartungsarbeiten blieben immer Reste von eingetrocknetem Öl an den Rändern der Fingernägel oder darunter hängen, nicht überall, aber mitunter sehr sichtbar. Eggenthal vertraute anfangs darauf, dass sich die Partikel spätestens beim morgendlichen Duschen und Haarewaschen lösen würden, doch sie waren hartnäckig, und so ließ er die Ränder da, wo sie waren. Im Grunde waren sie Zeugen seines Umweltbewusstseins, da die Autofahrer sich die Finger bekanntlich nicht schmutzig machten.

So argumentierte er auch Silke gegenüber, als sie ihn auf die Ölreste hinwies. Außerdem führte er zur Unterstützung noch den Maler Hundertwasser ins Feld, den, wie er wusste, auch Silke gemocht hatte und der einmal vor vielen Jahren in einer Talkshow sinngemäß gesagt hatte, dass nicht derjenige das größte Schwein sei, der ab und zu mal ein bisschen schmutzig wäre, sondern der, der durch den ständigen Verbrauch von Seife und heißem Wasser die Umwelt schädige. Silke hatte die Diskussion nach diesem Argument Eggenthals abgebrochen.

Nun war in der letzten Woche, als Eggenthal gerade an der Ausgabetheke arbeitete, Schwickert vorbeigekommen, der Bereichsleiter, der irgendeinen uralten Schinken von Melville brauchte. Als Eggenthal ihm das Buch aushändigte, stutzte er.

»Sie wissen schon, wo wir hier arbeiten?«, fragte er.

»Klar«, sagte Eggenthal.

»Na dann schauen Sie sich mal Ihre Finger an.«

»Was ist damit?«, fragte Eggenthal.

Schwickert blickte sich kurz um und rief Kallmann, der sich gerade in der Nähe aufhielt, dazu. »Herr Kallmann, strecken Sie mal die Hand aus, Fingernägel nach oben, und halten Sie sie neben die von Eggenthal. So«, er sah Eggenthal an, »und jetzt erzähle ich Ihnen mal was: Wenn wir hier in einer Autowerkstatt wären und Sie beide wären Mechaniker und Herr Kallmann hätte um diese Uhrzeit immer noch so saubere und gepflegte Hände wie jetzt, dann müsste ich ihm vermutlich einen Verweis erteilen. Wir sind aber hier in einer Bibliothek und geben Bücher an Menschen aus, die dabei auf Ihre Hände sehen, Herr Eggenthal, und deshalb bitte ich Sie jetzt, zur Toilette zu gehen und sich zu säubern.«

Eggenthal war achselzuckend losgezogen, es war klar, dass er in diesem Fall mit einer Verweigerung nicht durchkommen würde. Wenigstens Kallmann hatte seinen Spaß gehabt und die Geschichte natürlich verbreitet. Es verbitterte Eggenthal schon, dass, fast zehn Jahre nach dem Tod von Hundertwasser, die Welt noch immer nicht reif für dessen Vorschläge war.

Es gab noch andere kleinere Veränderungen in seinem Äußeren, die jedoch behielt er bei. So hatte er seine Bürolatschen irgendwann in den Müll geworfen und verbrachte den Tag jetzt in seinen Trekkingtretern. Er versuchte auch nicht mehr, seine Haare in irgendeine Form zu bringen; er fuhr nach seiner Ankunft kurz mit den Fingern hindurch, was ein wenig wirr aussah – Silkes Rat, sie aus Gründen der Pflegeleichtigkeit ganz kurz schneiden zu lassen, hatte er ignoriert –, aber es gefiel ihm gut so. Außerdem hatte er einen neuen Rasierrhythmus eingeführt, nämlich die Abendrasur, die konnte man beim Fernsehen während einer der bescheuerten Werbepausen durchführen und hatte am nächsten Morgen eine echte Zeitersparnis, was für einen Zugfahrer ein nicht unerhebliches Kriterium war.

Gestern hatte er die Abendrasur vergessen. Er sah mit den Stoppeln in seinem hageren Gesicht nie so aus wie diese coolen Typen im Fernsehen, die mit zusammengekniffenen Augen im Alleingang tausend vollidiotische Feinde besiegten, eher wie ein schlecht gerupfter Hahn. Carla Berg fuhr ihm jetzt, als sie die Cafeteria erreicht hatten, mit der Hand übers Kinn.

»Erotisch«, sagte sie. »Aber wenn du so weitermachst, schickt Schwickert dich auch noch zum Rasieren. Um das Gesamtbild, das du abgibst, zu korrigieren.«

»Schwickert. Es gibt eigentlich genug wichtige Dinge, um die er sich kümmern könnte. Wenn er glaubt, er kann mich mit so was treffen, irrt er sich.«

Ein bisschen angefressen war Eggenthal aber schon. Das zeigte sich in der Mittagspause, als er sich mit seinem Kaffee an den Tisch setzte, an dem die anderen zusammenhockten. Es ging schon wieder um Autos, er bekam gerade noch mit, wie Schwickert das winterliche Fahrverhalten seines SUV, dieses Riesenfahrzeugs, ins rechte Licht rückte.

»Allrad ist im Winter nicht zu ersetzen, so eine Traktion bringt kein anderer Wagen. Sobald das Wetter ein bisschen extrem wird, verhungern sie alle wie die Fliegen ...«

»Ja, besonders in diesem Winter. Sind ja seit Wochen alpine Verhältnisse«, sagte Eggenthal als Hinweis darauf, dass bisher noch keine Krume Schnee gefallen war.

»Aber wenn es losgeht, bin ich gewappnet. Und ich verschwende dann meine Zeit nicht mit dem Versuch, ein Fahrrad durch die Schneewehen zu schieben.«

»So viel Zeit, wie manche gedanklich in ihre gummibereiften Blechkisten investieren, kann ich gar nicht verschwenden«, sagte Eggenthal, und wieder war es nur Carla Berg, die über die Bemerkung lachte.

Dann, im Februar, begann es tatsächlich zu schneien, und die Temperaturen fielen auf fünf Grad unter null. Morgens war es meist noch sechs bis sieben Grad kälter. Wenn Eggenthal gegen 5:30 Uhr aus dem warmen Bett stieg, ins Dunkel starrte und, sobald er das Schlafzimmerfenster öffnete, von der beißenden Kälte gepackt wurde, dann machte ihn die Gewissheit, dass er gleich da raus musste, doch ein wenig nachdenklich.

Dennoch rückte er täglich in seinen Winterklamotten, mit einer Kappe unter dem Helm und bis über die Nase hochgezogenem Schal mit dem Rad aus. Er hatte mittlerweile den Status erreicht, dass sich kaum noch einer über ihn wunderte beziehungsweise, wie sein Schwager Grisse es formulierte, ihm nach allgemeiner Auffassung ohnehin nicht zu helfen wäre.

An einem Freitagnachmittag kam er mit vollgepacktem Anhänger auf geschlossener Schneedecke zurück vom Einkaufen aus Waldbeck. Lars Berger, der auf seinem Hof gerade den Kofferraum seines Wagens mit Keramikplatten bepackte, winkte ihm. Eggenthal zog beide Bremshebel, löste sie routiniert, als die Reifen blockierten, und bremste erneut, bis er seine Fuhre zum Stehen gebracht hatte.

»Nicht schlecht, Arno«, sagte Berger und trat auf ihn zu. »Hätte dich kaum erkannt, siehst gut aus mit der Mütze unter dem Helm, wie ein Lappe oder ein Same oder so. Und wie geht's so? Du ziehst es durch, oder?«

»Dir kann ich's ja sagen«, antwortete Eggenthal. »Der Wind ist saukalt, du bist bei dem Schnee fast doppelt so lange unterwegs wie sonst, und wenn du mal die falschen Klamotten anhast, frierst du dir nicht nur auf dem Rad, sondern auch auf dem Bahnhof den Arsch ab. Aber es ist machbar.«

Berger betrachtete interessiert die Reifen. »Ziemlich dicke Dinger.«

»Winterreifen«, sagte Eggenthal. »Gleiche Gummimischung wie beim Auto. Sogar mit eingearbeiteten Granulatstücken, die dem Reifen in Schnee und Eis Halt geben. Funktioniert ganz gut, wenn man ein bisschen angepasst fährt und aufs Bremsen weitgehend verzichtet.«

Berger überlegte. »Ist 'ne harte Nummer für Leute in unserem Alter, was du da machst. Das tut sich heute nicht mal mehr 'n Achtzehnjähriger an. Weißt du noch, wie wir früher mit unseren Karren durch den Schnee gepflügt sind?« Er hielt kurz inne. »Muss leider los, Arno, noch was ausliefern. Soll ich dich vorher noch den Berg hochschieben?« Er grinste.

»Ist nicht nötig, Lars, danke fürs Angebot«, sagte Eggenthal, klopfte ihm auf die Schultern und brachte sein Gefährt langsam wieder in Gang.

»Halt durch«, rief Berger ihm hinterher.

Eggenthal konnte sich noch an die Geschichte erinnern, auf die Berger anspielte, als er ihm vorschlug, ihn den Berg hochzuschieben. Es war im Winter ihres letzten Schuljahrs gewesen, und Lammbeck, der natürlich auch eine Rolle dabei spielte, hatte gerade eine weitere Stufe der Motorisierung erklommen. Er hatte einen Simca 1000, Baujahr 1963, vierzig PS stark, aus dem Fuhrpark seines Onkels an Land gezogen, besser gesagt, vor der Verschrottung bewahrt. Der Simca war ein Wagen mit Heckmotor und überschaubaren Ausmaßen, kantig, mit runden Front- und Heckleuchten und bemerkenswerterweise vier Türen. Bei der Farbe handelte es sich um ein blasses Blaugrau, auf der Heckklappe sorgten Lamellen und zwei schwarze Streifen für eine dezent sportliche Note.

Lammbeck war mit dem Simca der König auf Schnee und Eis. Heckmotor und Hinterradantrieb waren eine unschlagbare Kombination, selbst mit Sommerreifen. Und Lammbeck half aus, wo er konnte, natürlich auf seine Weise. So wie an dem verschneiten Wintermorgen, als Lars Berger mit seinem neongrünen Opel Kadett an der Lensinger Steigung festhing. Auch Lammbeck, mit Eggenthal auf dem Beifahrersitz, war unterwegs. Er hatte gerade den kleinen Ort Corndorf durchfahren, in unwiderstehlicher Drift die Kurve am Ortsausgang genommen und pflügte den Berg hinauf, als er den Kadett mit durchdrehenden Reifen mitten auf der Straße stehen sah.

Lammbeck erfasste die Situation sofort. Scheibe runter, ein paarmal Lichthupe und kurzer Sprechkontakt, und die zwei hatten sich verständigt. Lammbeck gab ein wenig Gas, fuhr gefühlvoll auf den Kadett auf und schob ihn einen Kilometer lang vor sich her den Berg hinauf. Als es wieder bergab ging, konnte Berger zwar aus eigener Kraft weiterfahren, doch Lammbeck hing weiter hintendran wie eingeklinkt, weil sich die Stoßstangen verhakt hatten. Es kostete ein bisschen Zeit und ein paar Fußtritte, die Autos zu trennen, es nahm der Aktion jedoch nichts von ihrer Klasse.

Es war abwechslungsreich, mit Lammbeck zur Schule zu fahren, zum einen wegen seiner Fahrweise, aber auch weil er die technischen Möglichkeiten seiner Fahrzeuge immer voll ausreizte. So gelang es ihm, während der Fahrt durch einen perfekt koordinierten Ablauf verschiedener fahrerischer Kniffe (auskuppeln, Zündung ausschalten, einkuppeln, Zündung wieder anschalten) Fehlzündungen zu erzeugen, die in der Klangstärke einen Silvesterkracher übertrafen.

Mit der Zeit hatte er diese Fähigkeit perfektioniert, er ließ es krachen, wann immer es ihm gefiel, auf der Brücke in Waldbeck, wo die Fußgänger zusammenzuckten, oder bei der Einfahrt in die Tankstelle, wo alle Anwesenden angesichts des knallenden und zuckenden Wagens auf einen kapitalen Motorschaden tippten, während Lammbeck und Eggenthal sich schlapplachten.

Brisant wurde Lammbecks Angewohnheit, als er begann, auf ihrer morgendlichen Fahrt zur Schule die Bauarbeiter zu erschrecken, die an einem Bachlauf, keine fünf Meter von der Straße entfernt, Pflasterarbeiten für die Uferbefestigung ausführten. Anfangs zuckten sie zusammen, wenn er seine Fehlzündungen losließ, nach drei oder vier Tagen drohten sie ihm mit der Faust und schließlich warfen sie Pflastersteine hinter ihm her, was nicht ganz ungefährlich war und dem Wagen zusätzliche Dellen im Tür- und Heckbereich einbrachte.

Daraufhin mied Lammbeck die Strecke für drei oder vier Tage und nahm einen kleinen Umweg in Kauf, um dann, als sie nicht mehr mit ihm rechneten, wieder aufzutauchen und es erneut knallen zu lassen ...

Es musste noch einen Grund geben, dass er sich an diesen Winter erinnerte. Vielleicht lag es daran, dass selbst der Simca, diese fahrende Ruine, einen unermesslichen Luxus gegenüber seiner jetzigen Art der Fortbewegung dargestellt hatte. Vielleicht auch daran, dass sich in den Jahren danach – zumindest in seiner Erinnerung – alle Winter gleich angefühlt hatten und erst dieser hier, bedingt durch seine Aktion, wieder etwas Bemerkenswertes hatte. Sein Glaube an den notwendigen Erhalt der Jahreszeiten war ungebrochen, und gerade die Kälteperiode der letzten Wochen bestärkte ihn darin, dass noch etwas zu retten sei und er das Richtige tat.

Noch ein paar Wochen durchhalten, nur noch ein paar Wochen, dann wäre sein nächster Meilenstein erreicht, der Februar wäre um, der Winter würde seinen Griff lockern, der Frühling kommen und mit ihm die Helligkeit und die Wärme, und alles würde einfacher werden. Dachte er.

Kapitel 14

Dann geschahen Dinge, die nicht geplant waren. Es begann am 16. Februar, einem Samstag – Eggenthal notierte sich den Tag später, weil er ihn für bemerkenswert hielt –, mit einem Vorhaben, für das er eigentlich prädestiniert war und auf das er sich sogar gefreut hatte. Luca brauchte ein neues Rad – selbst Silke war mittlerweile überzeugt davon –, damit er ab dem Frühjahr kürzere Strecken selbst zurücklegen konnte und sie ihn nicht ständig kutschieren musste. Eggenthal hatte erklärt, dass der Zeitpunkt für den Kauf wegen der Preisnachlässe günstig sei.

Natürlich musste Silke mit, denn Luca musste ja irgendwie zum Laden von Peter Wacker gelangen, der fünfzehn Kilometer entfernt, kurz vor Lensingen, lag. Nach dem Frühstück am Samstagmorgen schaute Silke aus dem Wohnzimmerfenster hinaus in den im Frost erstarrten, weißen Garten und fragte: »Wann fährst du eigentlich los, Arno? Könnte mir vorstellen, dass du ein bisschen länger unterwegs bist. Wird ja ein Vergnügen bei dem Wetter.«

Eggenthal hatte tatsächlich keine Lust, bei minus zwölf Grad eine Stunde lang auf dem Rad zu sitzen. Er hatte das letzte Woche erst praktiziert, als ein Heizungsthermostat im Bad defekt war und er »noch schnell« im Baumarkt ein neues geholt hatte; es war möglich, bei dem Wetter so lange zu fahren, aber nicht wirklich witzig. Doch er hatte eine Alternative parat.

»Ich muss nur bis Waldbeck mit dem Rad. Von da nehm ich das AST«, sagte er ganz lässig.

»Was ist das AST?«, kam die erwartete Rückfrage. Die Existenz eines AST war nämlich den meisten Menschen unbekannt. Tatsächlich handelte es sich dabei um ein »Anrufsammeltaxi«. Anrufsammeltaxis fuhren auf schwach frequentierten Linien anstelle von Bussen zu fahrplanmäßig festgelegten Zeiten, und auch Eggenthal hatte erst durch eine Internetrecherche herausgefunden, dass so ein Gefährt in Richtung Lensingen verkehrte.

»Aha. Ein Anrufsammeltaxi. Ist das nicht ein Auto? Du steigst in ein Auto?«

»Nein«, antwortete Eggenthal. »Das ist ein öffentliches Verkehrsmittel. Es hält an den ganz normalen Bushaltestellen und fährt anstelle eines Busses, um nicht so viel Benzin zu verschwenden. Und man muss eine halbe Stunde vorher anrufen und Bedarf anmelden. Sonst fährt es nämlich gar nicht.«

»Soso.«

»Also, pass auf: Ich ruf jetzt da an, und dann ist das AST laut Fahrplan in fünfunddreißig Minuten in Waldbeck, um zehn Uhr fünf. Und um zehn Uhr zwanzig steig ich an der Station Mittelhof aus, direkt vor dem Fahrradladen. Bin mal gespannt, wer eher da ist, ihr oder ich.«

Genau so machte er es. Die telefonische Anmeldung funktionierte reibungslos, und gegen 9:45 Uhr war er in seinen Winterklamotten unterwegs. Er hatte sich immer darüber geärgert, dass »sein« Weg nach Waldbeck gelegentlich auch von Autos befahren wurde, die ihn als Abkürzung nutzten, im Moment war das jedoch ganz praktisch, denn sie hinterließen eine ganz brauchbare Fahrspur im tiefen Schnee, auf der er gut vorankam. Der Weg wurde nämlich nicht geräumt, und Eggenthal hatte nach den lächerlichen Wintern der vergangenen Jahre keinen Gedanken daran verschwendet, dass das einmal zum Problem werden könnte.

Auf der Nebenstraße am Ortseingang von Waldbeck, in die der Wirtschaftsweg mündete, gab es keine Fahrspur; hier war der Schnee im Lauf der letzten Wochen von den Autoreifen zu einer hellbraunen, mehlartigen Masse verarbeitet worden, in der immer wieder das Vorderrad wegrutschte. Eggenthal hatte gelernt, dass man sich dadurch nicht irritieren lassen durfte, sondern in einem nicht zu großen Gang gleichmäßig weitertreten musste; es war eine schlingernde Art, sich fortzubewegen, anstrengend, aber es ging voran. Die Hauptstraße schließlich war geräumt.

Das AST würde laut Fahrplan in Waldbeck »Am Bahnhof« abfahren, was die Haltestelle direkt an der Brücke sein musste; jedenfalls wusste er, dass dort Busse in Richtung Lensingen hielten.

Das war nur hundert Meter von seinem Fahrradabstellplatz entfernt, also stellte er in aller Ruhe das Rad wie gewohnt ab, verstaute Helm und Sturmhaube im Rucksack, schlenderte zur Haltestelle und winkte Silke und Luca, die dort gerade mit dem Kombi vorbeifuhren. Das Timing stimmte, gleich musste auch sein Fahrzeug kommen. Er hob kurz den Kopf, warf einen Blick auf das Haltestellenschild und zuckte zusammen. Die Haltestelle hieß gar nicht »Am Bahnhof«, sondern »Waldbeck Nord«, und demzufolge würde hier auch kein Anrufsammeltaxi halten.

Eggenthal drehte um und rannte wieder hinunter Richtung Bahnhof. Er wusste, dass auf der anderen Seite der Schienen noch eine Haltestelle war, vermutlich war das die richtige. Er verfluchte, dass er sich nie für die Bushaltestellen in Waldbeck interessiert hatte, weil er die Verbindungen sowieso für hoffnungslos hielt, gleichzeitig fingerte er seinen Fahrradschlüssel aus der Jackentasche, weil er es mit dem Rad vermutlich schneller durch die Unterführung schaffen würde, die sich in zwei endlosen Bögen zur anderen Seite schlängelte.

Es war eine gefährliche Situation. Silke und Luca waren schon unterwegs, und wenn er jetzt sein Verkehrsmittel nicht erwischte, würden sie in dem Radladen mindestens fünfundvierzig Minuten auf ihn warten müssen, Silke würde ausrasten, und das womöglich nicht völlig grundlos.

Es dauerte, bis er mit vor Kälte zitternden Händen das Schloss aufhatte, und als er sich aufs Rad schwang, war die planmäßige Abfahrtszeit bereits überschritten, aber er bemerkte, dass auf der anderen Seite der Bahnstrecke an der Haltestelle jetzt tatsächlich ein silberner VW Touran anhielt, in dem bereits einige Leute saßen. Eggenthal unterquerte die Strecke in Rekordzeit, sie war zum Glück eisfrei, bedeutete dem Fahrer des Tourans mit Winkzeichen zu warten, schloss schnell das Rad ab und öffnete die Seitentür des Wagens.

»Sind Sie das Anrufsammeltaxi?«, fragte er erleichtert und etwas außer Atem.

»Ich heiße Hellenbroich«, sagte der Fahrer und versuchte, gegen den Lärm in dem Wagen anzukämpfen, der von mehreren Kindern verursacht wurde.

»Sind Sie das Sammeltaxi?«, fragte Eggenthal noch einmal.

»Ich heiße Hellenbroich. Ich hole meine Frau vom Bahnhof ab«, sagte der Fahrer.

Eggenthal knallte die Autotür zu und blickte nach oben. Auf dem Haltestellenschild stand »An der Post«, auch hier war er also falsch. Er schaute wieder hinüber über die Gleise zur anderen Seite, wo das Bahnhofsgebäude stand, und auch dort fuhr jetzt ein Touran vor, diesmal in Beige. Der Fahrer wendete gerade auf dem Vorplatz und platzierte den Wagen abfahrbereit in Fahrtrichtung.

Eggenthal winkte mit beiden Armen wie verrückt, ein hoffnungsloses Unterfangen; dann brüllte er noch: »Halt, warten Sie, warten Sie!«, was wegen der Entfernung noch viel hoffnungsloser war, und jetzt fuhr auch noch ein Zug auf dem Bahnhof ein und nahm ihm den Blickkontakt zur anderen Seite. Zwei oder drei Passagiere und vermutlich auch Hellenbroich schauten ihm verwundert nach, wie er losrannte. Er lief die lange Rampe zur Unterführung hinab, flog unten fast aus der Kurve und erreichte nach einem endlosen Spurt bergauf die andere Seite.

Der Touran war bereits losgefahren, kam ihm entgegen, und Eggenthal stellte sich mitten auf die Straße, hob die Arme und stoppte ihn.

»Sind Sie das Anrufsammeltaxi?«, fragte er zum dritten Mal an diesem Morgen, nachdem der Fahrer die Seitenscheibe heruntergekurbelt hatte.

Der Fahrer nickte wortlos und öffnete die Seitentür, und Eggenthal nahm atemlos auf dem Beifahrersitz Platz. Es war noch einmal gutgegangen.

Verwundert nahm er zur Kenntnis, dass er der einzige Passagier war.

»Ist das hier die Haltestelle ›Am Bahnhof‹?«, fragte er.

»Keine Ahnung«, sagte der Fahrer. »War noch nie hier. Wieso?«

»Egal«, sagte Eggenthal.

Die Fahrt wurde ohne weiteren Halt fortgesetzt, es gab wohl an diesem Morgen keine anderen Personen, die sich zur Mitfahrt angemeldet hatten, so dass er den Fahrradladen wie verabredet erreichte. Silke und Luca standen vor dem Laden, als er ausstieg; Luca, die Hände in den Hosentaschen, mit nichts als einem Kapuzenshirt gegen die Kälte bekleidet, fror.

»Sag mal, warst du jetzt der Einzige, der da mitgefahren ist?«, fragte Silke.

»Ist halt nicht besonders bekannt, diese Beförderungsmöglichkeit«, sagte Eggenthal. »Müsste vielleicht mal publik gemacht werden.«

»Das heißt im Klartext, dass jetzt zwei Autos unterwegs waren, um drei Leute zum gleichen Ziel zu bringen. Ist das nicht das Gegenteil von dem, was du erreichen wolltest?«

»Das AST ist ein öffentliches Verkehrsmittel. Ihr hättet ja mitfahren können, dann wäre das Ding schon halb voll gewesen.«

»Ja. Und der Spaß hätte uns vermutlich fünfundzwanzig Euro gekostet. Außerdem ist das hier ein Einkauf und kein Ausflug«, sagte sie.

»Dann lass uns mal anfangen mit dem Einkauf.«

Der Fahrradkauf verlief unspektakulär. Es dauerte ein wenig, bis sie dran waren, da Wacker, der Fahrradhändler, erst noch einige andere Kunden bedienen musste. Luca war relativ desinteressiert, für ihn war es wichtig, dass er nichts zuzahlen musste und das Teil einigermaßen cool aussah. Also ließ Eggenthal sein Fachwissen spielen und suchte mit Wacker ein paar passende Räder heraus. Mitten in die Verhandlungen hinein klingelte das Handy von Silke, die bisher relativ unbeteiligt danebengestanden hatte.

Silke trat ein paar Schritte zur Seite, Eggenthal nahm wahr, wie sie sich angeregt unterhielt, es war offensichtlich ein erfreuliches Gespräch, dann kam sie mit dem Handy am Ohr auf ihn zu und fasste ihn am Arm.

»Die Winstetts sind dran. Es geht um unser Treffen nächste

Woche, sie können leider nicht und fragen, ob wir nicht ganz spontan heute schon vorbeikommen können, so um acht. Geht doch, oder?«

Eggenthal überlegte eine Sekunde. Die Winstetts waren wichtig, jedenfalls für Silke. Für ihn waren sie neutral, er hatte die Treffen mit ihnen immer recht gut überstanden.

»Klar, kein Problem, ich bin dabei. Schönen Gruß«, sagte er zu Silke und konzentrierte sich wieder auf die Fahrradauswahl. Luca entschied sich nach einer Sitzprobe im Laden und dem Kommentar: »Passt schon, ist sowieso zu kalt zum Probefahren« für ein Mountainbike, das Wacker zur nächsten Woche fertigmachen würde.

Dann ging Wacker ins Lager und kam mit einem Paar Spikes-Reifen zurück. »Wenn es wieder wärmer wird und die Temperaturen um den Gefrierpunkt liegen, wirst du die brauchen«, sagte er zu Eggenthal. »Ich krieg sie diesen Winter nicht mehr los, es gibt nicht so viele Bekloppte da draußen. Ich lass sie dir für die Hälfte.« Eggenthal, der in den letzten Tagen schon öfter über diese Investition nachgedacht hatte, überlegte nicht lange und griff zu. Seine Hände glitten über die groben, schwarzen Stollen mit den Stahlstiften darin. Die Dinger waren die Wucht.

Fast ein wenig enttäuscht darüber, dass sie schon fertig waren, schaute er auf die Uhr. »Elf Uhr fünfundvierzig. Da erwisch ich ja sogar noch das AST zurück nach Waldbeck, das fährt nämlich um zwölf hier ab«, sagte er zu Silke, als sie mit Luca den Laden verließen und Richtung Auto gingen. »Ist praktisch, oder? Läuft alles genau wie geplant.«

»Ja. Sehr schön. Musst du nicht eine halbe Stunde vorher anrufen, damit das Teil überhaupt losfährt?«

Eggenthal sah sie überrascht an. Sie hatte natürlich recht, er hatte es ja am Morgen selbst erklärt, und jetzt hatte er es vergessen. Der Versuch, es mit einem sofortigen Anruf noch hinzubiegen, schlug fehl. »Pech«, sagte er. »Zu spät, die kommen jetzt nicht mehr.«

»Aha.« Silke blickte ihn interessiert an. »Und wann kommt dein nächstes AST?«

»Dreizehn Uhr dreißig«, sagte Eggenthal nachdenklich.

»Noch über eineinhalb Stunden, das ist ja super. Du wolltest mir doch noch helfen, die Tapete in Janas altem Zimmer zu entfernen. Also, Arno, ich sag dir jetzt mal was, und überleg bitte, was du antwortest: Bei uns im Auto ist noch ein Platz frei!«

»Dreizehn Uhr dreißig«, sagte Eggenthal wieder. »Bis dahin bin ich ja zu Fuß in Waldbeck. Ich mach mich gleich auf den Weg, dann bin ich schneller als das Anrufsammeltaxi und komme ein bisschen an die frische Luft.«

Silke würdigte ihn keines Blickes mehr, bevor sie einstieg und die Autotür hinter sich schloss. Eggenthal schaute ihnen nach, als sie auf die Landstraße einbogen, legte sich seine Reifen quer über die Schultern und machte sich ebenfalls auf den Weg. Es waren ungefähr elf Kilometer bis Waldbeck, die Straße war wenig befahren, er wählte ein flottes Tempo und kam gut voran. Und er hatte ein bisschen Zeit zum Nachdenken.

Er fand die Spontaneinladung der Winstetts, sie hießen Claus und Beate, gar nicht so übel, das würde Silkes Stimmung wieder aufhellen. Silke hatte die beiden nämlich »entdeckt«: Sie hatte Beate vor Jahren auf einem Lehrgang kennengelernt, und seitdem trafen sie sich ein- oder zweimal im Jahr. Die Winstetts waren ein bisschen korrekt. Eggenthal erinnerte sich, dass Claus beim ersten Treffen eine Krawatte getragen und ihn erst einmal zwei Stunden lang gesiezt hatte – vielleicht lag es an seinem Job, Personalleiter bei der Stadtverwaltung in Dernberg –, bevor seine Frau das irgendwie klären konnte. Doch seitdem lief es ganz gut. Claus Winstett dozierte gelegentlich über französische Weine und irischen Whiskey, was ein bisschen nervte, aber ansonsten konnte man mit ihm über alles reden, von Rockmusik über das Dopingproblem bis hin zum Waldsterben oder was es sonst noch so gab. Silke hatte mit Beate, die ebenfalls eine Bankfiliale leitete, ohnehin genug Gesprächsstoff. Sie fand es ganz erholsam, dass man bei den Winstetts auch mal Themen anschneiden konnte, die über den nächsten Gartenzaun hinausgingen und ein gewisses Niveau nicht unterschritten.

Eggenthal musste sich nur kurz einen persönlichen Fahrplan erstellen, wenn er zu Hause war; der Ort Dernberg, wo die beiden wohnten, war etwa fünfunddreißig Kilometer entfernt, und er hatte die Strecke bisher noch nicht mit öffentlichen Verkehrsmitteln zurückgelegt.

Aber erst einmal galt es, Waldbeck zu erreichen. Er war etwa fünfundzwanzig Minuten und geschätzte zweieinhalb Kilometer zügig gegangen, die Straße führte gerade durch ein Waldstück, als sich mit hoher Geschwindigkeit ein Wagen näherte, den er bei genauerem Hinsehen als den Kombi der Familie Eggenthal identifizierte.

Als Silke ihn passiert hatte, wendete sie den Wagen in einem Feldweg, überholte ihn und bremste fünfzig Meter weiter scharf ab. Er sah, wie sie ausstieg und mit einer hastigen Bewegung die Heckklappe öffnete, und er erkannte, dass es sein noch abgeschlossenes Fahrrad war, das im Kofferraum lag und an dem sie sich jetzt zu schaffen machte. »Warte doch mal, ich helf dir«, rief er, aber irgendwie schaffte sie es, das Rad herauszuzerren und auf der Straße abzustellen. Dann knallte sie den Kofferraumdeckel zu, stieg kommentarlos ein und fuhr los. Das Motorengeräusch deutete darauf hin, dass sie den Wagen im zweiten Gang auf etwa fünfundneunzig Sachen zog, bevor sie hochschaltete.

Eggenthal besah sein Rad; in der Eile hatte er es am Morgen nicht wie üblich am Fahrradständer angeschlossen, so dass es Silke und Luca gelungen war, es im Kofferraum zu verstauen. Er öffnete das Schloss, bog den vorderen Scheinwerfer gerade, der einen leichten Transportschaden erlitten hatte, holte die Sturmhaube aus dem Rucksack – es würde durch den Fahrtwind gleich ziemlich kalt werden – und setzte den Helm auf.

Dann überlegte er. Sicher, er hatte einen Fehler gemacht, indem er bei Wacker im Radladen nicht an den Anruf für das Sammeltaxi gedacht hatte. Für Silke war das ein weiterer Beweis gewesen, dass seine Aktion nicht funktionierte, so sah sie es jedenfalls, und jetzt zeigte sie ihm ihre Überlegenheit und führte ihn vor.

Er hatte sie nicht gerufen, und er brauchte sie nicht, um zurechtzukommen, nicht in dieser Sache. Er war losgelaufen, und er wäre auch angekommen. Und dass er sich sein Rad von ihr mit dem Auto anliefern ließ, das ging schon mal gar nicht. Und die Sache mit der Tapete – ja, sie hatten mal darüber gesprochen, das heute Nachmittag zu erledigen, aber das lief einem doch nicht weg, wo kam man denn hin, wenn man sich selbst am Wochenende immer solchen Plänen unterordnete, da kam es doch auf eine Stunde früher oder später nicht an.

Eggenthal verstaute Helm und Sturmhaube wieder im Rucksack, klappte den Ständer seines Rads ein, legte die Hände auf den Lenker und schob. Es war kein Problem, ein Rad neben sich herzuschieben, er kam genauso schnell voran wie vorher. In Corndorf fragten ihn ein paar Leute, die sich über einen Zaun hinweg unterhielten, ob er eine Panne hätte, und schauten ihm verwundert hinterher, als er mit dem Kopf schüttelte, und er überlegte einen Moment lang, ob er nicht vielleicht die Luft aus einem Reifen ablassen sollte, damit seine Vorgehensweise plausibel erschiene, doch er verwarf den Gedanken. Es dauerte kaum länger als eine Stunde, bis er den Waldbecker Bahnhof erreichte. Okay, die letzten beiden Kilometer hatten sich ein wenig gezogen, weil die Straße hier schnurgerade verlief; aber er hatte es hinter sich.

Am Bahnhof war er am Morgen von seinem Rad abgestiegen, und am Bahnhof stieg er auch wieder auf sein Rad und fuhr los. Es war kurz vor 14 Uhr, als er sein Haus in der Siedlung erreichte.

Silke war nicht zu Hause, offensichtlich hatte sie den Plan für den Nachmittag geändert, so dass er erst einmal in seinem Arbeitszimmer den Computer hochfuhr, um die günstigste Fahrtroute nach Dernberg herauszusuchen. Am einfachsten wäre es gewesen, mit dem Rad hinzufahren, mittlerweile bereitete es ihm keine Probleme mehr, Strecken von vierzig Kilometern oder mehr zurückzulegen, aber vorausgesagte minus fünfzehn Grad und kniehoher Schnee auf den Radwegen ließen ihn davon absehen, und so konzentrierte er sich auf die Zug- und Busverbindungen. Das Ergebnis seiner Nachforschungen war eher niederschmetternd, aber etwas anderes hatte er auch nicht erwartet. Um es kurz zu fassen: Er würde in Dernberg ankommen, und er würde auch wieder von Dernberg nach Hause zurückkommen. Das war es, was zählte.

Er widerstand der starken Versuchung, gleich die neuen Reifen aufzuziehen, nahm dafür im Keller noch die Wäsche ab und stellte gerade das Bügelbrett im Flur auf, es war gegen halb vier, als er mit einem Blick durch die länglichen Rauchglasscheiben der Eingangstür schemenhaft wahrnahm, dass ein Wagen in die Einfahrt rollte. Kurze Zeit später kam Silke durch die Verbindungstür, die von der Garage ins Haus führte.

»Wo bist du eigentlich so lange gewesen?«, fragte sie. »Ich hab schon mal alleine versucht, die Tapete von der Wand zu kriegen, blieb mir ja nichts anderes übrig. Das Zeug geht übrigens nicht ab. Bin also in den Baumarkt gefahren und hab Tapetenlöser geholt. Wenn wir uns für zwei, drei Stunden dranmachen, dann schaffen wir noch richtig was. Falls du jetzt bereit bist.«

Eggenthal vermied den Hinweis darauf, wie bescheuert er es fand, nur wegen eines Kanisters Tapetenlöser in den Baumarkt zu fahren. Er sah eine ganz andere Problematik.

»Zwei oder drei Stunden geht nicht, ich muss in einer Stunde los.«

»Du musst in einer Stunde – wohin?«, fragte sie.

»Nach Dernberg. Wir sind ja schließlich heute eingeladen.«

»In einer Stunde ist es halb fünf. In einer Stunde müsste man losfahren, wenn man nach Hamburg will, weil es bis Hamburg dreihundert Kilometer sind. Aber bis Dernberg sind es nicht mal vierzig Kilometer.«

»Ist nun mal so«, sagte Eggenthal. »Ich kapituliere doch nicht vor dem öffentlichen Nahverkehr, bloß weil ich auf dem Lande lebe.«

»Schöne Formulierung dafür, dass man nicht mehr ganz dicht ist. Ich mach dann mal weiter mit der Tapete ...«

»Macht uns das jetzt unglücklich, wenn wir mit der Tapete eine Woche später fertig werden?«, fragte Eggenthal.

»ICH – DISKUTIERE – NICHT – AUF – DIESEM – NIVEAU«, sagte sie. Wenn sie aufgebracht war, ließ sie manchmal zwischen den einzelnen Worten etwas Zeit verstreichen, in letzter Zeit häufiger. Das hörte sich dann sehr nachdrücklich an und hatte so was Endgültiges. Eggenthal erwiderte also nichts mehr. Aber sie hatte sich ohnehin schon in den Keller verabschiedet, die Tapete wartete.

Eggenthal schaffte noch zwei Körbe Wäsche, dann ging er nach oben und zog wieder seine Fahrradsachen an. Bevor er sich auf den Weg machte, schaute er noch mal unten in Janas altem Zimmer vorbei, wo Silke mit dem Ablösen der Tapeten beschäftigt war. Sie sah ihn an.

»Läufst du etwa in dieser Skihose bei Winstetts auf?«, fragte sie.

»Das ist eine winddichte und wasserabweisende Winterhose mit Thermo-Fleece zum Radfahren. Ist auch zum Warten am Bahnhof ganz praktisch, solange wir so ein Wetter haben«, sagte Eggenthal.

»Du nimmst einem die ganze Lust, nach Dernberg zu fahren.«

»Dann bleib halt hier«, sagte Eggenthal und ging los.

»Idiot« war das Letzte, was er von ihr hörte.

Kapitel 15

Das Wort klang in seinen Ohren, als er die Treppe hinaufging. Es war kein freundschaftliches »Idiot« gewesen, so etwas gab es ja auch, aber das hörte sich anders an, scherzhafter. Eggenthal war jetzt auch nicht mehr nach Scherzen zumute, er war sauer und ging noch mal in sein Arbeitszimmer und packte die Jeans, die er noch in seinem Rucksack verstaut hatte – er hatte ursprünglich geplant, sich in Dernberg umzuziehen, um dem »Anlass« gerecht zu werden – wieder aus und verstaute sie im Schrank.

Dann fuhr er wieder nach Waldbeck und setzte sich in die Regio-Tram. Um 17:15 Uhr stieg er in der Stadt am Hauptbahnhof aus. Er hatte jetzt leider einen unvermeidbaren Aufenthalt von einer Stunde und schlenderte ein wenig durch den Buchladen, dazu kam er ohnehin viel zu selten. Es gab ein paar interessante Neuerscheinungen, er blätterte ein wenig in einem englischen Roman, dann fiel ihm das neueste Buch eines preisgekrönten deutschen Autors in die Hände, das schien ganz lohnenswert, wog allerdings so viel wie ein Ziegelstein. Er schlug es auf, las ein paar Absätze und erkannte, dass das ein hartes Stück Arbeit werden würde. Das musste er auf später verschieben. Wenn er ein Buch las, stürzte er sich bedingungslos hinein, und genau das konnte er sich jetzt nicht leisten. Er schrieb gerade »auf Vorrat« an einigen Kolumnen für den *Radkurier* – eine der nächsten würde er dem Anrufsammeltaxi widmen.

Um 18:30 Uhr saß er endlich im Bus, der nach geschätzten sieben Zwischenhalten die Stadt verließ und durch die Dunkelheit Kurs auf Dernberg nahm. Der Streit mit Silke ging ihm durch den Kopf. Natürlich würde sie nicht zu Hause bleiben, wie er es »vorgeschlagen« hatte, aber er würde wahrscheinlich etwas früher ankommen als sie.

Um 19:10 Uhr stieg er an der Haltestelle in Dernberg aus, und fünf Minuten später klingelte er bei den Winstetts, die am Ortsrand in einem Einfamilienhaus wohnten.

Sie begrüßten sich, und Eggenthal musterte sie kurz. Claus Winstett war kleiner als er, das war fast jeder, aber auch etwas kleiner als Beate, was ihm zum ersten Mal auffiel. Beate, dunkelhaarig und mit blauen Augen, musste früher einmal attraktiv gewesen sein, vermutlich vollschlank, bevor sie und ihr Mann beschlossen hatten, jedes Jahr zwei Kilo zuzunehmen, Eggenthal beobachtete das, seit sie sich kannten, und auch im letzten Jahr war, wie er gerade registrierte, wieder Verlass darauf gewesen. Er hatte damit kein Problem, schließlich musste jeder selbst wissen, was für Ziele er sich setzte.

Es war eine Gewohnheit von Winstett, jedes Mal einen Begrüßungscocktail anzubieten, und Eggenthal – ebenso wie Silke – lehnten aus Gewohnheit jedes Mal ab, da Eggenthal meist als Fahrer fungierte und Silke ohnehin wenig trank. Aber diesmal kam es eigentlich nicht so darauf an.

»Begrüßungscocktail, ja, warum nicht?«, sagte er, als sie im Wohnzimmer standen.

Winstett war ebenso überrascht wie begeistert, er lief in die Küche und kam kurz darauf mit zwei Gläsern zurück, von denen er Eggenthal eines in die Hand drückte. Das Getränk bestand aus einer orangeroten Flüssigkeit, in der Eiswürfel schwammen und ein blauer Strohhalm steckte.

»Simply Red«, sagte Winstett. »Orangensaft, Likör, Maracuja. Und Wodka.«

Eggenthal zog kräftig an seinem Strohhalm. Es schmeckte ein bisschen fruchtig, kaum nach Alkohol, und mit zwei kräftigen Zügen hatte er das Glas geleert. Das Zeug war nicht schlecht, es wirkte, und vielleicht half es ja auch gegen Unstimmigkeiten.

»Kann ich noch so was haben?«, fragte er.

»Klar, ich mach mir auch noch einen«, sagte Winstett.

»Für mich bitte auch«, sagte Beate.

Als Silke ankam, hatten sie bereits drei Simply Red intus, waren zu Rotwein übergegangen und schon ganz gut in Stimmung, wie sie verwundert feststellte. Arno begrüßte sie überfreundlich (»Schön, dass du endlich bei uns bist, Schatz!«), Winstett, der sie gewöhnlich mit einer angedeuteten Umarmung empfing, presste sie ungewohnt intensiv an sich, und Beate meinte fröhlich, sie hätten schon mal »vorgeglüht« und der Arno sei ja richtig gut drauf.

Kurz darauf saßen alle zusammen in ihren Pantoffeln am Wohnzimmertisch der Winstetts. Die Winstetts ließen nämlich keinen frieren, sie teilten an ihre Gäste dicke Filzpantoffeln aus, die anstelle von Straßenschuhen getragen wurden und das dunkel glänzende Nussbaumparkett schonten, und aus lauter Solidarität – vielleicht auch aus Überzeugung – trugen die Winstetts die Dinger ebenfalls.

Die Einrichtung war in eher nüchternem, klassischem Stil gehalten mit sehr dunklen Möbeln, Palisander, wie Claus Winstett erklärt hatte. Sie wirkten stets unbenutzt und wie neu. Es gab eine große lange Fensterfläche, die hinaus auf den Garten zeigte, und Arno und Silke waren am Tisch so platziert, dass sie über ihre Gastgeber hinweg aus diesem Fenster schauen konnten.

Das hatte seinen Grund. Claus Winstett hatte draußen Leuchten installiert und genoss den Eindruck, den es auf seine Gäste machte, wenn er, wie jetzt, den Schalter betätigte. Augenblicklich wurde der winterliche Garten in helles Licht getaucht. Winstett hatte diesmal auch Farbeffekte eingebaut. Die schneebedeckte Korkenzieherweide erstrahlte in hellem Gelb und ein Teil der Rotbuchenhecke in einem leicht synthetisch wirkenden Grün, während die runden Kronen zweier Kugelakazien in dezentem Rot schimmerten.

»Hab gehört, was Arno so macht, Autoverzicht und so«, sagte Winstett zu Silke. »Finden wir super, also wir haben den Zweitwagen im Grunde ja auch nur noch zum Spritsparen, damit Bea nicht immer mit dem Audi zum Einkaufen fahren muss.«

»Ja, wir nehmen auch oft das Rad, so ab Juni oder so, ich war sogar schon mal damit beim Bäcker …«, ergänzte Beate. Silke lächelte nur schwach, Eggenthal grinste in sich hinein, trank sein Glas aus und hielt es Winstett hin.

»Nicht schlecht, das Zeug, was? Ist ein ganz abgedrehter Rotwein, Pinot Noir, aus Neuseeland, siebzehn Prozent Alkohol, da schmeckst du das Aroma von reifen Pflaumen und Kirschen. Fünfundzwanzig Euro die Flasche, ich hab gleich eine ganze Kiste genommen. Soll man ja eigentlich genießen, das Zeug. Scheiß drauf, egal, rein damit«, sagte Winstett, trank ebenfalls aus und goss nach.

»Mir auch noch«, sagte Beate und hielt ebenfalls das Glas hin.

»Wart ihr eigentlich auf der letzten documenta?«, fragte Silke, um so etwas wie ein Gespräch in Gang zu bringen, außerdem war es ein Lieblingsthema von ihr.

»Da sind wir früher mal hingegangen. Dieses Getue um die zeitgenössische Kunst geht uns zunehmend auf den Keks. Also versteht mich nicht falsch, wenn man sich dafür interessiert, kann man natürlich hingehen, ist ja nichts dagegen einzuwenden …«

Eggenthal mochte die documenta, und Silke fieberte ihr jedes Mal regelrecht entgegen, doch Winstett schien eine deutlich andere Einstellung zu der Ausstellung zu haben, die die Stadt alle fünf Jahr so lebendig machte. Eggenthal merkte, dass es ganz reizvoll sein könnte, ihn ein bisschen zu ermutigen.

»Ja, wir verstehen auch das meiste nicht«, sagte er, und Silke sah ihn irritiert an. »Es ist schon ein bisschen verwirrend.«

»Verwirrend ist gut, es ist Verarschung, die können einem da doch alles Mögliche als Kunst verkaufen – wo sind denn die Kriterien, an denen man das messen kann?«

»Ja, und dann das ganze Theater um diesen Oweiowei oder wie der heißt, das Kunstwerk von dem hat doch noch nicht mal gehalten, das ist doch gleich zusammengebrochen!«, schob Beate nach.

Schau an, die Winstetts, dachte Eggenthal und sah, wie eine Wolke über Silkes Stirn aufzog. Beate meinte die Installation eines chinesischen Künstlers, dessen zwölf Meter hoher Turm aus Türen und Fenstern nach einem Sturm zu einem neuen, symbolträchtigen Monument geworden war. Der Bauherr hieß Ai Weiwei, der nach dem Einsturz mit einem Lachen verkündet hatte, dass sich der Wert der Installation soeben verdoppelt habe. Er war ein Spitzentyp, fand Eggenthal, und in seiner Heimat großen Repressalien ausgesetzt.

»Ist ja egal«, sagte Winstett, »ist doch schon wieder rum, die Ausstellung, und die nächste ist erst in fünf Jahren, da haben wir jetzt erst mal unsere Ruhe, also scheiß drauf und prost.«

»Prost«, sagte Eggenthal und nahm einen tiefen Schluck. Der Abend bei den Winstetts lief etwas anders als sonst, aber nicht uninteressant. Silke versuchte, das Thema zu wechseln, sprach die Bankenkrise an, worauf die Winstetts erklärten, dass sie davon nicht betroffen wären, weil sie rechtzeitig richtig investiert hätten. Eggenthal hatte die gute Idee, sich nach den Objekten der Investitionen zu erkundigen, woraufhin Winstett ausgiebig den neuen LCD-Fernseher vorführte, danach mussten sie ihm – Silke bereits leicht genervt, Eggenthal offensichtlich begeistert – in den Keller folgen, wo die Sauna vorgestellt wurde; die letzte Station schließlich war die Garage, in der sie den neuen Audi von allen Seiten begutachten durften. Eggenthal verlangte eine Sitzprobe und gab sich beeindruckt, vielleicht übertrieb er hier ein bisschen, denn der Wagen interessierte ihn in Wirklichkeit nicht die Bohne, aber für einen, den seine Frau noch Stunden zuvor als Idioten bezeichnet hatte, war sein Verhalten gerade angemessen, fand er.

Winstett war jedenfalls jetzt warmgelaufen; zurück im Wohnzimmer, mokierten er und seine Frau sich über die viel zu hohen Spritpreise, dann kamen die Rundfunkgebühren an die Reihe und schließlich die viel zu hohen Hartz-IV-Sätze, »Geld fürs Nichtstun«, wie Winstett es formulierte, und dass man sich als Steuerzahler kaum noch was leisten könne, und dann die Parteien: »Ach egal, scheiß drauf, ist doch wurscht, was man wählt, die ziehen einem alle nur das Geld aus der Tasche!«

Zum Glück gab es danach erst einmal etwas zur Stärkung, Bruschetta und Canapés. Eggenthal, durch die lange Anreise hungrig, verschlang etwa zwölf Stück und erledigte dabei mit Claus und Beate zusammen die dritte Flasche Rotwein. Er glaubte bei jedem Schluck nun doch deutliche Kirsch- und sogar Beerenaromen zu verspüren. Als Claus Winstett mit der Whiskeyflasche winkte, nickte Eggenthal heftig, er hatte das Zeug bisher nie angerührt, aber heute kam es ja nicht so darauf an, er wollte es sich immerhin gemütlich machen.

»Bushmills, sechzehn Jahre alt«, erklärte Winstett, nur leicht sprechbehindert, »aus der ältesten Destillerie Irlands. Achtunddreißig Euro die Flasche.« Eggenthal erfuhr noch, dass man den Whiskey verdünnt mit mineralarmem Wasser trinken müsse, um den Geschmack besser zu erspüren, wobei man den Wasseranteil von Glas zu Glas etwas verringern dürfe. Die Geschmacksrichtung sei übrigens fruchtig süß, was Eggenthal nach den ersten paar Schlucken noch nicht eindeutig nachvollziehen konnte.

Winstett ging jetzt zu seiner Musikanlage und legte die Dubliners auf – Eggenthal bemerkte, wie sich Silkes Augenbrauen bei den ersten Takten leicht zusammenzogen –, und Beate fing an, unruhig auf dem Stuhl hin und her zu rutschen und meldete sich beim Intro des Stückes »Whiskey in the Jar« zu Wort.

»Wollen wir nicht mal tanzen? Ist doch gerade so eine tolle Stimmung!«

»O ja«, sagte Eggenthal, der Tanzen hasste, Winstett war schon aufgestanden, Silke hatte keine Wahl, und dann bildeten sie eine Art Halbkreis: Silke zwischen Eggenthal und Winstett, der mit seiner Hand ihren Rücken abtastete, während Beate sich an Eggenthal presste, sie führte mit den Füßen so eine Art Polka-Bewegung aus, die von den anderen außer Silke nachgeahmt wurde, und dann flogen die Filzpantoffeln durch die Luft, für die Winstetts eine unerhörte Eskalation, aber: »Egal, scheiß drauf«, wie Claus es kommentierte, der sich zwei Lieder später schweißnass und notgedrungen von Silke löste und nach Luft ringend auf seinen Stuhl fallen ließ, womit der Spuk vorerst beendet war.

Eggenthal und Winstett begannen jetzt einen Dialog über die Dubliners, die es schon ewig gab, Claus schwor, dass bereits zwei von ihnen an Altersschwäche auf der Bühne gestorben waren, Eggenthal ließ ihn gewähren, er hatte bei jedem weiteren Glas Whiskey den Mineralwasseranteil der Mischung deutlich verringert und ahnte jetzt doch einen Hauch fruchtiger Süße. Silke saß verloren neben Beate, die ein Album mit Bildern vom letzten Irlandurlaub herbeigeholt hatte und ihr die Stationen der Reise erklärte, wobei sie jeden zweiten Satz mit der gestammelten Bemerkung »unn jetz kommt das nächste Highlight« einleitete, bis sie sich schließlich selbst unterbrach. »Warum schmeißen wir jetz nich mal die Sauna an und machen ganz gemütlich einen Gang?«, fragte sie.

»Gute Idee«, sagte Eggenthal und ignorierte, dass Silke bei diesem Vorschlag zusammenzuckte, »sehr gute Idee.«

Er hatte gut reden, denn ein Blick auf die Uhr hatte ihm gezeigt, dass es bereits halb zwölf war, und ein letzter Rest an Überblick ließ ihn erkennen, dass seine Zeit bei den Winstetts beendet war, für heute und vielleicht für immer. »Hab aber leider keine Zeit mehr für Sauna. Ich muss zum Bus«, erklärte er, »gute Bemerkung, ich muss zum Bus, das reimt sich sogar, also echt ...«

Und dann stand er auf und wehrte alle Versuche der Winstetts ab, ihn zurückzuhalten, er musste tatsächlich los, der letzte Bus von Dernberg in die Stadt ging um 23:50 Uhr. »Tschüss, Schatzi, fahr vorsichtich«, sagte er noch und ging Richtung Tür, Winstett hinterher, der Eggenthal in die Jacke half, was den Vorgang eher in die Länge zog.

Silke blieb zurück, saß auf ihrem Platz, bemüht, ihr Glas möglichst schnell auszutrinken, um irgendwie den Absprung zu schaffen, sie schaute verzweifelt aus dem Fenster nach draußen, und dann erstarrte sie, denn jetzt kam, unsichtbar für die Winstetts, die mit dem Rücken zum Fenster saßen, Eggenthal ins Bild. Er musste sich irgendwie verirrt haben, wähnte sich komplett unbeobachtet und stapfte unbeholfen durch den

Garten. Silke erschrak über seine Gesichtsfarbe, ein absolut unnatürliches, krankes Blau, bis sie erkannte, dass es von einem der Strahler rührte, mit denen die Bäume beleuchtet wurden. Sie sah, wie Eggenthal jetzt im tiefen Schnee ins Stolpern geriet, doch er fing sich wieder, hielt sich am Stamm einer Zierkirsche fest und fing an, sich zu übergeben, ebenfalls ganz in Blau, und durch die krampfartigen Zuckungen, von denen der Vorgang begleitet wurde, kam die Schneehaube auf dem Baum ins Rutschen und landete in seinem Nacken, doch Eggenthal zeigte sich unbeeindruckt, er brachte seine Aktion zu Ende, wischte sich mit dem Jackenärmel noch einmal kurz über den Mund und verschwand dann aus dem Bild.

Eggenthals weitere Heimreise glückte dank einer gewaltigen Konzentrationsleistung. Nach seinem Ausflug in Winstetts Garten, den er in dieser Form gar nicht realisierte – er erinnerte sich später nur noch daran, dass er kurz in unwegsamem Gelände unterwegs gewesen war und ihn irgendwas geblendet hatte –, gelangte er wieder auf die Straße, tastete sich immer an den Zäunen und Hecken entlang, fand sogar den Übergang zur Hauptstraße und ereichte gerade noch rechtzeitig die Bushaltestelle.

Es war der letzte Bus in die Stadt und er der einzige Mitfahrer, er machte es sich bequem, schlief sofort ein und wurde um 0:30 Uhr am Bahnhof, der zugleich Endstation war, vom Busfahrer geweckt. Hier, am Hauptbahnhof, zog er den Zettel aus der Jackentasche, auf dem die Stationen und Zeiten seiner Heimreise notiert waren, und hielt ihn sich direkt vor die Nase, um das Geschriebene zu entziffern: Er musste als Nächstes in den Zug nach Lensingen steigen, denn nach Waldbeck fuhr zu dieser späten Stunde kein Zug mehr. Danach vollbrachte er die wohl größte Leistung des gesamten Abends, indem er es auf die Reihe bekam, ein Anrufsammeltaxi telefonisch für 1:30 Uhr an den Lensinger Bahnhof zu beordern.

Im Zug kramte er eine Zeitung aus dem Rucksack, zwar war er nicht fähig, auch nur eine Zeile zu lesen, aber immerhin blieb er wach und schaffte den Ausstieg in Lensingen, wo das AST bereitstand. Der Fahrer sah ihn einigermaßen schockiert an, und Eggenthal konnte sich sogar noch an den Wortlaut des Dialogs erinnern, den er mit ihm führte: »Kommen Sie bloß nicht auf die Idee, sich zu übergeben«, sagte der Fahrer, und Eggenthal beruhigte ihn mit den Worten: »Da steh ich doch drüber«, bevor er wieder einschlief und in Waldbeck erneut geweckt werden musste.

Dann schob er zum zweiten Mal innerhalb von zwölf Stunden ein voll funktionstüchtiges Rad neben sich her oder, besser gesagt, war bemüht, sich daran festzuhalten; er versuchte zwischendurch nur einmal ein paar Meter zu fahren, was eine umgehende Zwischenlandung im Schnee zur Folge hatte.

Als er gegen 3 Uhr sein Haus erreichte, wunderte er sich, dass der Wagen schon da war. Aus irgendeinem Grund hatte er die ganze Zeit gedacht, Silke würde vielleicht gleichzeitig mit ihm ankommen und man könnte dann über alles reden und über die dämlichen Winstetts lachen. Diese Annahme zeigte schon einen gewissen Realitätsverlust, denn Silke war natürlich längst zu Hause und schlief.

Auch am Sonntagmorgen war keine Kommunikation mit ihr möglich, denn als er aus seinem Koma erwachte und versuchte, die bruchstückhaften Erinnerungen an das Vergangene zu einem brauchbaren Ablauf zu ordnen, war sie bereits unterwegs beim Walken mit Sabine Holm und Brigitte, einer weiteren Freundin. Eggenthal kam immerhin zu dem Schluss, dass er sich gar nicht mal so schlecht amüsiert hatte bei den

Winstetts, man konnte wirklich sagen, dass er das Beste aus dem Abend gemacht hatte.

Gegen 11 Uhr, als sich die letzten Nebelschwaden in seinem Hirn verzogen hatten und das Pochen hinter der Schädeldecke nachließ, rauschte Silke an ihm vorbei, schloss sich im Bad ein und teilte ihm nach dem Duschen kurz mit, dass sie sich spontan mit Brigitte zum Brunchen verabredet habe, da er ja aufgrund seines Zustands ohnehin nicht zu einem gemeinsamen Mittagessen in der Lage sei. Also schlurfte er in die Küche, wo Luca gerade den letzten Löffel seines Müslis in sich hineinschlang.

»Soll ich dir noch 'n Kaffee mitkochen?«, fragte Eggenthal.

»Hatte schon Tee«, sagte Luca und stand kauend auf. Im Hinausgehen streifte er Eggenthal kurz mit einem Blick und stutzte. »Mann, du siehst ja echt scheiße aus«, sagte er.

»Wie scheiße? Wie meinst du das?«

»Weiß nicht. Wie neunzig oder so«, sagte Luca. »Und du hörst dich auch so an.« Dann zog er die Tür hinter sich zu und verschwand.

Die erste Erkenntnis, die Eggenthal aus den Geschehnissen des vergangenen Abends zog, war, dass er nicht mehr so viel Alkohol vertrug. Als Silke am späten Nachmittag im Wohnzimmer auftauchte und er das Gespräch mit ihr suchte, kamen weitere Erkenntnisse hinzu.

»Die waren aber ganz schön komisch gestern, die Winstetts«, begann er vorsichtig. Er saß auf dem Sofa und versuchte, Blickkontakt zu ihr zu bekommen, sie saß in ihrem Lesesessel und tat geschäftig, blätterte in einer Zeitschrift.

»Wieso ganz schön komisch?«

»Na ja, was die so von sich gegeben haben ...«

»Was meinst du mit ›von sich gegeben‹?« Es lag ein wenig

Ungeduld in ihrer Stimme oder eher Unmut. Er merkte, dass es schwierig war, sie war nicht aufgeschlossen. Vorsicht war geboten.

»Fandest du nicht, dass sie irgendwie seltsame Ansichten hatten, und dann die Protzerei mit dem Auto und so …«

»Das hast du doch alles provoziert.«

»Provoziert ist ein bisschen hart ausgedrückt, ich hab sie doch nur gewähren lassen, und wenn ich das nicht gemacht hätte, dann wüssten wir jetzt gar nicht, wie sie so ticken. Oder fandest du das etwa gut?«

»Vielleicht sind die eben so, und wir haben's bisher nie bemerkt. Fandest du irgendwas normal von dem, was *du* so vom Stapel gelassen hast, falls du dich überhaupt noch an irgendwas erinnern kannst?«

»Ja, ich krieg das meiste schon noch zusammen«, Zurückhaltung war angebracht und Ehrlichkeit, »es war so eine schleichende Entwicklung. Ich war halt ein bisschen sauer, als ich da ankam, und da hab ich vielleicht zur Entspannung ein bisschen zu schnell getrunken, vielleicht hab ich auch ein bisschen den Überblick verloren.«

»Du hast mich den ganzen Abend hängenlassen. Und als du voll warst, bist du abgehauen und hast mich mit den anderen beiden Besoffenen sitzenlassen, und was du dann so von dir gegeben hast, wo wir schon mal beim Thema sind, als du bei denen im Garten rumgestürzt bist, das war nicht mehr witzig. So was braucht kein Mensch und ich schon gar nicht.«

»Aber würdest du da etwa noch mal hinfahren?«, machte er einen letzten Versuch.

»Das tut doch jetzt gar nichts zur Sache. Ich will nicht mehr über das Thema reden, es reicht.«

Kapitel 16

Der Besuch in Dernberg lag nun vier Tage zurück, doch er wirkte noch nach. Silke war auch nach ihrem Gespräch am Sonntag, bis zu dem er sich keiner Schuld bewusst gewesen war, abweisend geblieben, und ihm wurde langsam klar, wie sie die Sache empfinden musste. Es war immer interessant gewesen bei den Winstetts; anspruchsvolle Gespräche in angenehmer Atmosphäre, bis zu dem Abend, an dem Eggenthal anfing zu saufen und die Sache auf eine schiefe Bahn brachte.

Silke hatte die Winstetts entdeckt, und er, Eggenthal, hatte sie ihr wieder weggenommen.

Heute war Silke gestresst und erst um halb sieben von der Arbeit nach Hause gekommen. »Ich muss Luca um sieben von einem Kumpel in Nistwitz abholen, vielleicht kümmerst du dich mal um die Getränke, ist nämlich so gut wie nichts mehr da. Und ich hab keine Lust, heute Abend noch Wasserkästen in der Gegend rumzuschleppen«, hatte sie ihn kurz informiert.

Sie hatte recht, es war tatsächlich nichts mehr da. Die Aussicht, noch einmal rauszumüssen, begeisterte ihn nicht, und er verstand nicht, warum sie nicht auf dem Rückweg von Nistwitz kurz beim Getränkemarkt in Waldbeck anhielt und Luca die Kisten schleppen ließ, aber er hatte ohnehin keine Wahl. Also lud er das Leergut in den Fahrradanhänger, zog sich an und machte sich auf den Weg.

Nach den Minusgraden der letzten Wochen lagen die Temperaturen seit zwei Tagen um die null Grad, der Wind wehte heftig, und es hatte wieder zu schneien begonnen, diesmal in dicken nassen Flocken, das war eine der ungemütlichsten Wettersituationen überhaupt, diese nasse Kälte, schlimmer als Frost, und außerdem hatte er abends und besonders, wenn er schon mal im warmen Haus gewesen war, immer das Gefühl, die Kälte deutlicher zu spüren als am Morgen.

Auf seinem Pfad nach Waldbeck hatten sich die Bedingungen verschlechtert, mittlerweile traute sich keiner mehr, mit dem Auto dort entlangzufahren. Das war typisch, dachte er, gerade jetzt, wo man mal eine Fahrspur gebrauchen konnte, machten sie sich in die Hose und kniffen. Eggenthal vertraute auf seine neu montierten Spikes, und mit dem Glauben daran und reichlich Körpereinsatz erreichte er schließlich Waldbeck, erledigte die Einkäufe und machte sich auf den Rückweg. Und dann, nach einem Drittel des Weges, wühlte er sich fest.

Er hatte es befürchtet, das Gewicht des vollbeladenen Anhängers war zu hoch, die Reifen hatten schon die ganze Zeit durchgedreht, und schließlich, im freien Gelände, wo die Schneewehen zuletzt immer höher geworden waren, ging gar nichts mehr. Eggenthal stieg ab und überlegte kurz die nächsten Maßnahmen. Er war allein. Es war Mittwoch, der 20. Februar, und es musste nach seiner Schätzung etwa 20 Uhr sein. Es war dunkel, keine drei Meter Sicht in dem dichten Schneetreiben, und ihm war durch die Anstrengung schon ziemlich warm geworden unter seinen Winterklamotten. Einzig sein Gesicht war kalt, kalt und nass, und er kniff die Augen zusammen zum Schutz vor den dicken und schweren Flocken, die ein scharfer Wind ihm entgegenblies. Vor ihm lagen noch etwa zwei Kilometer.

Ihm war klar, dass hier niemand vorbeikommen würde, um ihm zu helfen. Also schob er sein Rad dahin, wo er den Straßenrand vermutete, stellte es ab, was gar nicht so einfach war, hängte den Anhänger ab und begann zu ziehen, stemmte sich nach vorn und versuchte, Halt zu finden im stellenweise fast knietiefen Schnee. Er kam nur langsam voran, obwohl er zog wie ein Ochse, keuchend und mit gesenktem Kopf, er bemerkte kaum, wo der Pfad aufhörte und die Felder anfingen; dazwischen war ein Graben, und in den geriet er nach etwa fünfzehn Minuten bereits zum zweiten Mal und versank bis zu den Oberschenkeln, und diesmal kippte auch der Anhänger um und blieb auf der Seite liegen, so wie Eggenthal.

Schweißnass und fluchend raffte er sich auf, zerrte schwer atmend den Anhänger aus dem Graben, suchte die Ladung zusammen und hielt inne. Es dauerte Minuten, ehe er weiterkonnte, er musste sich seine Kräfte einteilen, machte nun etwa alle hundert Meter Pause und bewegte sich dann wieder quälend langsam voran. Irgendwann erreichte er die Birkenallee und sah endlich die Lichter des Dorfes. Im Dorf ging es etwas leichter voran, allein die Steigung bis zu seinem Haus in der Siedlung forderte ihm noch einmal alles ab.

Eggenthal schob den Anhänger in die Garage, ließ sich auf den Hocker an der Wand neben der Werkbank fallen, griff sich eine der Bierflaschen, die kreuz und quer im Anhänger herumlagen, und trank sie in zwei Zügen aus. Er hätte sich jetzt hier auf den Boden sinken lassen können und wäre eingeschlafen. Aber die Sache war noch nicht zu Ende.

Er nahm die Taschenlampe, die auf der Werkbank lag, schloss das Garagentor hinter sich und ging los, um sein Rad zu holen. Noch einmal durchs Dorf und in die Schneewüste, immer dem schmalen Lichtkegel der Taschenlampe folgend, und weil der Lichtkegel tatsächlich so schmal war, erreichte er schließlich Waldbeck, ohne dass er irgendwo ein Fahrrad gesehen hätte.

Er drehte fluchend um, stapfte jetzt ganz am Straßenrand entlang und stolperte schließlich über das Rad, es musste irgendwann umgefallen sein und war mittlerweile vollständig mit Schnee bedeckt, der pausenlos vom Himmel fiel, dicht und nass und schwer.

Die Fahrt nach Hause war der letzte Kraftakt des Tages. Eggenthal hatte diesen Weg heute umgeackert, und jetzt hatte er die Schnauze voll. Es war 22 Uhr. Er hievte noch eine Kiste Wasser aus dem Anhänger und stellte sie kommentarlos mitten in den Flur, so dass früher oder später Silke oder Luca darüberstolpern würden, dann schnappte er sich zwei Flaschen Bier und verzog sich in sein Arbeitszimmer. Er schaffte es gerade noch, die Stereoanlage anzustellen, dann hing er weitgehend reglos in seinem Sessel und trank. Dylan sang »A Hard Rain's A-Gonna Fall«, es passte sogar ein wenig zu seiner Lage, aber es half ihm im Moment nicht weiter, er war zu kaputt, um sich in die Rolle des einsamen Wanderers in den Tiefen des düsteren Waldes hineinzuversetzen, keine Verklärung stellte sich ein, und auch kein Kampfgeist.

Morgen früh musste er wieder los bei diesem Mistwetter, und morgen Abend würden er und Silke sich wieder anöden, und eigentlich musste das alles gar nicht sein, er verfluchte den Klimawandel und seine erzwungene Kompromisslosigkeit in dieser ganzen Situation und die Tatsache, dass es so schwierig war, mal etwas anders als die anderen zu machen, und in seinem Dämmerzustand mischten sich die Gedanken an einen großen Befreiungsschlag mit Wortfetzen aus den Gesprächen mit Lammbeck, mit Kollegen und Bekannten und mit Annette Felber.

Irgendwas ging zu Ende, Eggenthal spürte es, er hatte schon mal so eine Zeit erlebt, aber das war lange her, und da war er nicht darauf vorbereitet gewesen. Es war sein letztes Schulhalbjahr vor dem Abschluss gewesen, die Dinge liefen gerade ganz gut. Er war endlich standesgemäß motorisiert, nach zwei Ferienjobs und der Plünderung des Sparbuchs hatte es zu einer gebrauchten 250er Honda gereicht, mit siebenundzwanzig PS, mehr als zehnmal so viel wie die Quickly. Die Maschine zog zwar nach Lammbecks Einschätzung »keine Wurst vom Teller«, aber für Eggenthal war es genug, sie lief über hundertvierzig, und er fühlte sich darauf wie auf einer der legendären großen englischen Maschinen von Triumph oder Norton, auch wenn das, was den Auspufftöpfen der Honda entwich, im Vergleich zu deren Sound eher ein Säuseln war.

Auf dem Parkplatz an der Schule machte sich das Ding jedenfalls nicht schlecht, und um auf der Landstraße VW Käfer und ältere Opel-Kadett-Modelle in Schach zu halten, reichte es allemal. Auch gemeinsamen Ausflügen mit Lammbeck stand jetzt nichts mehr im Weg, sie fuhren rum, nahmen Mädchen mit, entdeckten die große Freiheit oder übten sich in Kultur, aus gegebenem Anlass fiel Eggenthal die documenta ein, die er damals zum ersten Mal besuchte.

Annette Felber war fast immer dabei auf ihren Exkursionen, war gern mit ihnen zusammen, aber Eggenthal kriegte sie nie auf seinen Soziussitz, es war zum Verrücktwerden. Höchstwahrscheinlich lag es daran, dass er sie nie fragte. Außerdem war Bernd meistens dabei, der Typ, den sie immer noch hatte und der einen gelben Golf LS fuhr, mit siebzig PS, wahrscheinlich, wie sie vermuteten, von seinen Eltern gesponsert.

Die Schulzeit neigte sich dem Ende zu, Eggenthal hatte es noch gar nicht so richtig realisiert; die letzten Aufgaben wurden gelöst und die letzten Späße gemacht. Lammbecks legendärer Kassettenrecorder, der sie in den Jahren ihrer Entwicklung immer mit dem richtigen Stoff versorgt hatte, produzierte nur nach Bandsalat und wurde von Lammbeck eines Tages, nach einem Wutanfall, mit dem Simca plattgefahren; die Aktion hatte fast etwas Symbolisches. Kurze Zeit später erfüllte sich auch das Schicksal des Simca, bei dem der TÜV längst überzogen war und eine Fahrt zur Hauptuntersuchung reine Geldverschwendung gewesen wäre. Eines Nachmittags im Mai kreuzte Eggenthal mit der Honda wie gewöhnlich vor Lammbecks Garage auf. Der Simca stand auf dem alten gepflasterten Hof, und Lammbeck machte sich mit einem riesigen Schraubenzieher daran zu schaffen, allerdings reparierte er nichts, sondern entfernte mit dem Werkzeug die Spachtelmasse, die die Rostlöcher überdeckt und den Wagen im letzten halben Jahr zusammengehalten hatte. Eggenthal bekam ebenfalls einen Schraubenzieher, und eine Stunde später war die Karosserie des Wagens so löchrig wie ein Sieb.

Um der Sache den letzten Schliff zu geben, holte Lammbeck schließlich den Winkelschleifer samt Verlängerungsschnur aus der Garage, spannte eine 125-mm-Fächerschleifscheibe ein und begann mit dem Abflexen des Dachs, dabei ging er so vor, dass nur noch die Windschutzscheibe stehenblieb.

Innerhalb von zwanzig Minuten war der Simca zum Cabrio geworden. Lammbeck und Eggenthal waren mit dem Ergebnis hochzufrieden, es gab kein vergleichbares Fahrzeug im Umkreis. Zwei oder drei Tage lang fuhren sie mit dem Wagen noch johlend und Fehlzündungen erzeugend durch den Ort, kreuzten einmal sogar damit vor dem Schulhof auf, bevor er sein Ende auf dem Schrottplatz fand. Es war ein würdevoller Abschied für den Simca und eine der letzten Aktionen von Lammbeck, bevor er seinen Heimatort verließ.

Und dann war die Schule plötzlich zu Ende, ganz nebenbei, so jedenfalls war es Eggenthals Erinnerung, hatten sie auch die Abiklausuren geschrieben, und dann war Schluss. Zeugnisausgabe, Abschlussfete, sie umarmten sich noch einmal und gingen auseinander. Annette Felber küsste ihn zum Abschied auf die Wange, sie hielten sich kurz an beiden Händen fest und sahen sich an. »Bernd kommt gleich«, sagte sie, und für ihn war das eine Tatsache, unabänderlich. Er ließ sie los und nickte, ohne etwas zu sagen. Es sollten Jahre vergehen, bis sie sich wiedersahen.

Zwei Tage lang quälte Eggenthal sich noch missgelaunt zur Arbeit, dann, übers Wochenende, befreite Tauwetter die Straßen und Nebenwege vom Schnee. Es war am Mittwoch in der letzten Februarwoche, die Temperaturen hatten sich bei einigen Grad unter null eingependelt, als Eggenthal gegen 6 Uhr in die Küche schlurfte, das Radio anstellte und aufhorchte. Es gab eine Wetterwarnung, von Westen aufkommender Regen verwandelte sich durch den gefrorenen Boden in Eis, und in einigen Gegenden herrschten bereits chaotische Zustände.

Eggenthal sah aus dem Fenster und bemerkte, dass es schon fast zu spät war, es nieselte tatsächlich vor sich hin, so dass er leise fluchend das Frühstück abbrach. Er hatte eigentlich gedacht, das Schlimmste überstanden zu haben, er hatte auch keine Lust mehr, sich noch mal langzulegen und in Silkes Augen aufs Neue als der Depp dazustehen. Er fragte sich, was es noch alles für Unwägbarkeiten geben würde. Der Gedanke, einfach aufzuhören, schlich sich wieder ein, die Aktion einfach noch mal zu überdenken und eine Nummer kleiner zu Ende zu bringen und sich jede Menge Ärger vom Hals zu schaffen.

Eine Möglichkeit, sicher, aber nicht an einem Tag wie heute. Für 8 Uhr war eine Besprechung bei der Arbeit angesetzt, es ging um das Budget für die Bestellungen des nächsten Quartals, und er würde sich auf den Weg machen, so wie sie es seit bald einem halben Jahr von ihm gewohnt waren, alles andere wäre in den Augen seiner Kollegen einer Kapitulation gleichgekommen.

Er zog sich an, schob das Rad aus der Garage und rollte langsam hinab ins Dorf. Die Dorfstraße war bereits komplett von einem Glättefilm überzogen, der sich auf seinem Weg nach Waldbeck zu einer millimeterdicken Eisschicht entwickelte. Eggenthal war angespannt. In den letzten Tagen war ihm das ständige Tickern der Spikes auf dem Asphalt auf die Nerven gegangen, doch immerhin funktionierte das System – die einhundertzwanzig Stahlnägel pro Reifen krallten sich ins Eis und brachten ihn voran. In Waldbeck wurde er von einem Opel Astra begrüßt, der schwungvoll aus der – vermutlich gestreuten – Hofeinfahrt kam, sich sogleich um die eigene Achse drehte und ihm mit aufflackernden Bremslichtern entgegenschleuderte, bis er von einem der Betonblumenkübel, die zur Verkehrsberuhigung dort standen, gebremst wurde.

Eggenthal schätzte den Blechschaden im Vorbeifahren auf tausendfünfhundert Euro und nickte dem Fahrer, der noch in Schreckstarre hinter dem Lenkrad verharrte, anerkennend zu. Auf dem Rest der Strecke bemühte er sich um ausreichend Sicherheitsabstand zu den motorisierten Verkehrsteilnehmern. Er beobachtete, wie einige Autofahrer versuchten, mit durchdrehenden Reifen und heulendem Motor die kleine Steigung an der Brücke in Waldbeck zu nehmen, ein hoffnungsloses Unterfangen.

Der Parkplatz am Bahnhof war fast leer, und als Eggenthal vom Rad abstieg, hätte er selbst fast den Halt verloren und konnte sich gerade noch abfangen. Der Zug fuhr pünktlich ein, ein Glücksfall und nicht selbstverständlich, und Eggenthal beschloss, das Rad mitzunehmen, es könnte an diesem Tag ganz hilfreich sein.

Ein Blick aus dem Fenster zeigte, dass auf den Straßen nichts voranging. Die ganze Gegend war bedeckt von einer Eisschicht, es gab Staus vor Ampeln und an Steigungen, Autos, die sich im Schritttempo bewegten oder mit Warnblinkanlage am Straßenrand standen; die zusteigenden Passagiere berichteten, dass ein verunglückter Sattelzug die Zufahrt in die Stadt von der Südautobahn komplett blockierte.

Eggenthal schob sein Rad aus der Bahnhofshalle des Hauptbahnhofs, vorbei an der Reihe der Taxis, die keine Passagiere beförderten, und der Stadtbusse, die nicht ausfuhren. Er nahm die Nebenstraßen, fuhr teilweise auf Bürgersteigen, vorbei an fluchenden, rutschenden Menschen, die sich an Laternenpfählen oder den gusseisernen Stäben von Zäunen festhielten. Ein Typ auf Schlittschuhen, der sich besonders schlau vorkam, raste aus der abschüssigen Querstraße auf ihn zu, nahm ihm die Vorfahrt und überschlug sich an der Bordsteinkante.

Auf der Kreuzung, von der aus die Allee zur Uni hochführte, stand ein Bus quer und blockierte die Zufahrt, so dass Eggenthal die breite Straße ganz für sich allein hatte und kurz darauf die Bibliothek erreichte, wo er sein Rad an einem der Fahrradständer festschloss.

Es dauerte ein wenig, bis er sich an der Fassade des Bibliotheksgebäudes entlanggehangelt hatte. Als er endlich durch die Drehtür ins Innere gelangt war und die Treppen zum dritten Stock erklommen hatte, fiel ihm auf, dass im Bereich »Sprach- und Literaturwissenschaften« alles noch ziemlich dunkel aussah, ungewöhnlich für die Uhrzeit, es war 7:30 Uhr. Er ging den Flur entlang und hängte seine Jacke in die Abstellkammer, wo er sich gewöhnlich umzog, dann ging er um die Ecke zur Teeküche, um einen Kaffee aufzusetzen.

Dort stand, mit vor der Brust verschränkten Armen und bibbernd, Carla Berg.

»Mensch, Arno, du hast es ja auch geschafft. Sogar pünktlich.«

»Fügung«, sagte Eggenthal. »Irgendwie hat heute alles zusammengepasst. Sind wir etwa die Einzigen, die die Katastrophe gemeistert haben? Und wie bist du überhaupt den Berg hochgekommen?«

Sie grinste. »Erinnerst du dich noch an das Gespräch im Herbst, als du die Spikes angepriesen hast? Hab ich mir zugelegt, die Dinger. Und bin heute das erste Mal damit gefahren. Und soll ich dir was sagen, es war arschkalt.« Sie zitterte immer noch.

Eggenthal lachte. »Das gibt's doch nicht. Wahnsinn. Das mit der Kälte hab ich mittlerweile überwunden«, sagte er und fuhr zweimal scherzhaft mit seinen Handflächen ihre Arme rauf und runter, um sie zu wärmen.

»Das ist gut, mach weiter«, sagte sie, und er rieb sie warm, ihre Arme, den Rücken und den Nacken, und als sie fünf Minuten später mit dampfenden Kaffeepötten nebeneinander im Besprechungsraum saßen, schaute Carla Berg ihn an und sagte: »Ich glaube, jetzt haben wir's ihnen gezeigt.«

So war es tatsächlich. Von den anderen tauchte vorerst niemand auf, irgendwann nach halb neun kamen Kallmann und Wicke, und, ihnen auf den Fersen, Schwickert, der Bereichsleiter, der in den Besprechungsraum stürzte, sich geschäftig und außer Atem gab und nach einem gemurmelten »Guten Morgen« seine Unterlagen aus der Tasche zog, um zur Tagesordnung überzugehen.

Eggenthal und Carla Berg schauten überrascht auf, als die drei erschienen. »Moin, Kollegen«, sagte Eggenthal, »'tschuldigung, dass wir schon da sind, wir dachten, die Besprechung sollte schon um acht beginnen, war wahrscheinlich ein Irrtum, oder?«

Kallmann würdigte ihn keines Blickes, Wicke erklärte, dass kein Bus gefahren sei bei der Glätte.

»Ist klar«, sagte Eggenthal. »Aber was war mit der Autofraktion. Gab's etwa Probleme mit der Traktion?«

Carla Berg prustete los, und Schwickert warf den beiden einen ungnädigen Blick zu. »Wenn Sie eine Stunde lang auf spiegelglatter Fahrbahn unterwegs sind und Ihnen zuerst ein Sattelzug und dann ein Bus den Weg versperren, dann kommen Sie auch nicht pünktlich«, antwortete er.

»Mit dem Rad schon«, sagte Eggenthal. Er konnte sich das jetzt nicht verkneifen.

Der Vorfall baute ihn wieder ein wenig auf, er hätte abends eigentlich etwas zu erzählen gehabt, zumindest, wenn Silke sich dafür interessiert hätte, ob und wie er wohlbehalten an seiner Arbeitstelle angekommen war. Doch das war nicht der Fall. Stattdessen fand er, als er abends am PC nach seiner Post schaute, eine Mail von Annette:

Musste heute Morgen bei den Frühnachrichten an Dich denken. Hast Du es überlebt?, schrieb sie. *Das ganze Land liegt unter einem Eispanzer, und Arno ist auf dem Rad unterwegs. Hoffe, Du bist gut durchgekommen!*

Kapitel 17

Eggenthal hatte gedanklich den 31. März immer als Meilenstein gesehen. Wenn er vorbei wäre, dann war einiges überstanden – wochenlange Kälte, Bahn- und Busverspätungen, und nicht zuletzt der Geburtstag von Silkes Mutter, die zwei Tage vorher, am 29., siebzig Jahre alt wurde. Dieser Tag war jetzt gekommen, schneller als geglaubt, ein Freitag, und er sollte aus mehreren Gründen tatsächlich etwas Besonderes werden.

Eggenthal hörte bereits mittags auf zu arbeiten, er musste Überstunden abbauen, und bereitete sich zu Hause mental auf die Feier vor, die in der Stadt im Nebenzimmer eines Gasthauses stattfände. Ab 15 Uhr würden Kaffee und Kuchen gereicht, ab 18 Uhr gäbe es Abendessen mit Verwandten und Freunden seiner Schwiegermutter. Die Zeit dazwischen und danach galt es, mit Gesprächen zu überbrücken. Eggenthal bedauerte es bei solchen Gelegenheiten immer, dass er nicht mehr rauchte, denn das war eine gute Gelegenheit, wenigstens ab und zu den Saal zu verlassen, meistens bemerkte es auch keiner, wenn man mal etwas länger wegblieb.

Um 13.45 Uhr brach er auf. Das war früh genug, um den Zug zu erreichen, und deshalb fand er auch nichts dabei, unten im Dorf noch ein paar Worte mit Lars Berger zu wechseln. Er verschärfte danach ein wenig das Tempo und erreichte ohne Probleme in fünfzehn Minuten den Bahnhof. Kurz bevor der

Radweg auf den Bahnhofsvorplatz mündete, hatte der Frost in einer Kurve ein paar Quadratmeter Asphalt gesprengt, wodurch das darunterliegende feucht glänzende Kopfsteinpflaster freigelegt wurde, und vielleicht war es ein Fehler von Eggenthal, gerade in dem Moment auf die Bahnhofsuhr zu schauen, als er diese Stelle passierte, auf jeden Fall war es ein bisschen ärgerlich, denn er hatte im Winter eigentlich schon viel schwierigere Bedingungen gemeistert. Nun aber schmierte das Vorderrad ab, und es haute ihn unvermittelt aus dem Sattel.

Er lag am Boden und brauchte ein paar Sekunden, um zu begreifen, was passiert war. Dann drehte er sich vorsichtig auf den Rücken und probierte die Körperteile aus, die mutmaßlich den Aufprall abgefangen hatten. Die Hände ließen sich bewegen, ebenso die Ellbogen, das linke Bein funktionierte perfekt, aber der Versuch, das rechte Knie zu beugen, musste wegen eines stechenden Schmerzes abgebrochen werden. Auch seine Hose war an dieser Stelle zerrissen.

Eine Zeitlang blieb er auf dem kalten Radweg sitzen, versuchte, seinen Atem zu beruhigen, und warf einen Blick auf sein Rad, das vier Meter weiter am Straßenrand lag. Das Vorderrad ragte senkrecht in die Luft, doch auf den ersten Blick war kein Schaden zu erkennen.

Sein Zug fuhr ein, hundert Meter entfernt und doch unerreichbar. Eggenthal erhob sich langsam und humpelte zu seinem Rad. Den Zug ließ er fahren, er zog den Notrufzettel aus seinem Portemonnaie, den Silke mal an alle Familienmitglieder verteilt hatte, nahm das Handy und wählte die Nummer seines Hausarztes.

»Eigentlich haben wir schon zu, aber wenn Sie sich beeilen, geht es vielleicht noch. Wo sind Sie denn im Moment?«, sagte die Sprechstundenhilfe.

»Am Bahnhof«, sagte Eggenthal.

»Das müsste gehen, dann sind Sie ja in zwei Minuten hier.«

»Können's auch fünf Minuten werden?«, fragte Eggenthal.

Humpelnd brauchte er schließlich über zehn Minuten für die etwa fünfhundert Meter bis zur Badstraße, wo die Praxis lag.

»Ich fahr ja auch gern Rad«, sagte Dr. Karl Schindel, sein Hausarzt. »Aber ich find es im Sommer angenehmer.«

»Es sollen auch schon welche im Sommer gestürzt sein«, sagte Eggenthal, um gleich darauf laut aufzuschreien. Schindel, der eingehend das Knie abgetastet hatte, ermittelte jetzt den möglichen Beugungswinkel.

»Ich kann ja nicht in das Knie reingucken«, sagte er, »aber es sieht nach einer ziemlich starken Prellung aus. Ich verschreibe Ihnen Salbe, außerdem wäre es hilfreich, das Bein hochzulegen und zu kühlen, dann müsste der Schmerz in den nächsten Tagen nachlassen. Haben Sie jemanden, der Sie abholt?«

»Ja«, sagte Eggenthal, der keine Lust hatte, seine Situation ausführlicher zu erklären.

Minuten später stand er draußen vor seinem Rad und bog an dem Schutzblech herum, das ein wenig schleifte. Er konnte das Bein belasten, aber kaum bewegen, ein zügiges Fortkommen wäre somit unmöglich, so dass er sich etwas einfallen lassen musste. Er schwang sich mit einiger Mühe aufs Rad, versuchte, das rechte Bein möglichst gerade zu halten, und stieß sich, schräg auf dem Sattel hängend, mit dem anderen Bein ab. Es sah ein wenig seltsam aus, wie Tretrollerfahren im Sitzen, und es war eine ziemlich einseitige Belastung. Auf die »Fahrt« zur Apotheke verzichtete er. Mit seiner Technik erreichte er in etwa die Geschwindigkeit eines Fußgängers, so dass er deutlich über eine halbe Stunde bis nach Hause brauchte.

Um 15:30 Uhr rief er Silke an, die mit Luca längst auf dem Geburtstag war.

»Mensch, Arno, wo bleibst du denn? Hier warten alle auf dich.« Eggenthal saß in seinem Arbeitszimmer und erzählte, was vorgefallen war.

»Ja und, war doch klar, dass so was irgendwann passiert. Erwartest du jetzt Mitleid oder was?« Natürlich erwartete er insgeheim Mitleid, zumindest Verständnis, verzichtete aber darauf, das mitzuteilen.

Kurzes Schweigen am anderen Ende der Leitung, sie schien nachzudenken, dann sagte sie: »Also gut. Wir machen Folgendes: Es sind bis zum Abendessen noch fast drei Stunden, und ich werd hier nicht unbedingt gebraucht. Ich fahr los und hol dich ab, das ist ja so was wie ein Notfall, und du erinnerst dich hoffentlich, dass du in einem solchen Fall deine Verweigerung aufgeben wolltest. Immerhin scheinst du transportfähig zu sein.«

Eggenthal wusste genau, was er im Moment nicht wollte, nämlich in einem Auto auf den siebzigsten Geburtstag seiner Schwiegermutter gebracht zu werden, um in Diskussionen über den Verfall der Familien und der Werte im Allgemeinen und den der Körper im Besonderen verwickelt zu werden sowie Fragen über das Zustandekommen seiner Verletzung zu beantworten. Außerdem definierte er Notfall ganz anders, und er brauchte jetzt Zeit, um zu überlegen, wie es unter diesen Umständen weitergehen sollte.

»Ich glaub nicht, dass ich im Auto sitzen kann. Und der Arzt hat gesagt, ich soll das Bein unbedingt hochlegen und kühlen, damit überhaupt eine Chance besteht, dass es besser wird, und das geht ja wohl schlecht im Auto oder auf dem Geburtstag. Und dann die Schmerzen. Es tut mir echt leid. Sag Margot«, so hieß seine Schwiegermutter, »sag ihr, dass es mir schrecklich leidtut, oder, besser, gib sie mir mal ans Telefon.«

Es herrschte wieder Stille. Dann sagte Silke sehr ruhig: »Ich würde dich bitten, darüber noch einmal nachzudenken. Ruf mich an, wenn du dich abholen lassen willst. Es bleibt bei meinem Angebot. Dann kannst du ihr persönlich gratulieren.« Damit beendete sie das Gespräch.

Eggenthal war sich in der Tat nicht hundertprozentig sicher, ob er gerade das Richtige tat, und so dachte er noch einmal über ihr Angebot nach, allerdings nur etwa drei Minuten lang.

Nach dieser Zeit schaute er in sein E-Mail-Postfach, wo er eine Nachricht seines Redakteurs vom *Radkurier* fand, eingegangen vor einer halben Stunde:

Lieber Herr Eggenthal,

Ihre Idee, Ihre Erfahrungen während eines autofreien Jahres in unserem Magazin zu veröffentlichen, ist in der Redaktion gut angekommen. Wir stellen uns vor, dass die Aufzeichnungen monatlich auf einer Doppelseite über einen Zeitraum von mindestens einem Jahr unter Ihrem Namen erscheinen. Start wäre in der Juni-Ausgabe, wenn das Magazin zum ersten Mal unter dem Namen »Bike-Messenger« erscheinen wird.
Über die Konditionen sollten wir uns in einem persönlichen Gespräch verständigen.
Es spricht aus unserer Sicht nichts dagegen, auch die Kolumne »Kamotzki« weiterlaufen zu lassen, da sie bei unseren Lesern eine feste Fangemeinde hat.
Lassen Sie uns kurz wissen, ob Sie mit dieser Regelung einverstanden sind.

Er las die Mail zweimal. In all den Jahren, seit er begonnen hatte, beruflich mit Literatur umzugehen, sie nach den Vorgaben von Professoren kiloweise für die Bibliothek zu erwerben, zu inventarisieren, an andere auszuleihen und zu verbuchen, Literatur, die er als Leser nie anrühren würde, war immer der Wunsch präsent gewesen, selbstgeschriebene Texte zu veröffentlichen, unter denen sein Name stand.

Das hatte er nun erreicht, was ihn den Sturz vergessen ließ, ebenso den Schmerz und den siebzigsten Geburtstag, den er in diesen Minuten verpasste.

Er schickte eine kurze Antwort an seinen Redakteur vom *Radkurier*, in der er sich bedankte, und dann hätte er jemanden gebraucht, mit dem er seine Freude teilen konnte – Silke, aber die war ja nicht da, und selbst wenn sie es gewesen wäre, hätte sie nicht auf Anhieb verstanden, was los wäre, sie kannte ja die ganze Vorgeschichte nicht.

Sie aufzuklären wäre seine Aufgabe, wenn sie heute Abend zurückkäme, eine dankbare Aufgabe, und er legte sich schon mal seine Worte zurecht. Sein erster Satz würde lauten: »Du bist der erste Mensch auf der Welt, der es erfährt ...« Er war gespannt, was sie, selbst begeisterte Leserin, dazu sagen würde. Jetzt zeigte sich, wozu seine Aktion doch alles gut war.

Um die Zeit zu überbrücken, suchte sich Eggenthal schon mal seine Notizen zusammen, in denen er seine bisherigen Erlebnisse mit der Auto-Askese festgehalten hatte, und ordnete sie ein wenig. Ab jetzt würde er planvoll vorgehen, würde das bisher Erlebte ausformulieren und alle kommenden Ereignisse umfassend dokumentieren.

Dann druckte er die Mail seines Redakteurs aus, humpelte in den Keller, holte eine Flasche Wein und fing ein bisschen an zu feiern. Er wunderte sich, dass Silke nicht nach Hause kam.

Als er endlich den Wagen in der Einfahrt hörte, hatte er die Flasche schon weitgehend geleert, und als sie in den Flur kam, mit Luca im Schlepptau, da eilte er die Treppe hinab, sofern man in seinem Zustand der Versehrtheit von Eile sprechen konnte, die letzten beiden Stufen nahm er auf einmal, benutzte dabei allerdings nur das gesunde Bein.

Silke sah ihn ausdruckslos an. »Geht ja wieder ganz gut mit dem Laufen, oder? Ich dachte, du liegst hilflos auf dem Sofa.«

»Ich hab den Schmerz mit einem Schluck Wein betäubt. Zur Feier des Tages«, sagte er und schwenkte das Blatt mit der Mail.

»Die Feier des Tages war ganz woanders. Die hat ohne dich stattgefunden«, sagte sie. »Aber wenn ich sehe, wie du hier rumrennst, versteh ich das eigentlich nicht ganz.«

Eggenthal ließ das Blatt sinken, Luca drückte sich an ihm vorbei und ging die Treppe hinauf.

»Aber der Arzt hat echt gesagt, ich soll das Bein schonen ...«

»Seh ich ja, wie du das Bein schonst. Das hättest du auch auf dem Geburtstag machen können. Ich hab dir angeboten, dich zu holen, und jetzt springst du hier rum.« Sie redete sich in Rage. Gefährlich.

»Ich spring doch gar nicht rum. Ich war wirklich nicht in der besten Verfassung. Und das ist das erste Mal, dass so was passiert ist, ich war doch in den ganzen Jahren immer da, wenn sie Geburtstag hatte.«

»ES – WAR – DER – SIEBZIGSTE! Es war etwas Besonderes für sie. Hast du vergessen, wie oft sie eingesprungen ist, als die Kinder kleiner waren? Wir konnten sie immer zu ihr bringen, und sie waren gern da, und du bleibst einfach zu Hause an so einem Tag, noch nicht mal telefonisch hast du ihr gratuliert.« Ihre Stimmlage klang jetzt bedrohlich.

»Aber du wolltest sie mir ja gar nicht ans Telefon geben, als ich gefragt hab«, sagte er vorsichtig.

»Ja, jetzt dreh es nur so rum, dass ich Schuld hab, du kannst ja nichts dafür in deinem bemitleidenswerten Zustand.«

Oben ging eine Tür auf. »Geht's noch lauter?«, fragte Luca.

»Ja!«, brüllte sie. »Es geht noch lauter«, was sie augenblicklich unter Beweis stellte: »Es reicht mir, ich hab genug gesehen und gehört und erlebt in den letzten Monaten. Dass du am Heiligabend um neun mit dem Rad losfährst und nach einer Stunde halb besoffen von Berger zurückkommst, das hat mir schon gereicht. Dann die Borniertheit, als du vom Radladen losgelaufen bist, weil du vergessen hast, das Scheiß-Sammeltaxi anzurufen. Oder dass du dich bei den Idioten in Dernberg wie ein Arsch benommen hast. – Ich hab das alles ertragen. Aber jetzt reicht es, ich hab die Schnauze voll von dem Scheiß! Weißt du, wo ich diese Woche überall hinfahren musste wegen deiner bescheuerten Aktion? Ich hab Luca zweimal zum Orthopäden, einmal zu seinem Spiel und dann zu seinen Kumpels gefahren und ihn nachts um halb zwei da wieder abgeholt. Ich war allein in der Stadt und hab eine Lampe fürs Wohnzimmer ausgesucht. Und gestern hab ich die Lampe wieder zurückgebracht, weil der Trafo nicht funktionierte.«

»Das wollte ich ja übernehmen, aber das ging dir ja nicht schnell genug. Außerdem wird das Wetter doch bald wieder besser, dann brauchst du Luca nicht mehr überall hinzufahren, der hat doch das neue Rad ...«

»Ich kann das Wort Rad nicht mehr hören, und ich kann es nicht mehr ertragen, wie du jedes Argument ignorierst, entweder brichst du deine Aktion jetzt ab und hörst mit dem Scheiß auf oder ...«, sie brach mitten im Satz ab.

»Als ob von mir schon mal ein Argument ernst genommen worden wäre«, sagte er. »Ich mach es mir ja auch nicht einfach und beschwer mich nicht, dass das von keinem honoriert wird. Und ich geh immerhin Kompromisse ein, zum Beispiel beim Kino oder bei dem Konzert nächste Woche ...«

Er brach ab, es war jetzt so ein Funkeln in ihren Augen. Er rechnete eine Sekunde lang damit, dass sie ihn anspringen würde, aber sie wendete sich ab, ging zu der Kommode im Flur, riss die oberste Schublade auf und wühlte darin herum, dann drehte sie sich um. Sie hielt die Konzertkarten für das »Ich + Ich«-Konzert in der Hand.

»Den Kompromiss nächste Woche brauchst du nicht einzugehen, nicht wegen mir. Ich brauch keinen, der mit mir irgendwo hinfährt, um gute Stimmung zu machen«, sagte sie. Dann zerriss sie die Karten und ließ die Schnipsel zu Boden rieseln.

Sie schob ihn beiseite und ging die Treppe hinauf. Eggenthal zerknüllte die Mail, die er für sie ausgedruckt hatte, und schaute ihr nach.

Es war ernst.

Kapitel 18

Er saß in seinem Arbeitszimmer und überlegte. Er hatte keine Lust, jetzt hinter Silke herzuhumpeln, keine Lust auf Beschwichtigungen oder irgendwelches »Lass uns doch noch mal vernünftig darüber reden«-Geschwafel. Die Situation hatte sich geändert nach diesem Ausbruch von ihr, dieser Brandrede. »Entweder brichst du deine Aktion jetzt ab und hörst mit dem Scheiß auf oder ...«, das waren ihre Worte gewesen, sie hatte nicht gesagt, was dann passieren würde, aber irgendeinen Entschluss musste er treffen.

Es war immer ein wenig anstrengend für ihn gewesen, Entschlüsse zu fassen, und er dachte an die Zeit zurück, als alle um ihn herum plötzlich so furchtbar entschlossen wurden, in der Wahl ihrer Studienplätze, im Verweigern des Wehrdienstes und im Links-Sein, selbst im Müsli-Essen, allein dadurch unterschied er sich von allen anderen. Bis zu seinem achtzehnten Geburtstag war es kein Problem gewesen, bis dahin war er als Spinner ganz gut durchgekommen, sah sich auf einer Linie mit Leuten wie Peter Fonda oder Dennis Hopper aus *Easy Rider*, wenn er mit seiner schwachbrüstigen Honda daherfuhr und dachte, das wäre jetzt das Leben. Dann kam, völlig überraschend für ihn, die Einberufung zur Bundeswehr, wo viel zu viel rumgebrüllt wurde und wo Leute, die ihn ausbilden sollten, einige davon so alt wie er und kaum drei Monate länger dabei, mit so viel Macht ausgestattet waren, dass sie nicht damit umgehen konnten.

Sein Standort lag am südlichen Rand der Republik, und sein Leben hatte sich geändert. Vorbei waren das tägliche Zusammensein mit Lammbeck und das Rumhängen in dessen Garage und der Kontakt zu den anderen aus der Klasse, vorbei war auch ein Teil der Unbeschwertheit. Die ganze Misere war immerhin der Anlass, für sein weiteres Leben mal so etwas wie einen Plan zu machen. Bisher wusste er nur, was er alles nicht werden wollte, und das war eine ganze Menge, deshalb hörte er sich ein bisschen um, was die anderen aus seiner Gruppe so vorhatten, und als Helmut Unger aus Lörrach, mit dem er ab und zu Dienst hatte, in einer Nachtwache mal etwas von dem Beruf des Diplom-Bibliothekars erzählte, da schien sich sein Schicksal zu erfüllen.

Dieser Beruf vereinte mehrere Vorteile in sich: Er kam, wie Eggenthal meinte, seiner Neigung zum Lesen entgegen, er konnte ihn direkt in der Stadt ausüben und musste sich nicht an irgendwelchen fernen Universitäten einschreiben und verdiente von Beginn an Geld. Und gratis – er griff sich heute an den Kopf bei dem Gedanken, dass dies bei seiner Berufswahl tatsächlich eine Rolle gespielt hatte – gab's noch die Bezeichnung »Diplom« dazu.

So begann er nach seiner Bundeswehrzeit seine Ausbildung in der Stadt. Lammbeck, der verweigert hatte, war ebenfalls noch da beziehungsweise gar nicht erst weggegangen, er wohnte in einer WG und studierte Architektur. Gelegentlich fuhren sie noch zusammen Motorrad mit ein paar anderen aus Eggenthals Dorf, Lars Berger und Frank Holm waren meistens dabei, aber Lammbeck tauchte immer seltener auf. Er fuhr mittlerweile eine gebrauchte Kawasaki Z1000 mit fünfundachtzig PS, das war für die damalige Zeit ein richtig heißes Eisen, »Frankensteins Tochter« hieß das Ding unter Insidern, und es lief wie die Hölle. Eggenthal hatte es mittlerweile zu einer Yamaha XS 500 gebracht, die immerhin über hundertsechzig lief.

Die Jahre vergingen, mit Joints bei Lammbeck in der Stadt und Saufen bei Eggenthal auf dem Dorf, sie soffen und grölten und pissten an jeden Gartenzaun, um ihr Revier zu markieren, und irgendwann hatte Eggenthal seine Ausbildung abgeschlossen. Grisse, sein jetziger Schwager, erschien erstmals auf dem Hof, und er ging Eggenthal damals schon auf die Nerven, hatte ständig Verbesserungs- und Renovierungsvorschläge, um sich zu profilieren, was Eggenthal schließlich einen Grund gab, die Koffer zu packen und sich eine Wohnung in der Stadt zu besorgen, der Einfachheit halber möbliert.

Und dann, so nach vier Jahren, kam es zum ersten Klassentreffen, in der »Kleinen Brauerei« in Lensingen. In dem Schankraum gab es einen abgetrennten Bereich, wo man sich ungestört von den anderen Gästen bewegen konnte, sie saßen auf grob gezimmerten Stühlen, und Eggenthal bemühte sich, in der etwas schummrigen Beleuchtung und in dem Gewimmel einen Überblick zu gewinnen. Die meisten aus der Klasse waren da, Sticher begrüßte Lammbeck und ihn lautstark, er hatte bereits eine kleinere Gruppe um sich gesammelt. Homburg, ihr Klassenlehrer, war gekommen, und Eggenthal wunderte sich, dass auch Karl Liemer sich hier herumtrieb, das heißt, er trieb sich natürlich nicht herum, dafür war Karl Liemer gar kein Typ, sondern er unterhielt sich angeregt mit Homburg, aber Eggenthal dachte nicht länger darüber nach, denn jetzt hatte ihn Annette Felber gesehen und kam auf ihn zu.

»Alles klar?«, sagte sie.

»Mmmh. Und bei dir?«

»Geht so. Weiß nicht.«

»Kriegen wir das heute noch raus?«

»Ja, glaub schon. Ich hol uns 'n Bier.«

»Ich geh mit.«

Das erste Bier tranken sie gemeinsam an der Theke, er erklärte kurz, warum er sich nicht mehr gemeldet hatte, als das Leben plötzlich über ihn hereingebrochen war, und wollte gerade fragen, wie weit sie mit dem Studium war, als Karl Liemer auf sie zukam und sich von ihr verabschiedete: »Bis nachher, Annette.« Da erkannte er, dass sie tatsächlich mit Karl Liemer hergekommen war, sie hatte also ihren Typen von damals nicht mehr. Aber nun ihn, wie ging das denn? Karl Liemer aus der ehemaligen Parallelklasse mit dem Schnitt von 1,2, die personifizierte Vernunft schon mit sechzehn; der hatte nie Religion geschwänzt und war nie besoffen durch die Gegend gestürzt, der war noch nicht mal arrogant, der war geboren, um Prokurist zu werden. Karl Liemer und Annette Felber, das konnte doch gar nicht sein.

Sie wanderten langsam rüber zu den anderen, und sie erzählte weiter, es kam einiges zusammen, sie hatte ein Kind von Bernd, der Eggenthal damals so auf den Keks gegangen war. Es war eben so gekommen, und die Hoffnung, trotzdem weiterzustudieren, war ein Traum geblieben, nicht zu machen mit einem solchen Cowboytypen, das war Eggenthal schon klar. Die Sache war kein Jahr nach der Geburt in die Brüche gegangen, aber jetzt, mit Karl Liemer, sei sie erst mal in ruhigerem Fahrwasser. Sie gebrauchte diesen Ausdruck tatsächlich.

Eggenthal sah sie an, wenn sie lachte, leiser jetzt, aber ansteckend wie früher. Sie war erwachsener geworden, ernster vielleicht, und der Blick aus ihren wasserblauen Augen war so offen und klar wie früher. Sie war klasse, aber die Situation war unübersichtlich – sie hatte Karl Liemer, und auch Eggenthal war liiert, mit Christiane, einer Frau, die aus einiger Entfernung so ähnlich aussah wie Annette Felber, aber eben nur aus einiger Entfernung. Sie saßen den ganzen Abend zusammen, malten sich in wildesten Fiktionen aus, was ihnen noch alles passieren würde in der Zukunft. Als Karl Liemer dann gegen Mitternacht wieder auftauchte, um sie abzuholen, höflich und zurückhaltend, und sie ihn bat, noch einen Moment, aus dem am Ende eine halbe Stunde wurde, zu warten, im Wagen vielleicht, und als Karl Liemer das geduldig tat, nicht einmal da, sondern erst viele Jahre später, vielleicht sogar erst jetzt erkannte Eggenthal, dass er damals versäumt hatte, ihr eine Frage zu stellen. »Warum gehst du nicht ein paar Meter in deinem Leben mit mir?«, hätte er fragen müssen, und sie hätte vermutlich geantwortet: »Ja, warum eigentlich nicht?«, aber er war an diesem Abend nicht auf die Idee gekommen, diese Frage zu stellen.

Es waren damals noch ein paar andere Dinge passiert, die dazu führten, dass er eines Abends tatsächlich Annettes Telefonnummer herauskramte und bei ihr anrief, und das kam so: Eggenthal führte im Sommer 1982 eine Analyse seiner Situation durch: Er hatte einen leidlich interessanten Job und verfügte somit über eine nicht im Überfluss, aber stetig sprudelnde Geldquelle. Er hatte Christiane und wohnte möbliert für dreihundertzwanzig Mark im Monat in einem Altbau am Stadtrand. Er trieb keinen Sport, sein handwerkliches Geschick erschöpfte sich im Drehen von Zigaretten, und er traf sich ziemlich regelmäßig abends mit Lammbeck und einigen Kumpels vom Dorf, die Woche über zum Motorradfahren und an den Wochenenden zum Betrinken. Es musste sich etwas ändern in seinem Leben.

Die Änderung bestand im Kauf einer Moto Guzzi California II, seines ersten »richtigen« Motorrads, mit tausend Kubikzentimetern Hubraum und siebenundsechzig PS. Die Guzzi war ein gewaltiges Stück Metall, mit einem ausladenden Lenker und einer fast senkrecht stehenden Windschutzscheibe davor, mit weißem Tank, einer sofaähnlichen schwarzweißen Sitzbank, reichlich Chromteilen und Trittbrettern, auf denen man die Füße abstellen konnte. Nicht besonders sportlich also, doch nach einigem Anlauf schwang sie sich immerhin zu einer Geschwindigkeit von hundertachtzig Sachen auf. Berger und Holm aus seinem Dorf machten ziemlich große Augen, als er mit der Karre ankam. Lammbeck nannte die Maschine einen »Eisenhaufen«, doch Eggenthal mochte sie. Außerdem blieb sie für ihn immer verbunden mit einigen besonderen Erlebnissen.

Da war erst einmal Christianes Einstellung zu dieser Maschine und zum Motorradfahren überhaupt, das sie immer als eine Art notwendiges Übel angesehen hatte. Als Eggenthal von Veränderungen sprach, hatte sie sich eigentlich etwas anderes vorgestellt, als dass er sein komplettes Vermögen in das Fahrzeug investierte und noch einen Kredit aufnahm.

Natürlich kam es ihm ungelegen, dass Christiane ausgerechnet jetzt und in diesem Zusammenhang wissen wollte, wie es weitergehen solle mit ihnen beiden. Eggenthal verstand die Frage gar nicht richtig, er war jetzt vierundzwanzig; so wie es jetzt war, konnte es also noch einen überschaubaren Zeitraum bleiben, und unter einem solchen Zeitraum konnte man sich fünf oder zehn oder fünfzehn Jahre vorstellen.

»Woher soll ich denn das wissen?«, antwortete er fast empört auf ihre Frage. Die Antwort an sich war schon eine Katastrophe. Doch bereits nach einer Woche gegenseitigen Anschweigens und einer abschließenden Diskussion, nach der sie wutentbrannt seine Wohnung verließ, wusste er, wie es weitergehen sollte: am besten gar nicht.

An diesem Abend rief er bei Annette an. Er musste ein wenig herumtelefonieren, bis er ihre neue Telefonnummer von ihren Eltern bekam, die ihn von früheren Besuchen noch gut kannten.

Annette war überrascht und erfreut, als sie seine Stimme hörte, und begann sofort zu erzählen: Das mit Karl Liemer hatte sich erledigt, sie wohnte jetzt in der Nähe von Würzburg in einer WG, es gab dort noch drei Frauen mit Kindern, und sie hatten eine Möglichkeit gefunden, sich gegenseitig mit der Betreuung des Nachwuchses abzuwechseln, so dass sie ihr Soziologiestudium wiederaufgenommen hatte. Sie engagierte sich, war unterwegs auf Demonstrationen gegen die Startbahn West und die Nachrüstung, und auf seine vorsichtige Frage nach einem neuen Mann (»Und hast du jetzt vor, dich in die nächste Beziehungskrise zu stürzen?«) lachte sie und sagte: »Es könnte sich da was entwickeln.« – »Der Glückliche«, hatte Eggenthal geantwortet, worauf sie sagte: »Keine Angst, ich werd nicht gleich vor den Traualtar treten. Ich zieh jetzt erst mal mein Ding durch, und dann sehen wir weiter. Lass dich doch einfach mal hier blicken, dann siehst du, wie's uns geht, Tom und mir.« Tom war ihr Sohn, er musste jetzt so etwa vier Jahre alt sein.

Er versprach, darüber nachzudenken, und vermied es, auf seine Situation einzugehen, sie steckte voller Pläne, und die Hoffnung, sie könne bei der Lösung seiner Probleme eine Rolle spielen, begrub er erst einmal.

Sein Streit mit Christiane geriet zu einer mehrwöchigen Hängepartie, und dass die Beziehung endlich beendet wurde, lag an einer Reihe so zufälliger Begebenheiten, dass er sie später für Fügung hielt. Und wieder spielte die Moto Guzzi dabei eine Rolle.

Eggenthal hatte die Maschine wegen ein paar kleinerer Wartungsarbeiten in Kallis Werkstatt abgegeben. Kalli war spezialisiert auf Reparaturen aller Art und handelte auch mit

Gebrauchten, und Eggenthal, Lammbeck und die anderen gingen schon seit Jahren zu ihm. Die Werkstatt lag, einige Kilometer von der Stadt entfernt, zwischen Wiesen und Feldern in einer alten Ziegelei, unweit eines seit Jahren stillgelegten Kieswerks.

Am darauffolgenden Nachmittag fuhr er auf dem Soziussitz von Lammbeck, was noch immer ein Abenteuer war, bei Kalli vor, stieg ab und klopfte Lammbeck, der gleich wieder losmusste und schon wieder Gas gab, noch kurz auf die Schulter. Dann blickte er sich suchend nach der Moto Guzzi um, die nicht auf dem gepflasterten Hof bei den anderen Motorrädern stand.

»Ist meine Karre nicht fertig?«, fragte er Kalli, der gerade mit einem Satz neuer Reifen unterm Arm Richtung Werkstatt unterwegs war.

»Ist gerade auf Probefahrt. Wenn du deine Klüsen anstrengst, kannst du sie da hinten irgendwo am Kieswerk erkennen. Müsste gleich wieder hier sein«, sagte Kalli und verschwand.

Eggenthal kniff die Augen zusammen und schaute zu dem etwa einen Kilometer entfernten Werk, zu dem eine bucklige Schotterpiste führte, und sah jetzt in der Tat, wie jemand mit einem Motorrad wendete und dann wieder in seine Richtung fuhr. An dem sonoren Brummen erkannte er, dass es seine Maschine war, die, in eine riesige Staubwolke gehüllt, näher kam, nach seiner Einschätzung viel zu schnell. Der Typ zog im zweiten Gang voll am Gas und bremste erst kurz vorm Einbiegen in die Hofeinfahrt ab, wo er die Guzzi neben den anderen Motorrädern abstellte.

»Bist du wahnsinnig, mir das Motorrad so einzusauen?«, fragte Eggenthal. »Und die Stoßdämpfer sind auch bald Schrott, wenn du so hier rumheizt.«

»Willst du die Karre anschauen oder damit fahren? Stoßdämpfer sind übrigens in Ordnung, hab ich doch gerade getestet«, war die Antwort, und Eggenthal stutzte, als er die Stimme hörte.

Sie gehörte zu einer Frau, einer Frau in Blaumann und einem roten T-Shirt mit glatten schwarzen Haaren, wie er jetzt erkannte, als sie den Helm abnahm. Sie musterte ihn kurz.

»Komm mit rein, ich geb dir die Rechnung.«

Sie ging vor in den Werkstattraum, in dem sich Kalli gerade mit dem Schraubenschlüssel an einer von mehreren halb auseinandergebauten Maschinen zu schaffen machte, holte hinter dem Tresen, der früher in einer Kneipe als Theke gedient haben musste, die Rechnung und reichte sie ihm.

»Ventile eingestellt, Kupplung nachgestellt, Ölwechsel durchgeführt, so wie du es wolltest. Sonst war alles in Ordnung. Vielleicht könntest du deiner Süßen demnächst mal zwei neue Zündkerzen spendieren. Und wenn du wirklich so empfindlich bist, sprüh ich ihr mit dem Dampfstrahler noch schnell den Staub ab. Gehört zum Service.«

»Quatsch«, sagte Eggenthal, schob das Geld über den Tresen und schaute sie an. Ihr Gesicht war schmal, ihre Haut sehr hell, und ihre Augen waren schwarz, noch schwärzer als die Haare. Dann schaute er noch mal auf die Rechnung. »Und die Wartungsarbeiten, die hast du alle selbst gemacht?«

»Ja, stell dir vor. Die hab ich alle selbst gemacht. Noch Fragen? Ich muss nämlich jetzt hier weitermachen«, sagte sie. Es klang ein wenig ungeduldig.

»Nein, alles klar, also ich fahr dann mal los. Danke noch mal. Und tschüss«, sagte er und machte sich auf nach draußen. Hier fiel ihm ein, dass es vielleicht keine schlechte Idee wäre, vor dem Start den Ölstand zu kontrollieren, man konnte ja nie wissen. Also legte er seine Klamotten über die Sitzbank und machte sich daran, den Ölmessstab herauszuziehen. Er zuckte zusammen und drehte den Kopf, als er ihre Stimme hörte.

»Ich hab's mir gedacht.« Sie lehnte mit verschränkten Armen am Türrahmen und sah ihn spöttisch an. »Du traust es mir nicht zu, oder? Eine Frau und Ölwechsel, das kann nicht gutgehen, da schaut man doch lieber noch mal nach ...«

Eggenthal fing sich wieder. »Tut mir leid. Ist 'ne alte Angewohnheit von mir. Bei meinem Kumpel Lammbeck hatten sie mal vergessen, die Ölablassschraube wieder reinzudrehen. Gab einen Totalschaden«, erklärte er überzeugend. »Aber weil du's bist, steck ich den Messstab jetzt wieder rein, ohne zu kontrollieren. Ich vertrau dir. Du bist eine Frau. Frauen können das. Frauen sind geschickt. Und zuverlässig. Und haben den Durchblick. Das mit der Ölablassschraube bei Lammbeck, das hat übrigens ein Mann vergeigt. Nur damit das klar ist.«

»Schwätzer«, sagte sie. Sie war groß und schlank, und sie stand weiter mit verschränkten Armen da und sah ihm beim Anziehen zu. Bei den Klamotten hatte Eggenthal einen eigenen Stil, er war nicht in der üblichen Lederkombi unterwegs, sondern trug eine dieser englischen Wachsjacken, die mit einem Gürtel versehen waren und bis zu den Oberschenkeln reichten und auf denen sich mit den Jahren eine Art Patina bildete, wie man es bei Eggenthals Jacke beobachten konnte.

Der Clou war der Helm, den er jetzt gerade aufsetzte, immer noch der alte Cromwell von früher mit den Lederlappen über den Ohren; Lammbeck nannte das Ding eine »Eierschale«, dazu stilecht eine Motorradbrille. Das Halstuch, das bis über den Mund gezogen und hinten verknotet wurde, perfektionierte die Optik.

Sie grinste. »Du und die Karre, ihr seid irgendwie so eine Gesamtkomposition, oder?«

»Ja«, sagte Eggenthal. »Schätze, wir haben uns gesucht und gefunden.«

In den nächsten Tagen ging sie ihm hin und wieder durch den Kopf. Die Frau war im Grunde gar nicht schlecht gewesen, ein bisschen nervig vielleicht, aber interessant, doch durch das Gerangel mit Christiane hatte er sie nach ein paar Tagen fast wieder vergessen. Eine Woche nach dem Werkstatttermin war er mit der Guzzi am frühen Abend unterwegs, um ein bisschen auszuspannen. Christiane war zum Bugasee gefahren, wo alle hinfuhren, Eggenthal hatte keine Lust gehabt, wollte lieber zum Waldsee, wegen der ruhigen Lage, sagte er.

Tatsächlich war kaum etwas los. Eggenthal hatte die Maschine unweit des Sees auf dem sanft abfallenden, grasbewachsenen Uferstück geparkt, sich eine Zigarette gedreht und ein Buch aus der Packtasche gezogen; und jetzt saß er da, an einen Baumstamm gelehnt, im Schatten der großen Guzzi, las und rauchte, bis er von einem Geräusch aus seinen Gedanken gerissen wurde.

Es war das Geknatter einer Vespa, hellblau, alt und ziemlich zerbeult, wie Eggenthal mit einem flüchtigen Blick erkannte, und die Fahrerin schwenkte direkt neben seinem Motorrad ein, stellte den Motor aus und zog den Helm ab. Eggenthal beobachtete den Vorgang betont desinteressiert und wendete sich wieder seinem Buch zu.

»Sieh an, der Guzzi-Pilot. Hab deinen Dampfer hier stehen sehen. Ich hoffe, ich darf mein bescheidenes Fahrzeug daneben abstellen.«

Es war die Frau aus der Motorradwerkstatt, sie breitete jetzt eine Decke auf dem freien Platz neben ihm aus, stieg aus ihren Shorts, unter denen sie eine Bikinihose anhatte, zog ebenfalls ein Buch aus der Tasche und setzte sich hin.

Nach einer Weile legte sie das Buch zur Seite, stand auf und sah ihn, der bisher nicht mehr als »Hi« gesagt hatte, an. »Ich geh noch mal ins Wasser, bevor die Sonne weg ist. Kommst du mit?«

Eggenthal war auf die Frage nicht vorbereitet, er war gar nicht zum Schwimmen hierhergekommen und hatte auch keine Badesachen dabei, genau genommen war es so, dass seine Phantasien ein sorgloses Schwimmen in Seen kaum zuließen, man sah da nicht, was unter einem war und jederzeit auftauchen konnte, er musste dabei oft an Wasserleichen oder an glitschige Viecher denken, die einen berührten, und anderes ekliges Zeug, ja er hielt nicht mal den Hai im Dorfteich für völlig unwahrscheinlich. Eine Folge solcher Gedankengänge war, dass sein Oberkörper und seine Beine kalkweiß waren, da sie selten die Sonne sahen.

»Ich muss gleich los«, sagte er, »lohnt sich nicht mehr.«

Sie zuckte mit den Schultern und zog sich ihr T-Shirt über den Kopf, unter dem sie nichts anhatte, und obwohl das damals normal war, hatte er sich nie richtig daran gewöhnt beziehungsweise hatte es nie als normal empfunden, sondern immer als etwas Besonderes. Jedenfalls ließ sie jetzt ihr Shirt zu Boden fallen, und dann drehte sie sich um, rannte hinunter zum See und ließ ihn zurück.

Natürlich hätte er gern gewartet, hätte sie gern gesehen, wie sie aus dem Wasser zurückgekommen wäre, schlank und nass und schön, hätte vielleicht auch noch versucht, das Gespräch mit ihr weiterzuführen und wenigstens einen einzigen intelligenten Satz dabei zu formulieren, was ihm bisher ja nicht gelungen war. Aber er hatte idiotischerweise gesagt, dass er losmüsse, und das musste er jetzt wohl oder übel auch durchziehen.

Also packte er seine Sachen zusammen, rief ihr noch ein Tschüss hinterher und startete seine Maschine.

Die Straße schlängelte sich in sanften Bögen durch den Wald, ideales Motorradterrain, doch er war in Gedanken woanders. Er fragte sich, wie es kommen konnte, dass er nicht wenigstens nach ihrem Namen und ihrer Telefonnummer gefragt hatte. Immerhin wusste er, wo sie sich herumtrieb, er würde jetzt halt jeden Abend um diese Zeit zum Waldsee fahren, und wenn das nichts brachte, würde er irgendeinen Grund finden, noch mal in Kallis Werkstatt aufzukreuzen.

Das erübrigte sich, als er am nächsten Abend mit der Guzzi auf dem Parkplatz von »Schmidke Bau- und Motorenbedarf« vorfuhr, um die beiden neuen Zündkerzen für seine »Süße«, wie sie es genannt hatte, zu besorgen. Bereits auf dem Parkplatz fiel ihm auf, dass er kein Geld dabeihatte, und er wollte schon wieder abdrehen, als er auf den Abstellplätzen vor dem Haupteingang die zerbeulte hellblaue Vespa stehen sah. Eggenthal rangierte die Guzzi direkt daneben und ging in den Laden, um die Fahrerin zu suchen.

Schmidkes Laden war unübersichtlich, es war eine einzige große Halle, in der hohe Regale kreuz und quer nach einem kaum zu durchschauenden System aufgestellt waren. Es hatte ein bisschen etwas von einem Irrgarten, und entsprechend schwer gestaltete sich die Suche.

Eggenthal wollte schon die Taktik ändern und draußen bei ihrem Roller warten, da hörte er ihre Stimme. Sie stand etwa fünf Meter entfernt, mit dem Rücken zu ihm und über einen Tresen gelehnt. Diesmal trug sie Jeans, die, wie er fand, die Konturen ihres Körpers in sehr überzeugender Weise betonten, und eine kurze schwarze Lederjacke. Hinter dem Tresen stand ein weitgehend sprachloser Verkäufer. Eggenthal lehnte sich an ein Regal und verfolgte interessiert den Dialog.

»Wie, ihr habt das Zeug nicht mehr da?«, sagte sie und klang irgendwie ungehalten.

»Ist halt ausverkauft«, sagte der Verkäufer.

»Also noch mal von vorn: Wir sprechen hier von Motoröl, Viskosität 20W40, das ist doch eine total gebräuchliche Sorte – und ihr habt das nicht da? Das ist doch so, als wenn sie in einer Molkerei keine Milch hätten. Das gibt's doch gar nicht!«

»Ist nun mal so.«

»Aber ich hab doch extra vorher angerufen! Wir brauchen nur zehn Liter, zur Überbrückung, und ihr habt gesagt: ›Kein Problem.‹ Außerdem ist gerade ein Kunde rausmarschiert mit einer ganzen Palette von dem Zeug.«

»Das war für Kfz-Staiger, die nehmen immer solche Mengen.«

»Ach, die Idioten kriegen den ganzen Saft, ist schon klar, und für so einen Popelladen wie unseren habt ihr nichts übrig. Das nenn ich Service, ist ja spitze! Und wo soll ich um diese Zeit noch was herkriegen von dem Zeug?«

»Wird schwierig. Tut uns ja leid, wir haben das vergessen mit dem Anruf. Kann ja mal vorkommen.«

»Ja. Euch kann man auch vergessen! Tschüss.«

Sie winkte ab und drehte sich um, ihre Augen glühten noch dunkel, als sie Eggenthal ansah; diesmal hatte er sie überrascht.

»Du hast irgendwie viele Facetten«, sagte er.

»Was machst du den hier?«, fragte sie.

»Ich hab dein himmelblaues Vehikel draußen stehen sehen.«

Sie riss die Augen auf. »Du bist wegen mir hier?«

»Na ja, ich wollte ursprünglich die Zündkerzen für die Guzzi holen, hattest du mir doch empfohlen.«

»Sieh da.«

»Aber auf dem Parkplatz hab ich dann gemerkt, dass ich kein Geld dabeihab. Und da hab ich gedacht, ich geh wenigstens mal rein und schau nach der Vespa-Fahrerin, dann war die Fahrt nicht ganz umsonst.«

»Und jetzt?«

»Würd ich sagen, nichts wie raus hier, oder?«

»Ja«, sagte sie«, »nichts wie raus.« Als sie kurz vor dem Ausgang waren, drehte sie noch mal ab »Wart mal 'ne Sekunde, bin sofort zurück«, sagte sie. Sie verschwand zwischen den Regalen, kam kurz darauf zurück, dann gingen sie zusammen an der Kasse vorbei nach draußen.

»Und jetzt?«, fragte Eggenthal, als sie bei ihren Fahrzeugen ankamen. Es war wieder keine besonders intelligente Frage.

»Jetzt fahr ich zu Kfz-Staiger und leiere denen zehn Liter von dem Motoröl aus den Rippen, falls ich das noch schaffe, bevor die schließen, und dann bring ich's zu Kalli.«

»Du bist hartnäckig, oder?«

»Ja«, sagte sie. »Für dich hab ich übrigens auch was.« Sie fasste in ihre Jackentasche, holte zwei Zündkerzen heraus und gab sie ihm.

Eggenthal sah erstaunt auf die Kerzen, dann sah er sie grinsen. »Die sind geklaut«, sagte er. »Die hast du eben im Laden geklaut, als du zwischen den Regalen abgetaucht bist. Du bist ganz schön schräg drauf, weißt du das?«

Sie zuckte mit den Schultern. »Die haben mich doch im Regen stehen lassen wegen dem Motoröl. Da können sie mir auch mal hundert Prozent Rabatt auf zwei Zündkerzen geben. Nennt man ausgleichende Gerechtigkeit.«

Eggenthal sah sie fasziniert an. »Pass auf«, sagte er, »du schwingst dich jetzt bei mir hintendrauf, und wir fahren zu Kfz-Staiger, das schaffst du mit deiner Möhre nämlich nicht mehr rechtzeitig. Dann bringen wir das Öl zu Kalli und fahren zum ›Fährmann‹ in den Biergarten am Fluss und trinken noch 'n Kaffee oder irgendwas.«

»Guter Vorschlag«, sagte sie. »Den Kaffee zahl ja wahrscheinlich ich.«

»Wieso?«

»Weil du kein Geld dabeihast.«

»Scharf kombiniert«, sagte Eggenthal. Sie war ein harter Brocken, aber sie hatte eingewilligt mitzufahren und saß bei ihm auf dem Sozius, und das war mehr, als er noch vor einer halben Stunde erwartet hatte.

»Wie heißt du eigentlich?«, fragte er, bevor er den Motor anwarf.

»Silke«, sagte sie.

Eine Stunde später saßen sie auf der Terrasse des Fährmann.

»War nicht schlecht auf der Guzzi«, sagte sie. »Ich mag die Dinger lieber als diese rasselnden Vierzylinder.«

»Da haben wir ja zum ersten Mal was gemeinsam«, sagte Eggenthal. »Wie bist du eigentlich darauf gekommen, eine Lehre als Mechaniker bei Kalli zu machen?«

»Mach ich doch gar nicht. Ich studiere Betriebswirtschaft.«

»Was?«

»Ja. Kalli ist mein Cousin, der suchte jemanden, der ihm seinen Papierkram in Ordnung hält. Ich hatte gerade Semesterferien und bin eingestiegen. Seitdem hab ich mir so ein paar Dinge angeeignet, Ölwechsel, Ventile einstellen und so. Motorradführerschein hab ich übrigens auch nicht, aber für ein paar Testfahrten hinten auf dem Gelände reicht's. Macht richtig Spaß, der Job. Außerdem ist es schön bei Kalli da draußen.«

»Und warum studierst du dann Betriebswirtschaft, wenn du an so was Spaß hast?«

»Weil ich eins schon nach einer Woche begriffen hatte: Wenn du so einen Laden wie Kalli hast, dann arbeitest du fünfzehn Stunden am Tag und bist in dreißig Jahren immer noch auf keinen grünen Zweig gekommen. Ich hab 'ne Lehre bei der Bank gemacht, und da steig ich nach dem Studium wieder ein. Aber zu anderen Konditionen als vorher.«

»Du hast ja den ganz großen Plan. Also jetzt lass mich mal zusammenfassen: Du arbeitest in deiner Freizeit als Mechanikerin, fährst ohne Führerschein auf fremden Motorrädern, und dein Hobby ist Klauen. Optimale Bedingungen für 'ne Anstellung bei einer Bank«, sagte er, lehnte sich entspannt zurück, als er ihr Lachen hörte, und sah hinab auf den glitzernden Fluss.

Eggenthal schaute auf die Uhr. Es war 23 Uhr, und er versuchte, sich auf seine aktuelle Situation zu konzentrieren. Silke hatte ihn ziemlich unmissverständlich aufgefordert, seine Aktion zu beenden. Er selbst war zuletzt mental angeschlagen und seit heute auch körperlich.

Aber da war auch die Zusage seines Radmagazins. Immerhin gab es also Leute – wenn auch nur wenige –, die hinter ihm standen. Und nicht zuletzt ging es um die Jahreszeiten. Es würde Frühjahr werden, und er wollte dabei sein und es erleben, anstatt nur daran vorbeizurauschen, die Frische am Morgen, Sonne, die den Nebel auflöste und endlich wieder wärmte, die Vögel, die wieder zu zwitschern begannen.

Aufhören ging nicht. Im Bad legte er sich ein paar Worte zurecht für Silke, für den nächsten Morgen, er würde ganz ehrlich sein und ihr alles erklären, und er musste vor allem den Erfolg anbringen, den er beim *Bike-Messenger* hatte. Vielleicht war sie ja noch wach, dachte er, als er leise über den Flur humpelte und vorsichtig die Klinke der Schlafzimmertür herunterdrückte.

Es war abgeschlossen.

Kapitel 19

Ungläubig drückte er noch einmal auf die Klinke, doch die Tür ließ sich nicht öffnen. Es dauerte einige Sekunden, bis er begriff, was passiert war. Silke hatte ihn ausgesperrt, wortlos, ohne Erklärung, verwehrte ihm den Zugang zu seinem Schlafzimmer, ließ ihn, der der Schonung und der Regeneration bedurfte oder zumindest ein wenig Aufmerksamkeit gebraucht hätte, nachts verletzt auf dem dunklen Flur stehen.

Sein Vorsatz, ein ruhiges Gespräch mit ihr zu führen, schwand. Er fühlte sich kurz versucht, an der Tür zu rütteln oder zu klopfen, entschied sich dann aber dagegen. Sie hatte ihm keine Chance gelassen, erwartete jetzt wahrscheinlich, dass er sich irgendwo notdürftig ein Lager herrichtete, oder noch schlimmer, sie machte sich überhaupt keine Gedanken, wie er die Nacht verbrachte. Es war ihr egal.

Er überlegte. Dann schlich er langsam zur Treppe, humpelte hinunter in den Flur und von dort noch eine Etage tiefer in den Keller und öffnete die Tür zu der Einliegerwohnung, in der Silke vor einigen Wochen mit dem Ablösen der Tapete begonnen hatte. In der Mitte des Raums waren noch ein kleiner Tisch und zwei Stühle mit einer Plastikplane abgedeckt, in der Ecke auf einem kleinen Schrank stand Janas alter Fernseher. Vom Wohnraum aus führte eine Tür zu einem winzigen Schlafzimmer von etwa sieben Quadratmetern Größe, eine andere zu einem kleinen Badezimmer mit

Duschkabine, Waschbecken und Spiegel, aber ohne Tageslicht.

Eggenthal schaute kurz ins Schlafzimmer und vergewisserte sich, dass das Bett bezogen war. Dann hangelte er sich am Treppengeländer hoch, ging ins Bad, nahm Rasierzeug, Handtücher, Shampoo, Zahn- und Haarbürste, alles, was er im Bad an persönlichen Dingen hatte, und steckte es in seinen Rucksack, dann nahm er sich aus ihrer Hausapotheke noch eine Salbe gegen die Schmerzen. Die Kleidungsstücke, die er im Arbeitszimmer deponiert hatte, stopfte er ebenfalls in den Rucksack, für den nächsten Tag würde es reichen, dann humpelte er los und brachte alles in den Keller.

Eggenthal zog um. Wahrscheinlich hatte Silke gedacht, dass er im Wohnzimmer auf dem Sofa übernachten würde, zusammengekrümmt unter einer dünnen Decke wie die armen Schweine in Fernseh- und Kinofilmen, die von ihren Frauen vor die Schlafzimmertür gesetzt werden. Doch den Gefallen tat er ihr nicht. Nachdem er wieder unten angekommen war, packte er den Rucksack aus, entfernte die Plastikplane, die Tisch und Stühle bedeckte, setzte sich dann schwer atmend hin und sah sich um.

Auf dem Fußboden lagen noch Tapetenreste, er würde am nächsten Morgen durchfegen müssen. Eine Wand war schon bis auf den Putz freigelegt, von der zweiten hing die Tapete in Streifen herab, und da, wo sie unversehrt war, klebten noch Janas alte Poster von Christina Aguilera und Pink. Es gab auch ein Fenster, durch das man auf die Hecke seines Nachbarn Robert Basse blicken konnte, sofern es draußen hell war.

Eggenthal sah auf die Uhr, es war bereits nach Mitternacht. Er inspizierte kurz die Küchenzeile. Tassen, Teller, Besteck, alles war da, sogar ein ungeöffnetes Päckchen mit Kaffeepulver. Einer letzten Eingebung folgend, schleppte er sich noch mal nach oben in die Küche, schnitt zwei Scheiben Brot ab und bugsierte sie zusammen mit vier Scheiben Wurst, etwas Butter und einem Klacks Marmelade nach unten.

Nach einer unruhigen Nacht, in der er sich unentwegt hin und her wälzte, um eine erträgliche Position für sein Bein zu finden, nahm er ein einsames Frühstück ein, führte eine Behandlung mit der Schmerzsalbe durch und erschien erst gegen elf oben in der Küche. Es war Samstag, und er war mit Kochen dran. Da Einkaufen wegen seiner eingeschränkten Bewegungsfähigkeit nicht möglich war und er auch nicht stundenlang in der Küche herumstehen wollte, musste er auf Vorhandenes zurückgreifen und entschied sich für Nudeln mit Käse-Sahne-Sauce und einen Tomaten-Basilikum-Salat.

Silke erschien tatsächlich gegen Mittag in der Küche, zusammen mit Luca. Sie musste mittlerweile mitgekriegt haben, wo er die Nacht verbracht hatte; falls es sie irritiert hatte, ließ sie es sich nicht anmerken, sie gab sich gleichgültig.

Zwei Versuche Eggenthals, mit ihr zu kommunizieren, liefen ins Leere. Auf seine Bemerkung: »Ist heute Basketball?«, antwortete sie: »Frag deinen Sohn«, und seine vielleicht etwas deplatzierte Frage, ob auf dem Geburtstag seiner Schwiegermutter »alles gut gelaufen« sei, beantwortete sie mit einem eisigen Blick. Seine Probleme mit dem Knie, die er bewusst nicht übertrieben stark zur Schau stellte, ignorierte sie völlig.

Genauso ging es in den nächsten Tagen weiter. Silke kommentierte seinen »Umzug« mit keinem Wort. Gelegentlich begegneten sie sich, wenn Eggenthal sich nach oben zu seinem Arbeitszimmer bewegte, und sie nahmen hin und wieder, wenn es der Zufall ergab – Absprachen trafen sie nicht mehr –, gemeinsam das Abendessen ein. Luca erzählten sie beiläufig, sie bräuchten »mal ein bisschen Abstand« und da sei das ja eine ganz gute Lösung. An den Wochenenden aßen sie zusammen zu Mittag, die Vereinbarungen dazu, meistens am Freitagabend getroffen, bewegten sich auf folgendem Niveau:

»Wer kocht morgen?«, fragte Eggenthal.

»Mir egal«, sagte sie.

»Ich bin wohl dran. Reis mit Huhn und Pilzen?«

»Mir egal«, sagte sie.

»Wann?«

»Um eins. Falls dir das passt«, sagte sie.

»Mir egal«, sagte er.

Es war ihm schon klar, dass es nicht ewig so weitergehen konnte. Was ihn durchhalten ließ, war die Hoffnung auf ein klärendes Gespräch und vielleicht auch der etwas naive Glaube daran, dass sich nach der Beendigung seiner Aktion – bis dahin waren es immerhin noch fünf Monate – alles wieder einrenken würde. Eine andere Perspektive hatte er momentan nicht, und so konzentrierte er sich auf das, was gut war.

Mit der Arbeit an seinen Texten für den *Bike-Messenger* kam er problemlos voran. Sein erster Erfahrungsbericht, der Anfang Juni erscheinen sollte, trug die Überschrift *Einsame Entscheidung*. Daneben war ein Foto von ihm abgedruckt, das er mal zwischen Waldbeck und dem Dorf mit Selbstauslöser gemacht hatte. Mit seinem fussligen Zweitagebart und den vom Radfahren leicht zerzausten Haaren sah er darauf ziemlich verwegen aus.

Die Probleme mit seinem Knie waren so gut wie überwunden, und er war sich sicher, dass ihn, was seine Aktion betraf, nichts mehr aus dem Sattel werfen konnte. Umso unvorbereiteter traf ihn die nächste Komplikation.

Es war einer dieser Apriltage, an denen es bis zu fünfundzwanzig Grad warm wurde, morgens aber noch recht kühl sein konnte, und als Eggenthal mit dem Rad, das er mit in den Zug genommen hatte, die letzte Steigung zur Bibliothek erklomm, bemerkte er, dass er viel zu warm angezogen war.

Das war kein Problem, er hatte vorgesorgt. In seiner Abstellkammer hatte er Handtücher, Seife und Kleidung zum Wechseln deponiert. Dort angekommen, zog er die dicken Klamotten aus und wusch sich mit einem Waschlappen Gesicht und Oberkörper. Dann zog er, weil ihm auch dort warm geworden war, seine Unterhose nach unten und bearbeitete seinen Intimbereich mit dem Waschlappen.

Da er gründlich vorging, bemerkte er nicht, dass sich die Tür zu seiner Abstellkammer zuerst einen Spaltbreit und dann ganz öffnete, es war Kallmann, der seine Handykamera in Stellung brachte und jetzt ein interessanteres Motiv vorfand, als er möglicherweise erwartet hatte.

Eggenthal bemerkte es erst, als Kallmann den Auslöseknopf gedrückt hatte, er schaute ihn überrascht an, bevor er auf die Idee kam, seine Unterhose hochzuziehen, so dass Kallmann noch einige Male knipsen konnte. Eggenthal sah ihn an.

»Hast du eine Macke, oder was?«

»Wieso? Ist doch eine ganz normale Dokumentation. Kannst dir gern die Fotos auf den Schreibtisch stellen, zu deinen anderen.«

»Komm, ist gut«, sagte Eggenthal. »Du hast deinen Spaß gehabt, jetzt gib mir dein Handy und lass mich das Zeug löschen.«

»Ich finde, der Vorgang verdient es, für die Allgemeinheit aufbewahrt zu werden«, sagte Kallmann, hielt grinsend das Handy in die Luft, drehte sich um, schlug die Tür zu und verschwand Richtung Flur. Es war der Moment, in dem Eggenthal losrannte.

Er hatte so etwas als Erwachsener erst einmal gehabt, diesen dringenden Impuls, jemanden zusammenzuschlagen. Damals war es Holger Grisse gewesen, sein Schwager.

Es war über zwanzig Jahre her, Mitte der Achtziger, bei einem gemeinsamen Urlaub an der Nordsee. Drei Jahre waren vergangen, seit Eggenthal und Silke ihren Kaffee auf der Terrasse des »Fährmann« getrunken hatten, sie hatte ihn danach noch einige Wochen zappeln lassen, aber er war drangeblieben, und es war für ihn keine Frage gewesen, dass sie zusammenbleiben würden. Okay, verglichen mit Annette war sie vielleicht etwas zu groß und hatte etwas zu schwarze Haare und etwas zu schlanke Waden. Aber er verglich sie nicht mit Annette.

Es war Eggenthal heute noch ein Rätsel, wie sie jemals auf die Idee kommen konnten, zusammen mit Grisse in den Urlaub zu fahren, vielleicht, weil er damals noch ein etwas anderer Grisse war. Er sah gut aus, ohne Zweifel, hellblond, mittelgroß und noch ohne Bauchansatz, mit runden, gut geformten Schultern, und all das, was Eggenthal ihm später als Pedanterie und Engstirnigkeit auslegte, ging damals wohl noch als Zielstrebigkeit und Verlässlichkeit durch; manche nannten ihn sogar humorvoll, und diese Kombination schien unglaublich gut anzukommen.

Silke und Eggenthal hatten eine gemeinsame Ferienwohnung mit Grisse, seiner Frau Helga, Eggenthals Schwester, und Christine, ihrer einjährigen Tochter. Die Wohnung lag keine fünfhundert Meter vom Strand entfernt, vom Meer war freilich nie etwas zu sehen, da meistens Ebbe herrschte.

Abends fuhren sie fast immer nach Cuxhaven, in die nächste größere Stadt, die Grisses mit dem Auto, Eggenthal und Silke mit der Moto Guzzi. Sie hatten ein nettes Lokal in der Fußgängerzone entdeckt, wo man gut essen und trinken konnte und wo Christine sich frei bewegen konnte, ohne gleich überfahren zu werden.

An dem Abend, an den Eggenthal sich besonders erinnerte, hatte Silke ein paar Quittenschnäpse getrunken, die Spezialität des Hauses, und vielleicht war das der Grund, dass sie alles, was Grisse zum Besten gab und was ihn in Eggenthals Augen zum Idioten machte, plötzlich ungeheuer witzig fand. Zum Beispiel die Standardgeschichte von Grisses Lieblingszahl, er war ja Büroleiter, wie er sich damals nannte, und irgendwann hatte er mal einen Rechnungsbetrag in die Maschine eintippen müssen und sich gewundert, dass die Finger wie von selbst auf die Tasten fielen. Er hatte sich die Zahl genau angeschaut, sie lautete 951,22, und festgestellt, dass es eine optimale Zahl war, von der Reihenfolge der Ziffern und Zeichen her ideal zum Eintippen. Seitdem wartete er angeblich schon seit Jahren darauf, noch einmal eine Rechnung über genau diesen Betrag zu bekommen, aber es kam zu seinem Bedauern fast nie vor. Silke amüsierte sich sehr, als Grisse das erzählte, was eventuell daran lag, dass sie Bänkerin war, oder eben am Quittenschnaps. Es hätte Eggenthal nicht gewundert, wenn Grisse auch die Holzscheite, die er zu Hause peinlich genau unter dem Wetterdach gestapelt hatte, durchnummeriert hätte, als Diebstahlschutz oder wegen der Statistik oder in der Hoffnung, dass es genau 951,22 Stück waren. Wie auch immer, Silke fand es zum Lachen, Eggenthal fand es bescheuert.

Und er wusste genau, was als Nächstes passieren würde, denn es war 20:55 Uhr.

»Wir müssen los«, erklärte Grisse, »Christine muss ins Bett.« Jetzt gab es kein Halten mehr, auch wenn Christine noch gar nicht müde war oder sich alle gerade mitten im Gespräch befanden, denn der wahre Grund für den Aufbruch war keinesfalls, dass Grisses Tochter ins Bett musste, sondern dass um 21 Uhr seine Parkzeit ablief und danach weitere zwei Mark Gebühr fällig würden.

Eggenthal war jedenfalls froh, ihn loszuwerden und mit Silke allein zu sein, doch er hatte sich zu früh gefreut, denn Grisse meldete sich noch mal zu Wort. »Nur so als Tipp von mir: Heute Abend ist Flut, da könntet ihr am Strand endlich mal ein bisschen Wasser sehen«, meinte er.

»Nee, kein Bedarf, das ist in einer Stunde auch noch da, ich will wenigstens noch in Ruhe austrinken«, knurrte Eggenthal, der keine Tipps von seinem Schwager brauchte. Aber Silke hatte aufgehorcht.

»Dann fahr ich mit euch«, sagte sie und lief hinter Grisse und seinem Anhang her, und damit war Eggenthal auch sie los.

Es war ein wenig albern, dass er jetzt allein dasaß und an seinem halbvollen Glas mit Mineralwasser nuckelte, aber er wollte ihnen nicht sofort folgen, also trank er ganz langsam aus und trottete danach noch eine Viertelstunde die Straße auf und ab, bevor er sich auf die Guzzi schwang und sich aufmachte Richtung Ferienwohnung.

Oben, wo Silke und er untergebracht waren, brannte kein Licht, also war sie tatsächlich zum Strand gegangen. Eggenthal legte den ersten Gang ein, wendete und fuhr die vierhundert Meter zu dem Parkplatz vor den Dünen, auf dem jetzt keine Fahrzeuge mehr standen, ließ die Maschine ausrollen und stellte sie ab. Dann hängte er den Helm an den Lenker und stapfte durch den Sand. Immer wieder sank er ein mit seinen Motorradstiefeln, aber es war nicht mehr weit, tatsächlich vernahm er so etwas wie Meeresrauschen, und als er die letzte Steigung hochkraxelte, hörte er ihre Stimme.

Eggenthal schaute über den Dünenrand, er musste seine Augen anstrengen, es war schon ziemlich dunkel draußen. Dann sah er sie vielleicht hundert Meter entfernt, und es durchzuckte ihn. Sie war nicht allein, Grisse war bei ihr, und sie planschten im hüfthohen Wasser rum wie die Schulkinder und spritzten sich gegenseitig nass.

»Hör auf«, rief sie. »Das brennt in den Augen.« Sie lachte und rannte heraus aus dem Wasser in Richtung Strand, und Grisse rannte neben ihr her, es fehlte nur noch, dass sie sich an den Händen hielten wie ein Liebespaar in der Werbung für einen Südseeurlaub. Zumindest das ersparten sie ihm. Die eigentliche Katastrophe kam noch, denn als sie sich ihm näherten, erkannte er, dass sie nackt waren. Er duckte sich hinter den Strandhafer, um nicht entdeckt zu werden. Sie waren am Fuße der Düne angekommen, wo ihre Klamotten lagen, und unterhielten sich in aller Seelenruhe. Er versuchte angestrengt, etwas von den Gesprächsfetzen mitzubekommen.

»Der wohnt jetzt seit fünf Jahren in dieser möblierten Behausung. Meinst du, der kriegt irgendwann noch mal was Vernünftiges auf die Reihe?«, fragte Grisse.

»Ist halt nicht jeder so … gestaltungsfreudig«, sagte sie. »Was meinst du nun zu dem Haus?«

»Ein normaler Mensch könnte was draus machen. Die Substanz ist gut.«

»Also könnte man das ins Auge fassen. Nimm die Hand da weg, Holger.«

Eggenthal, der nicht genau sehen konnte, wo Holger seine Hand hatte, biss jetzt fast in den Sand.

»'tschuldigung«, sagte Holger. »Also wie gesagt, ein normaler Mensch könnte was draus machen. Aber Arno …?«

»Lass mal, das krieg ich schon hin, auch mit Arno. Die Hand, Holger.«

»'tschuldigung. Kann doch nichts passieren. Helga weiß doch gar nicht, dass ich hier bin. Lass mich wenigstens deinen Rücken abtrocknen.«

Eggenthal starrte verzweifelt durch den Strandhafer und suchte angestrengt nach Zeichen körperlicher Erregung bei Grisse, doch es war bereits zu dunkel, um etwas zu erkennen. Es machte ihn so rasend, dass sie sich von Grisse den Rücken abtrocknen ließ, dass er loslief, entschlossen, aber vermutlich in die falsche Richtung.

Am Parkplatz warf er die Guzzi an, das sonore Brummen konnte ihnen eigentlich nicht entgehen, doch er gab Gas und entfernte sich, ohne sich noch einmal umzudrehen.

Er brauchte etwa fünf Minuten, um in der Ferienwohnung ein paar Klamotten in seinem Motorradkoffer zu verstauen, dann brach er auf nach Hause, allein und zwei Tage früher als geplant, ein einsamer Reisender auf seiner schweren Maschine auf dem Ritt durch die Nacht.

Es passte zu ihr, dass sie den Urlaub ganz normal zu Ende brachte und dann bei ihm aufkreuzte, ohne sich vorher mal gemeldet zu haben.

»Was war denn das für eine Anwandlung?«, fragte sie.

»Wieso kommst du zusammen mit diesem Idioten aus dem Wasser?«

»Weil du nicht ins Wasser gehst.«

»Hättet ihr nicht was anziehen können?«

»Ist das jetzt ein Verhör? Ich wollte zum Strand, und weil es fast halb zehn war und ich mich beeilen musste, damit das Wasser noch da ist, hab ich mir schnell ein Handtuch gegriffen und bin los. Holger hat mich beim Rausgehen gesehen und kam hinterher.«

»Der Arsch. Und du nimmst den auch noch mit.«

»Ich bin erwachsen, Arno.«

»Und was war das mit seiner Hand?«

»Er ist nicht weit gekommen. Ich bin erwachsen, Arno.«

Ihr Blick war wieder so ähnlich wie damals, als sie den Verkäufer fertiggemacht hatte.

»Und was war das mit dem Haus?«

»Es ist ein Haus, das zur Versteigerung steht, in eurem Dorf.« Sie machte jetzt einen leicht genervten Eindruck. »Das könnte man günstig kriegen. Ich weiß es von unserer Kreditabteilung. Ich hatte den Gedanken, in ein Haus zu ziehen. Mit dir, Arno Eggenthal.«

Er hatte sie angesehen. Ein Haus. Es war ihm egal, wo er mit ihr lebte. Wenn sie meinte, dann halt in einem Haus.

Es war 9 Uhr, und Eggenthal saß seit über einer Stunde im Vorzimmer der Personalabteilung. Sie ließen ihn warten. Jetzt kam sein Bereichsleiter Schwickert aus dem Büro des Personalchefs, verließ das Vorzimmer Richtung Flur und würdigte Eggenthal keines Blickes. Fünf Minuten später betrat Schwickert das Vorzimmer erneut, diesmal mit Kallmann im Schlepptau, der ihn ebenfalls nicht ansah. Kallmann war beim Arzt gewesen, er hatte so einen hellblauen Ring unter dem Auge und eine allerdings nur ganz leicht geschwollene Oberlippe. Zu dritt gingen sie in das Büro von Bernhard Rötter, dem Leiter der Personalabteilung. Rötter thronte hinter seinem Schreibtisch, machte sich nicht die Mühe aufzustehen und bat sie mit einer Handbewegung, Platz zu nehmen, Eggenthal links, Kallmann rechts und Schwickert in der Mitte. Es schien sich um eine Art Gegenüberstellung zu handeln. Rötter ergriff das Wort.

»Um es ganz deutlich zu sagen: Solche Vorkommnisse wie heute Morgen sind bei uns sehr unüblich. Wir sind hier, um eine Klärung herbeizuführen, falls so etwas überhaupt erklärbar ist. Ich beginne mal chronologisch. Herr Schwickert hielt sich gegen halb acht im Bereich der Teeküche auf, hörte, wie die Tür zum Abstellraum heftig zugeschlagen wurde, und schaute daraufhin um die Ecke in Richtung Flur. Ich gebe jetzt wieder, was er dabei beobachtet hat:

Herr Kallmann bewegte sich in Richtung seines Büros, als sich die Tür des Abstellraums öffnete und Sie, Herr Eggenthal, mit nichts als einer Unterhose bekleidet, aus der Kammer auf den Flur stürzten und Herrn Kallmann von hinten ansprangen. Es kam zu einer Rangelei, während der Sie versuchten, Herrn Kallmann sein Handy zu entwenden. Im Laufe dieser Rangelei gingen Herr Kallmann und Sie zu Boden. Mittlerweile hatten sich weitere Kollegen auf dem Flur versammelt, denen es erst nach etwa einer Minute gelang, Sie von Herrn Kallmann zu trennen. Sie mussten daraufhin von zwei Personen daran gehindert werden, sich erneut auf Herrn Kallmann zu stürzen. Können Sie dafür irgendeine Erklärung geben?«

»Er hat mich mit dem Handy fotografiert«, sagte Eggenthal. »Beim Waschen. Untenrum.«

»Hab ich nicht«, sagte Kallmann.

»Ich hab genau gehört, wie er den Auslöser gedrückt hat, mindestens vier oder fünf Mal. Jetzt sagen Sie mal selbst, Herr Rötter, das ist doch kindisch, so was, Grundschulniveau!«

»Das sind Schlägereien auf dem Flur auch«, sagte Rötter.

»Ich hab nicht geschlagen«, sagte Eggenthal.

»Ich hab nicht fotografiert«, sagte Kallmann.

»Dann hätte er mir ja sein Handy zeigen können. Ich hab ihn zuerst in Ruhe aufgefordert, die Bilder zu löschen, aber er ist auf den Flur gerannt und hat das Handy an sich gedrückt«, erklärte Eggenthal.

»Und dann sind Sie auf ihn losgegangen und haben zugeschlagen. Irgendwo muss er ja die Verletzungen herhaben«, zog Rötter ein Zwischenfazit.

»Nein«, sagte Eggenthal, »es war kein gezielter Schlag.

Man kennt das doch zum Beispiel aus dem Fußball, wenn man irgendwie im Zweikampf ist und mehr oder weniger unabsichtlich mit dem Arm ausschlägt, aus einem Reflex heraus. Dann passiert so was halt.«

»Fußball«, sagte Rötter. »Kein schlechter Vergleich. Eine kurze Hose hatten Sie ja an. Im Fußball gibt's in der Regel Gelb für so eine Tätlichkeit. Mindestens.«

Scheiße, dachte Eggenthal, Grundschule, Fußball, ich liefere ihm irgendwie die falschen Beispiele, er dreht mir das Wort im Munde rum.

»Ich sag jetzt gar nichts mehr«, sagte er.

»Brauchen Sie auch nicht. Ich hab genug gehört. Gehen Sie zurück an Ihren Arbeitsplatz. Wenn wir zu einer Entscheidung gekommen sind, hören Sie von uns.«

Die anderen, außer Carla Berg, gingen ihm aus dem Weg, als er zurückkam. Kallmann zog nach Hause ab, er war krankgeschrieben, außerdem musste seine Nase untersucht werden, weil der Verdacht auf Nasenbeinbruch bestand. Auch sein Kollege Hendrik Wicke hielt sich bedeckt und sprach ihn nicht an, er hatte in der Bibliothek mit dem Einsortieren von Büchern zu tun.

Auf der Heimfahrt dachte Eggenthal darüber nach, ob der Tag eigentlich noch schlimmer hätte verlaufen können. Rötter hatte ihn kurz vor Feierabend noch einmal zu sich rufen lassen und ihm mitgeteilt, dass der Vorfall am Morgen eine Abmahnung zur Folge haben würde, und zwar, wegen der Undurchsichtigkeit des Geschehens, für beide Beteiligten. Eggenthal nahm es so hin, das Ganze war unnötig und mehr als lästig. Kallmann hingegen würde die Abmahnung als persönliche Katastrophe einordnen, das war immerhin etwas, half ihm aber auch nicht aus seinem Stimmungstief. Er hätte jemanden gebraucht, mit dem er reden konnte, allerdings schien ihm der Vorfall des heutigen Tages kein optimales Thema, um die ins Stocken gekommene Kommunikation mit Silke zu beleben.

Doch es gab noch etwas, das seine Stimmung aufhellte. Als er in seinem Arbeitszimmer den Rechner hochgefahren hatte, sah er, dass eine Mail von Annette angekommen war.

Hallo Arno,
berichte doch mal, wie es Dir in den letzten Wochen ergangen ist. Und denk dran, dass wir noch über das Klassentreffen sprechen wollten, Termin und Location und so. Meld Dich!

Eggenthal drückte den »Antworten«-Button und überlegte kurz. Warum mailen, dachte er, klappte den Notizblock mit ihren Kontaktdaten auf und wählte ihre Nummer.

»Hier ist der einsame Radler«, meldete er sich.

»Mensch, Arno«, sagte sie. »Wie schön, deine Stimme zu hören! Erzähl, wie geht's dir?«

Eggenthal holte Luft. »Das ist genau das, was ich jetzt nicht auf die Schnelle erzählen kann. Ich überlege gerade, wo ich anfangen soll.«

»Fang irgendwo an. Deine Aktion zum Beispiel. Wie ist es bis jetzt gelaufen?«

Er dachte kurz nach. Warum nicht mal was Erfreuliches erzählen? »Das geht auch nicht so auf die Schnelle«, sagte er, »aber dafür kannst du es bald in aller Ausführlichkeit nachlesen.«

»Wieso nachlesen, führst du ein Tagebuch, oder hast du eine Website oder so was?«

»Eine Website wäre gar keine schlechte Idee«, sagte er.

»Aber es ist anders. Eine Fahrradzeitschrift veröffentlicht meine Berichte. Heißt *Bike-Messenger*. Gibt's ab Juni an jedem Kiosk. Und ich hab da jeden Monat 'ne Doppelseite.«

»Ich fass es nicht.« Sie klang überrascht, fast fasziniert. »Du schreibst für ein Magazin, so richtig mit Überschrift und Fotos und deinem Namen drunter?«

»Genau so.«

»Arno. Ich glaub, wir müssen öfter telefonieren, ich kann mit deinen Entwicklungen gar nicht Schritt halten. Du hast offensichtlich 'ne super Phase, was sagt denn Silke dazu?«

Er dachte wieder kurz nach. »Das ist schon die dritte Frage, die nicht so einfach zu beantworten ist.«

»Wieso?«

»Na ja, die Kommunikation zwischen Silke und mir verläuft seit einigen Wochen sehr stockend.«

»Wieso das denn?«

»Ich sag's mal so: Silke war von meiner Aktion von Anfang an nicht gerade begeistert. Vielleicht stimmte schon vorher was nicht zwischen uns. Und dann ist es ein bisschen eskaliert. Im Moment lebe ich zwei Stockwerke tiefer im Keller, ab und zu sehen wir uns, und wir haben so eine Art Zettelkommunikation entwickelt. Theo nennt es ›getrennt leben unter einem Dach‹. Aber ich will dir damit jetzt nicht auf den Keks gehen.«

»Tust du nicht, Arno. Dann bist du ja jetzt echt der ›einsame Radler‹. Also wenn du drüber reden willst …« In dem Moment klingelte irgendetwas bei ihr, wahrscheinlich war jemand an der Haustür. »Ach du Schreck«, sagte sie, »das ist Tom. Mein Sohn, mit seiner Freundin. Hab sie zum Essen eingeladen, das hatte ich ganz vergessen. Ich glaube, wir müssen später noch mal da anknüpfen, wo wir eben aufgehört haben.«

»Gerne. Rufst du an?«

»Ich glaube, ich bin demnächst mal in Lensingen. Sehen wir uns dann?«

»Unbedingt«, sagte Eggenthal. »Sag einfach Bescheid. Handynummer hast du.«

»Und du: Halt durch!«

»Klar«, sagte Eggenthal und legte auf.

Das war doch mal eine Perspektive.

Kapitel 20

Am zweiten Maiwochenende, am Samstag, stand die Hochzeit von Christine, Eggenthals Lieblingsnichte, an. Das Mittagessen fiel aus diesem Grund aus, aber Eggenthal fand mittags immerhin einen Zettel auf dem Küchentisch vor:

Treffen 16:30 Uhr vor der Kirche in Waldbeck. Schwarzen Anzug anziehen.

Silke verließ das Haus mit Luca schon um 16 Uhr, so dass er sich in Ruhe vorbereiten konnte. Als er das Schlafzimmer betrat, was ihm am Tage nicht verwehrt wurde, sah er, dass sie seinen Anzug sogar rausgelegt hatte, samt Hemd und Krawatte. Als er den Anzug hochhielt und betrachtete, fiel ihm ein, dass er keine passenden Schuhe hatte. Die ausgelatschten Halbschuhe, die ihr Dasein in seinem Schuhschrank fristeten, würden das ganze Outfit völlig runterziehen, so was machte man nicht, das hatte keinen Stil. Also griff er sich eine Jeans, zu der das alte grobe Sakko passte, das noch irgendwo hinten im Schrank hing, und dazu brauchte es auch keine Krawatte. Das Ensemble harmonierte sogar mit den neuen Trekkingschuhen, die er sich für die warme Jahreszeit angeschafft hatte.

Silkes Blick sprach Bände, aber sie hatte keine andere Wahl, als sich bei ihm unterzuhaken und sich einzureihen zwischen den etwa hundert Gästen, die jetzt die Kirche betraten. Natürlich ließ es sich Grisse, massig geworden in den letzten Jahren, nicht nehmen, Christine zum Traualtar zu führen, wobei er sich fast in Zeitlupe bewegte und hin und wieder einen gefälligen Blick nach links oder rechts warf; er war es, der den Weg bereitet hatte für seine Tochter und Gero, ihren Mann, der sie angesiedelt hatte auf dem Hof, als seine Altersvorsorge, wie er es an einem Abend in der Kneipe mal genannt hatte.

Eggenthal sah Christine vor sich, als sie noch ganz klein war, damals, als er aus dem Urlaub abgehauen war. In dem gleichen Jahr hatten Silke und er das Haus gekauft, in dem sie jetzt wohnten, er unten und sie oben. Silke, die ihre Kindheit und Jugend in einer Wohnung in der Stadt an einem Bahndamm zugebracht hatte, in der die Züge die Tassen auf dem Küchentisch zum Erzittern brachten, wollte damals unbedingt aufs Land ziehen, und die Gelegenheit war günstig.

Ein Jahr später waren sie verheiratet. Lammbeck war schon nach Süddeutschland verschwunden, arbeitete in einem Architekturbüro, und Eggenthal fuhr immer noch mit Lars Berger, Frank Holm und ein paar anderen mit dem Motorrad durch die Gegend.

Dann wurde Jana geboren. Eggenthal hatte es sich nicht vorstellen können, wie es sein würde, ein Kind zu haben, er wusste nur, dass man danach nicht mehr vernünftig schlafen konnte und dass sich außerdem, wie ihn Betroffene immer wieder informierten, alles ändern würde. Wenn sie während der Schwangerschaft bei Silke diese Ultraschalluntersuchungen durchführten, hatte er danebengesessen und Interesse signalisiert, ohne jemals irgendetwas von dem zu erkennen, was der Arzt gerade erklärte. Die Torturen der Entbindung, die Silke bestehen musste, waren für ihn ebenso überraschend wie das Gefühl, das er, noch in der Sekunde der Geburt, für Jana entwickelte, es war wie ein lebenslanges Versprechen, das er ihr im Stillen gab. Vier Jahre später, als Silke Luca zur Welt brachte, erlebte Eggenthal es noch einmal.

Mit dem Motorradfahren ging es bergab, sie trafen sich kaum noch zu gemeinsamen Touren, kümmerten sich stattdessen um Häuser, Kinder, Beruf oder Gärten; allein von Lammbeck kam hin und wieder mal eine Karte aus einer Gegend in der Ferne, die er mit dem Motorrad bereiste.

Eggenthals Moto Guzzi hatte der obligaten Familienkutsche Platz gemacht, er hatte kurz Widerstand geleistet, dann kapituliert, aber wenigstens auf einen Schuss Individualität bestanden, und so war es schließlich ein fünf Jahre alter Volvo 740 geworden. Der Wagen war geschätzte elf Meter lang und mit einem Zweiundachtzig-PS-Dieselmotor bescheiden motorisiert, und sein Design, das auf Gradlinigkeit setzte, ließ vermuten, dass auch Silke bei der Auswahl einen gewissen Einfluss genommen hatte. Lammbeck, der in einem Audi Quattro mit über zweihundert PS unterwegs war, bescheinigte dem Volvo die Dynamik und das Beschleunigungsvermögen einer Wanderdüne.

In dieser Phase seines Lebens rief ihn eines Nachmittags Annette an. Sie klang niedergeschlagen. Eggenthal freute sich, hatte aber während des Telefonats Luca auf dem Schoß und versuchte gerade, Jana davon abzuhalten, einen Eimer mit Sand auf den Bodendielen zu entleeren; eine Situation, die kein vernünftiges Gespräch zuließ. Eggenthal lud sie auf einen Besuch ein, sie könnten ja alle zusammen in den Wildpark, da hätten die Kinder was zu sehen und man könnte sich vernünftig unterhalten. Annette versprach, es sich zu überlegen, aber sie kam nicht, es war wohl nicht das, was sie in diesem Moment gerade brauchte.

Die neunziger Jahre schritten voran und hielten am Ende des Jahrzehnts tatsächlich noch eine kleine Sensation bereit. Harri Sticher war tatsächlich im Fernsehen aufgetaucht, wie er es in der Schulzeit immer angekündigt hatte, und zwar in einer dieser unsäglichen Nachmittagsshows. »Streit mit Sticher« hieß die Sendung, in der ausgesuchte Kandidaten, die aus irgendeinem Grund Stress miteinander hatten, ihren Streit in aller Offenheit vor den Fernsehkameras austrugen.

Auf einem Klassentreffen, für das Annette wegen der Teilnahme an einer Anti-Atomkraft-Demo kurzfristig abgesagt hatte, stellte Eggenthal Sticher dann die sinnfreie Frage, ob es ihm bezüglich der Qualität seiner Sendung geholfen habe, dass er in der Schule hängengeblieben war.

»Ich bin vielleicht einmal hängengeblieben«, hatte Sticher geantwortet. »Aber du bist doch dein ganzes Leben hängengeblieben, in deinem Kaff und in deinem Vollkasko-Leben.«

Die Zeremonie war um, Christine und Gero hatten wie erwartet ja gesagt. Jetzt ging es nach draußen zur Aufstellung für das obligate Hochzeitsphoto. Silke sprach sogar mit Eggenthal. »Schade, dass Jana wegen der Studienfahrt heute nicht dabei sein kann«, sagte sie.

Dann kam eine gewisse Hektik auf, denn alle strebten jetzt zu ihren Wagen, wodurch Eggenthal und Silke zwangsläufig getrennt wurden. Ihm wurde plötzlich klar, dass er in dieser besonderen Stimmungslage durch die einfache Frage: »Kann ich mit euch zusammen zur Gaststätte fahren?« einen riesigen Schritt gemacht hätte, der ihn voran beziehungsweise vielleicht sogar um zwei Etagen nach oben gebracht hätte, nämlich von einem Einzelbett im Keller in sein eheliches Schlafgemach im ersten Stock. Die Frage zu stellen verbot sich freilich, aber vielleicht brachte der Tag ja noch andere Gelegenheiten, die in dieselbe Richtung führten.

Die Strecke von der Kirche zur Gaststätte führte noch etwa zwei Kilometer durch Waldbeck. Grisse hatte natürlich bei seinem Autohändler ein repräsentatives E-Klasse-Cabrio ausgeliehen, das er chauffierte und mit dem er den Zug anführte. Auch das Wetter spielte mit, so dass er offen fahren konnte. Neben ihm saß Helga, auf die Rückbank quetschten sich Christine in ihrem weißen Brautkleid und Gero im schwarzen Anzug.

Eggenthal hatte es leichter als die anderen, die ihre Autos kreuz und quer geparkt hatten und jetzt versuchten, sich irgendwie in den Korso einzusortieren, er schwang sich einfach auf sein Rad, das an der Kirchenmauer lehnte, und rollte los. Er hatte geplant, die Abkürzung durch die Altstadt zu nehmen, doch jetzt winkte Christine ihm heftig zu, deutete auf die Autos, die sich formierten, bis Eggenthal verstand und sich einreihte.

Seine Position war nicht schlecht, er lag an dritter Stelle hinter einem hochglanzpolierten BMW, konnte auf seinem Rad alles gut überblicken und locker mithalten. Als der BMW-Fahrer nach einem kurzen Stopp den Motor abwürgte, zog Eggenthal vorbei und befand sich jetzt direkt hinter Grisse. Während die anderen hupten, klingelte Eggenthal gelegentlich und winkte in die Menge. Am Straßenrand standen die Handballkameraden und -kameradinnen von Christine und johlten, als sie ihn sahen; offenbar lockerte er die ganze Formation ein wenig auf, jedenfalls erhielt er unterwegs reichlich Beifall. Einzig Grisse in seinem Cabrio schien das nicht zu passen, man konnte es an seinen unwirschen Gesten erkennen, aber das interessierte Eggenthal nicht, er hielt seine Position bis zur Gaststätte und hob Christine, die ihn umarmte, am Parkplatz aus dem Wagen.

Nach dem Begrüßungssekt trank Eggenthal noch zwei oder drei Bier, um sich für das weitere Geschehen zu wappnen. Hochzeiten hatten durchaus etwas Anstrengendes, das begann oft schon mit der Brautrede, dann musste getanzt werden, und zwischendurch gab es unterhaltsame Aufführungen und Spiele, die meist damit eingeleitet wurden, dass ein Freund oder Bekannter des Brautpaars vors Mikrophon trat, kurz um Ruhe bat und den für Eggenthal alarmierenden Spruch »Ich bräuchte dann mal acht Freiwillige« folgen ließ.

Tanzen sah bei Eggenthal immer wie Schwerarbeit aus, und er empfand es auch so, er machte dafür eine genetische Veranlagung verantwortlich. Doch als Silke ihn nach dem Hochzeitstanz des Brautpaars auf die Tanzfläche schob, ließ er es geschehen und genoss es sogar, gern hätte er dabei seine Wange an ihre gelehnt, und noch lieber hätte er ihr das Kleid vom Leib gerissen, doch die Situation erlaubte beides nicht.

Eggenthal bedauerte es, dass dies der einzige Tanz mit ihr blieb. Es war wohl nur als Geste für das Brautpaar gedacht, danach suchte Silke sich andere Tanz- und Gesprächspartner. Er selbst wurde noch einmal von seiner Schwester Helga aufs Parkett gezerrt und ein paarmal von Christine, der er nichts abschlagen konnte und die seine Unzulänglichkeiten einfach weglachte.

Mit Grisse hatte er bis Mitternacht noch kein einziges Wort gewechselt, obwohl sie sich natürlich zwangsläufig über den Weg liefen. Auffällig war, dass Grisse, wenn sie mal mit ein paar Leuten auf der Terrasse oder an der Theke standen, immer ein Bier oder einen Schnaps zu wenig bestellte; er drückte jedem, der herumstand, ein Glas in die Hand und sagte »Prost«, nur Eggenthal stand jedes Mal mit leeren Händen da und musste für sich etwas nachbestellen.

Um kurz nach zwölf zog ihn Christine lachend von der Tanzfläche zur Theke, wo Grisse mit seinem frischgebackenen

Schwiegersohn Gero und zwei Leuten vom Stammtisch die Stellung hielt.

Wie gehabt drückte Grisse allen außer Eggenthal ein Bier in die Hand.

»Sag mal, Holger, hab ich eigentlich 'ne Tarnkappe auf?«, fragte Eggenthal.

»Was faselst du da?«

»Vergiss es. Bestell mir einfach mal ein Bier mit, wenn es dir nichts ausmacht.«

»Willst du mich anmachen?«, fragte Grisse und glotzte ihn aus starren Augen an. Ein paar geplatzte Äderchen durchzogen den Augapfel, er schwitzte und trank sein Bier jetzt in einem Zug aus.

»Ne, war nur 'ne Frage«, sagte Eggenthal, der von dem Barmann mittlerweile ebenfalls ein Bier bekommen hatte.

»Du willst mich anmachen«, sage Grisse. »Das ging doch heute Nachmittag schon los. Fährt mit dem Rad im Hochzeitszug rum, hält den ganzen Zug auf und winkt in die Menge. Und ein paar Vollidioten am Straßenrand freuen sich und johlen rum, und mich fragen sie Montag bei der Arbeit, was für einen Schwachmaten ich in der Familie hab.«

»Jetzt lass ihn doch, das war doch lustig«, sagte Christine.

»Also ich finde, wo dein Vater recht hat, hat er recht«, sagte Gero.

»Und wie du rumläufst.« Grisse sah ihn an. »Das ist 'ne Hochzeit hier und kein Kneipenabend.«

»Wusste nicht, dass du eine Kleiderordnung erlassen hast. Ist halt nicht jeder so perfekt wie du«, sagte Eggenthal.

»Quatsch! Aber du hast es ja noch nicht mal auf die Reihe gekriegt, deine Tochter herzuzitieren.«

»Sie wäre ja gern gekommen, aber das war nicht so einfach, wegen der Studienfahrt.«

»Ach was, du kriegst einfach nichts auf die Reihe. Deshalb vegetierst du auch in eurem Keller rum. Weil Silke dich aus eurem Schlafzimmer rausgeschmissen hat. Weil du's nicht mehr bringst.«

Eggenthal erkannte, dass die Angelegenheit aus dem Ruder lief. Grisse versuchte jetzt, Eggenthal gegen die Schulter zu schubsen, es sollte wohl zur Folge haben, dass er sein Bier verschüttete. Er wich aus, so dass sein Schwager kurz ins Taumeln geriet. »Bist ein bisschen fett geworden, Holger«, sagte er. »Und langsam.«

Mittlerweile hatten sich ein paar Interessierte zusammengefunden, um den Dialog zu verfolgen, auch Helga und Silke waren aufmerksam geworden.

Grisse sah aus, als wenn sein Kopf jeden Moment platzen würde. Man müsste jetzt irgendwie mäßigend auf ihn einwirken, dachte Eggenthal.

»Ich sag dir mal was«, Grisse fuchtelte mit dem Finger direkt vor seiner Nase herum. »Ich sag dir jetzt was: Wenn ich gewollt hätte, dann wärst du Silke schon lange los und dann gäb's Jana nicht und Luca auch nicht und du würdest immer noch in einem Loch in der Stadt wohnen.«

»Davon träumst du, du Wicht«, sagte Eggenthal.

»Jetzt wird er beleidigend, hast du das gehört, Gero! Das ist seine Art, sich für die Gastfreundschaft zu bedanken. Du solltest froh sein, dass du überhaupt eingeladen bist«, regte sich Grisse auf.

Eggenthal erkannte, dass es keinen Zweck hatte. »Weißt du was, Holger? Es war schön bei dir, aber ich geh jetzt. Will deine Feier nicht weiter stören.«

»Ja, hau ab! Ist für alle das Beste«, meinte Grisse und wendete sich wieder der Theke zu. Christine schaltete sich ein.

»Hört auf mit dem Scheiß. Jetzt bleib doch, Arno!«, rief sie hinter ihm her, doch Eggenthal war bereits auf dem Weg zum Ausgang.

»Ist besser so«, sagte er.

Christine stand fassungslos zwischen ihrem Mann und ihrem Vater. »Jetzt tut doch irgendwas!«

»Wieso?«, meinte Grisse. »Er hat doch selber gesagt, dass er loswill.«

»Hab ich auch so verstanden«, sagte Gero und sah Christine bedauernd an. »Reisende soll man nicht aufhalten …«

Ihre Reaktion war spontan. »Was für Idioten!«, sagte sie, und mit Blick auf ihren Mann fügte sie hinzu: »Und dir fällt nichts anderes ein, als dich bei ihm einzuschleimen. Mich kotzt das jetzt schon an! Das ist genau das, was ich immer befürchtet hab. Macht doch euern Scheiß alleine.«

Eggenthal saß bereits auf dem Rad. Er sah, dass Christine auf der Terrasse erschien, kurz hinter ihr Katja, eine Freundin, die sie aufhielt und irgendwas zu ihr sagte, dann kam Helga und als Nächstes Silke. Eggenthal rollte los.

Es überraschte ihn, dass er am nächsten Morgen von Luca geweckt wurde, der zuvor noch nie in seinem Domizil im Keller gewesen und offenbar von Silke gesandt worden war. »Du sollst zu ihr in die Küche kommen«, sagte er und trottete wieder davon. Es war halb acht in der Frühe.

Er ging im Schlafanzug nach oben. Silke stand mit verschränkten Armen in der Küche, fertig angezogen. Ihr Blick verhieß nichts Gutes.

»Weißt du überhaupt, was du angerichtet hast mit deinem besoffenen Kopf gestern Abend?«

»Holger war besoffen. Ich nicht.«

»Aber du hast ihn provoziert.«

»Höchstens durch meine Anwesenheit. Und dann hab ich die Konsequenzen gezogen und bin gegangen, bevor die Sache ausartet. War doch vernünftig.«

»Die Sache ist aber ausgeartet. Christine ist nämlich gleich nach dir gegangen, und es konnte sie keiner dazu bewegen, wieder mit in den Saal zu kommen. Um eins war die Feier beendet, und Christine ist nicht mit ihrem Mann nach Hause, sondern zu irgendeiner Freundin gefahren. Holger hat getobt, die mussten ihn mit zwei Mann festhalten.«

»Kenn ich, so was«, sagte Eggenthal. »Da muss er ja ganz schön wütend gewesen sein. Wenigstens haben sie im Dorf jetzt was zu reden. Ich glaube, das ist das wirklich Schlimme für ihn.«

»Kannst das vielleicht mal ernst nehmen, Arno? Für ihn bist du schuld an der ganzen Sache.«

Eggenthal überlegte. »Was heißt schuld? Vielleicht war ich der Auslöser. Unbewusst. Das ist was anderes.«

»Und damit ist der Fall für dich erledigt. Oder was hast du jetzt vor?«

»Duschen«, sagte Eggenthal. »Und dann ruf ich bei Helga an.«

Eine Stunde später stand er wieder in der Küche, mit dem Telefonhörer in der Hand. Sie wussten mittlerweile, wo Christine war, das war für seine Schwester erst mal die Hauptsache. Sein Angebot vorbeizukommen lehnte sie ab, es schien ihr nicht sinnvoll, dass Eggenthal in den nächsten Wochen einen Fuß auf den Hof setzte. Als er, gegen seine Überzeugung, so etwas wie eine Entschuldigung versuchte, sagte sie: »Lass mal. Wer weiß, wozu es gut ist.«

Am Dienstagabend holte Luca ihn wieder hoch in die Küche. Silke saß da, daneben Christine, vor sich eine Tasse Kaffee. Christine wohnte fürs Erste bei ihrer Freundin Katja in der Stadt. Sie hatte gerade auf dem Hof ein paar Klamotten geholt.

»Mann, bin ich froh, dass ich das hinter mir hab. Vater und Gero haben mich eben auf dem Hof in die Mangel genommen, die wollten mich so einer Art Gehirnwäsche unterziehen. Aber ich lass mich da so schnell nicht mehr blicken.« Sie kicherte. »Jetzt bin ich drei Tage verheiratet und lebe getrennt. Dorfrekord.«

Sie hatte Pläne, wollte vielleicht noch eine Lehre machen, Landschaftsgärtner – das hatte Grisse ihr vor ein paar Jahren ausgeredet –, dann könne sie später sogar noch Landschaftsarchitektur studieren, aber sie war sich nicht ganz sicher, ob das jetzt der richtige Zeitpunkt für so etwas war, und war froh, dass Eggenthal sie dazu ermutigte.

»Du mischst dich ziemlich ein«, sagte Silke, als Christine weg war.

»Was heißt einmischen? Es geht doch hier um sie – sie muss sich doch wohl fühlen mit dem, was sie macht, und nicht der Idiot Grisse.«

Sie erwiderte nichts. Immerhin schien sie in der Beurteilung dieser Sache zu schwanken. Er drehte sich um und ging wieder nach unten.

Kapitel 21

Vier Tage nach der geplatzten Hochzeitsfeier rief Annette an. Er hatte schon gar nicht mehr damit gerechnet. Sie sagte, dass sie Freitag in der »alten Heimat« sei, in Hailbach, eingeladen zum Geburtstag ihres Neffen Marco, der achtzehn wurde, und dass sie sich unbedingt vorher sehen müssten, vielleicht um acht in der Kleinen Brauerei, dann könnte man ja gleich mal checken, ob das Lokal überhaupt noch geeignet sei für ein Klassentreffen, und einen Termin dafür müssten sie auch noch machen, und schließlich gäbe es ja einiges zu erzählen.

»Ich werde da sein«, sagte Eggenthal. »Eins noch: Wir haben uns ja lange nicht gesehen. Ich werde einen Fahrradhelm dabeihaben, als Erkennungszeichen.«

»Gute Idee.« Es klang amüsiert. »Sonst sitzen wir noch den ganzen Abend nebeneinander und schweigen uns an, weil keiner den anderen erkennt.«

Eggenthal und Silke trafen sich Freitag gegen sechs in der Küche. Es war kein Treffen im herkömmlichen Sinne; Eggenthal hatte zu Abend gegessen und räumte gerade alles wieder in den Kühlschrank, sie ließ ihn gewähren und räumte dann alles wieder heraus, weil auch sie zu Abend essen wollte. Wenigstens konnte er sie noch darüber informieren, was er vorhatte.

»Ich fahre heute Abend nach Lensingen«, sagte er. »Wir wollen mit ein paar Leuten das Klassentreffen besprechen, das nächsten Monat stattfindet.«

»Tu das«, sagte sie. Das sagte sie oft in den letzten Wochen. Wenn er gesagt hätte: »Ich fahr jetzt mal los und spring von einer fünfzig Meter hohen Brücke«, hätte sie es auch gesagt, vermutete er.

Warum er aus Annette »ein paar Leute« gemacht hatte, war ihm selbst nicht ganz klar.

Eggenthal machte sich in seiner winzigen Nasszelle im Keller frisch, bevor er um sieben losfuhr. Die sechzehn Kilometer nach Lensingen waren längst keine ernstzunehmende Strecke mehr für ihn, doch er hatte diesmal eine Stunde Fahrzeit einkalkuliert, weil er auf der langen Steigung nach Lensingen nicht ins Schwitzen kommen wollte. Das war ihm sonst egal, diesmal nicht. Es war nicht kalt, gab jedoch immer wieder Schauer, auch so etwas war ihm längst egal, aber diesmal war er froh, dass er eine »Regenlücke« erwischte und keine Gummipelle überziehen musste, denn die Regenbekleidung war von ihrer gepriesenen Atmungsaktivität noch ein gutes Stück entfernt.

Kurz vor acht erreichte er die Altstadt von Lensingen und schloss sein Rad vor der Kleinen Brauerei ab, einem ehrwürdigen Fachwerkbau mit Butzenscheiben, vor dessen Eingang zwei alte Ahornbäume standen. Er atmete tief durch, fuhr sich mit den Fingern ein paarmal durch die Haare und ging hinein. Es war die erste Verabredung, bei der nur er und Annette dabei waren, die erste, seit er sie kannte.

Sie war noch nicht da, deshalb bestellte er sich ein Bier an der Theke und ging weiter in den hinteren Bereich des Lokals, wo man ungestört sitzen konnte, wählte einen Tisch am Fenster und legte den Helm auf die Tischplatte. Es war lange her, seit sie sich zuletzt begegnet waren. Jana und Luca waren noch klein gewesen. Er erinnerte sich, wie Annette damals aussah, die Haare lang und hellbraun wie zu ihrer Schulzeit, sehr schlank, und sie hatte angestrengt gewirkt, bemüht, mit dunklen Schatten um die Augen.

Er hatte gerade das Glas angesetzt, als sie hereinkam und ihn entdeckte, und schüttete den Inhalt schnell in sich hinein, um die Hand freizubekommen oder den Kopf, und dann kam sie auf ihn zu, mit sicheren Schritten, in hellen Jeans und Riemchensandalen, nicht mehr so übertrieben schlank wie damals. Als sie vor ihm stand, die Haare jetzt kürzer, mit kleinen Fältchen, die sich beim Lächeln um ihre wasserblauen Augen bildeten, kam sie ihm vertrauter vor als bei ihrem letzten Treffen.

»Lange her, Arno«, sagte sie, nachdem sie sich umarmt und an dem kleinen Tisch Platz genommen hatten, und sah ihn an.

»Wie hast du mich erkannt nach all der Zeit?«, fragte er scherzhaft.

»Am Helm natürlich.«

»Echt?«

»Quatsch. Ich hab dich erkannt, weil du immer aussiehst wie Arno Eggenthal.«

»Ist das ein Vorteil oder ein Nachteil?«

»Mittlerweile glaub ich fast, dass es ein Vorteil ist. Du alterst irgendwie anders. Nicht so aufdringlich.«

»Und was heißt das?«

»Mehr so beiläufig. Es gibt doch Leute, denen entgleisen irgendwann die Gesichtszüge, und dann sehen sie furchtbar wichtig aus, und man kann ihnen ein Schild umhängen, wo draufsteht: ›Spaß war gestern‹, oder so. Verstehst du?«

Das Schild hätte er in den letzten Wochen oft gebrauchen können, aber man sah es ihm wohl nicht an. Konnte auch ein Nachteil sein, wenn man einem so etwas nicht ansah, dachte er.

»Du bist immer schön«, sagte er, und sie wirkte überrascht. Es brachte sie fast ein bisschen aus dem Konzept.

»Danke«, sagte sie. »Jetzt erzähl mal, was du alles erlebt hast.«

Eggenthal bestellte ein Bier, dann fing er an zu erzählen. Von den anonymen Geschichten im *Radkurier*, von den Gedanken, die er sich um die Welt und sein Leben gemacht hatte, und wie er dann vor einem Dreivierteljahr Ernst gemacht hatte.

»Da warst du hartnäckig. Ich kenn keinen, der so was durchgezogen hätte. Und nebenbei noch das mit dem *Bike-Messenger*. Ich geh sofort zum Kiosk und kauf mir ein Exemplar, wenn das Magazin rauskommt. Und du hast nicht ein einziges Mal ein Auto benutzt?«

»Nicht mal dringesessen.«

»Darüber müsste man bei uns mal was in der Presse bringen. Wir sitzen gerade an einem neuen Verkehrskonzept für die Innenstadt, da sind sogar noch manche aus meiner eigenen Partei skeptisch. Du wärst ein gutes Beispiel dafür, was alles möglich ist, wenn man sich ein bisschen konsequent verhält.« Sie hielt plötzlich inne. »Und Silke? Was ist los bei euch? Darüber hast du bisher nichts erzählt.«

Eggenthal bestellte noch ein Bier und berichtete, wie es sich zwischen ihm und seiner Frau entwickelt hatte. Bei einigen Passagen konnte sie sich ein Lächeln nicht verkneifen. »Vermutlich war vor der Aktion schon ein bisschen der Wurm drin«, meinte er am Ende.

»Tut mir ja leid. Aber ehrlich gesagt weiß ich gar nicht so genau, ob ich darüber lachen oder weinen soll.«

»Egal. Ich kann jedenfalls kaum glauben, dass ich mit dir hier alleine sitze. Ich denke dauernd, jetzt kommt gleich Bernd vorbei – Mann, ging der mir auf den Zeiger! – oder Karl Liemer oder Sticher oder irgendwer. Da fällt mir ein, sind wir nicht eigentlich wegen dem Klassentreffen hier?«

»Nicht unbedingt«, sagte sie. »Aber wenn es sein muss, können wir kurz drüber reden.«

»Okay. Also Samstag in zwei Wochen um acht hier. Kurz genug?«

»Ja. Sehr gut. Schnelle Entscheidung. Dann schicken wir morgen die Mails an die anderen raus. Und ich frag nachher wegen der Übernachtungen nach, die haben hier bestimmt Zimmer zu vermieten. Damit wäre das Thema abgehakt. Aber du musst gleich noch eine Entscheidung treffen. Ich fahre nämlich jetzt los, ist ja schon kurz vor elf, und ich muss mich echt noch beim Geburtstag von Marco blicken lassen.«

»Du kannst mich doch jetzt nicht verlassen! Ich dachte, der Geburtstag wäre nur so ein Vorwand von dir gewesen, mich zu treffen, Arno Eggenthal, den einsamen Radler?«

»Stimmt auch ein bisschen. Und deshalb musst du jetzt entscheiden, ob du mitkommst. Marco hat gesagt, dass ich ruhig jemanden mitbringen kann. Und ich hab gesagt: ›Wenn ich bis dahin noch einen guten Typen finde, geht das klar.‹«

»Schwer abzulehnen. Wir werden allerdings ein bisschen zeitversetzt ankommen. Ich brauch mit dem Rad bestimmt eine Stunde länger bis Hailbach als du mit dem Auto. Oder du gibst mir ein bisschen Vorsprung.«

»Das kriegen wir schon hin.«

Der Geburtstag wurde in einem großen alten Garten hinter dem Haus von Annettes Schwester gefeiert. Eine einzelne Lichterkette sorgte für spärliche Beleuchtung, und Annette zog Eggenthal, der sich zu orientieren versuchte, hinter sich her. Das Areal war von zwei Seiten begrenzt durch eine Wildhecke, weiter hinten stand eine Reihe Birken, dann begann schon das Feld. In der Mitte des Gartens gab es eine provisorische, mit Feldsteinen umlegte Feuerstelle, ein paar Zelte standen auf dem Rasen herum. Das Feuer war fast erloschen, und die Jugendlichen hatten sich nach einem Regenguss in die Scheune neben dem Haus zurückgezogen, aus der Musik und Stimmengewirr tönten.

»Ich geh kurz rein zu Marco und sag hallo. Da vorn unter dem Scheunendach ist noch trockenes Holz, vielleicht kriegen wir das Feuer wieder an. Bin gleich zurück.«

Eggenthal holte Holz, die Glut war noch heiß genug, und als sie nach fünf Minuten zurückkam, loderten die Flammen bereits. Sie hatte irgendwo eine Decke und zwei wacklige, dünnbeinige Campingstühle organisiert, die sie jetzt nebeneinanderstellte. Eggenthal stolperte in der Dunkelheit über einen halbvollen Kasten Bier. Er ließ sich in einen der Stühle fallen, der sofort einige Zentimeter in den weichen Boden sank, sie setzte sich links neben ihn, ganz nah.

»Was für ein Leben«, sagte er, öffnete zwei Flaschen und reichte ihr eine. »Vor mir ein prasselndes Feuer, links die Frau, von der ich einst träumte, rechts ein Kasten Bier.«

»Was für'n Vergleich, Arno. Sehr romantisch.« Sie schwieg kurz. »Hast du echt mal von mir geträumt?«

»Als wenn du das nicht gemerkt hättest. Aber du hattest ja immer die Auswahl zwischen den ganz tollen Typen wie Bernd und Harri Sticher auf der einen und dem unbedeutenden Arno Eggenthal auf der anderen Seite. Diesem Staubkorn auf dem Feldweg, diesem unsichtbaren Stern im äußersten Winkel des Universums.« Er kam langsam in Form. Sie lachte.

»Ich hab schon manchmal an dich gedacht. Du warst genau richtig, wenn man mal abschalten wollte. Aber so ein richtig ernsthaftes Gespräch war schwierig. Das Größte für dich war, mit Theo in diesem komischen knallenden Auto rumzufahren, das war wichtiger als alles andere.«

»Ist doch keine schlechte Priorität, wenn man siebzehn ist. Jetzt sei doch nicht so streng.« Er schubste sie mit dem Ellbogen an, sie schubste zurück. »Und deshalb war ich erledigt für dich?«

»Quatsch. Das war doch nicht so wichtig. Aber ich hab nie richtig gemerkt, dass dir irgendwas ernst war. Das mit mir und Bernd zum Beispiel, das hast du einfach so hingenommen und dich in dein Schicksal gefügt. Das war mir zu wenig.«

»Hab ich nicht geschnallt. Tut mir leid. Und später?«

»Weiß nicht. Da hab ich manchmal anders darüber gedacht. Aber es kam ja immer irgendwas dazwischen. Das letzte Mal, als ich damals bei dir angerufen hab, waren deine Kinder noch klein. Da war bei mir das mit Ludger gerade in die Brüche gegangen, aber du hast überhaupt nicht begriffen, was los war. Auch auf dem Klassentreffen in dem Jahr hast du überall die Fotos von deinen Kindern rumgezeigt und von nichts anderem geredet, du warst irgendwie in einem anderen Film.«

»War ich damals wirklich. War 'ne gute Zeit. Ich dachte, das bleibt ewig so.« Er überlegte. »Es ist seltsam«, sagte er, »wenn man das so zurückverfolgt, haben wir uns in all den Jahren immer verpasst.«

»Ja. Bis heute.« Sie sahen sich an und stießen mit ihren Flaschen an.

Sie redeten lange, sie erzählte, wie es ihr ergangen war und was schiefgelaufen war. Es wurden noch ein paar Flaschen geöffnet und ein paar Holzscheite nachgelegt, sie saßen da, aneinandergelehnt, und hatten die Decke um sich gelegt, denn es war kühler geworden, das Feuer flackerte schwach, und wenn die Wolkendecke zwischendurch aufriss, fiel helles Mondlicht durch die herabhängenden Birkenzweige in den Garten.

»Und jetzt?«, fragte er. »Bist du irgendwann wieder bereit, jemanden an dich ranzulassen?«

»Würde mal Zeit«, sagte sie. »Und was meinst du?«

»Ich glaub, ich entfern mich gerade wieder von dir«, sagte er, und so war es tatsächlich. Der Abstand zwischen ihnen wurde plötzlich größer, weil sich die beiden rechten Stuhlbeine von Arnos Campingstuhl schon seit einiger Zeit immer weiter in den weichen Boden gebohrt hatten, und jetzt kippte der Stuhl in Zeitlupe ganz zur Seite und mit ihm Eggenthal, der es geschehen ließ und sich darauf konzentrierte, die halbvolle Bierflasche auszubalancieren. Dann lag er im Gras, die Flasche in der Hand, und schaute in den Himmel. Der Rasen war ein wenig feucht, und er spürte, dass es wieder leicht zu nieseln angefangen hatte.

»Manchmal muss man sich einfach nur fallenlassen«, sagte er. »Ich steh nicht mehr auf. Ich bleib jetzt so liegen, und du legst dich daneben, und dann schauen wir uns die Sterne an.«

»Ich hab 'ne bessere Idee«, sagte sie. Sie war aufgestanden. »Ich geh rein und hol uns noch eine Decke, und dann beschlagnahmen wir eins von den Zelten, das ist gemütlicher. Oder was meinst du?«

»Alles, was du willst«, sagte er, und sie zog ihn hoch und hinter sich her zu einem Zelt, das ein wenig abseits stand, öffnete den Reißverschluss, und Eggenthal kroch hinein. Es war ganz lauschig, zwei Isomatten lagen darin, und er machte sich lang, streckte sich aus und legte seinen Kopf auf eines der Kissen, die er fand.

Müdigkeit machte sich bei Eggenthal breit und ein Gefühl völliger Ruhe. Die Technoklänge, die aus der Scheune kamen, blendete er aus, es war, als würde er an einem Fallschirm schweben, und dass er sich so fühlte, lag an dem Feuer, an dem sie gesessen hatten, an dem Mond, der durch die Birkenzweige geschienen hatte, und an den Erinnerungen. Und vielleicht an sechs oder sieben Flaschen Bier, die er getrunken hatte. Aber hauptsächlich lag es an Annette.

Es war sehr hell, als er aufwachte. Er spürte Annette, die neben ihm lag. Sie hatte die Augen geschlossen und atmete ganz ruhig, und er konnte es kaum glauben. Er sah sie an, wie er sie damals auf der Busfahrt nach Rom angesehen hatte, da saß sie schräg vor ihm und schlief, friedlich und völlig entspannt, den Kopf an eine zusammengeknüllte Jacke gelehnt, und er musste dauernd zu ihr hinsehen, genau wie jetzt.

Er lag auf der Seite, sein Arm lag auf ihrem Bauch, genauer gesagt auf der Knopfleiste ihrer Bluse, seine Hand zwischen ihren Brüsten, eigentlich mehr halb auf ihrer linken Brust, die sich im Rhythmus ihrer Atemzüge hob und wieder senkte; es war ein guter Ort, sehr angenehm, er musste die Hand unbewusst dort geparkt haben und versuchte jetzt, sie zurückzuziehen.

»Liegenlassen«, murmelte sie, öffnete die Augen und drehte den Kopf zu ihm. »Gut geschlafen?«, fragte sie leise.

»Ja«, sagte er. »Besser als geplant. Wollte eigentlich noch ein bisschen wach bleiben, aber dann bin ich so richtig weggedämmert. Es war, als hätt ich irgendwas genommen. Kein schlechtes Gefühl, entspannt irgendwie.«

Sie drehte sich zu ihm und fuhr mit der rechten Hand über seine Wange und strich über seine Haare. »War meine Schuld, dass es so lange gedauert hat. Marco hat mich in der Scheune in Beschlag genommen, und als ich ins Zelt kam, hast du schon geschlafen.«

Eggenthal nickte und bewegte seine Hand ganz leicht, und sie rückten näher zusammen.

Draußen waren schon seit einiger Zeit Stimmen zu hören, es wurde aufgeräumt oder irgendwas weggepackt. »Die könnten jetzt langsam mal unser Zelt räumen«, meinte jemand, dann wurde der Reißverschluss hochgezogen, ein Typ sah hinein und sagte: »Ach du Scheiße«, und verschwand wortlos.

»Die nehmen uns nicht ernst«, sagte Arno.

»Nimmst du uns ernst?«, fragte sie.

»Ja«, sagte er. »Schon.«

Jetzt guckte ein Mädchen ins Zelt hinein. »Wenn Sie fertig sind mit allem, würden Sie dann bitte das Zelt räumen? Wir wollen es abbauen«, sagte sie und ließ die Zeltplane wieder zufallen.

Annette sah Arno an. »Sind wir fertig mit allem?«

»Nein«, sagte er. »Ich glaub nicht. Aber wir haben jetzt einen bestimmten Punkt erreicht.«

Es war etwa 9 Uhr morgens, die Sonne schien, doch nach den Regenfällen in der vergangenen Nacht war es noch kühl. Eggenthal stand unter dem Scheunendach, kramte eine leichte Jacke aus seinem Rucksack und zog sie über das T-Shirt, für die Fahrt.

Annette stand neben ihm und sah ihn an. »Du siehst bekümmert aus, Arno. Tut's dir leid, dass du mitgekommen bist? Denk dran, du hast niemanden betrogen.«

»Irgendwie doch«, sagte er, rüttelte an seinem Rad und versuchte, es heil aus dem Kofferraum von Annettes Wagen zu holen. »Aber es tut mir nicht leid, dass ich mitgekommen bin. Im Gegenteil. Ich muss jetzt nachdenken und zu Hause ein paar Sachen klären. Und dann finden wir heraus, wie es weitergeht.«

»Ja«, sagte sie. »Das finden wir raus. Vielleicht nächste Woche. Ich hab ein Zimmer in der Brauerei. Hab ich gestern

Abend noch klargemacht mit dem Wirt. Und falls du keine Bleibe hast …«

»Gut möglich«, sagte er. Sie umarmten sich, länger als sonst, und dann setzte er Helm und Rucksack auf, stieg auf sein Rad und fuhr los.

Kapitel 22

Auf der Heimfahrt hatte er Zeit zum Nachdenken. Es lagen etwa dreißig Kilometer vor ihm, im Moment bewegte er sich auf wenig befahrenen Nebenstraßen durch eine Wald- und Hügellandschaft.

Es war am Vorabend gar nicht so einfach gewesen, das Rad im Kofferraum von Annettes Kleinwagen zu verstauen, als sie die Kleine Brauerei verlassen hatten. Annette hatte den Vorschlag gemacht, und er hatte eingewilligt. Hatte die Regeln verletzt, die er selbst aufgestellt hatte; es nagte ein wenig an ihm. Es war seine erste Fahrt in einem Auto seit Beginn seiner Aktion. Darüber hinaus gab es nichts, was er bereute. Außer dass er nicht mit ihr geschlafen hatte, vielleicht.

Nach etwa eineinhalb Stunden hatte er das Dorf erreicht. Die Siedlung kam ihm fremd vor, als er die Steigung zu seinem Haus hinauffuhr. Er würde sogar pünktlich zum Essen sein und dachte an den Zettel, den er gestern Abend, bevor er losgefahren war, in der Küche gefunden hatte:

Bin dran. Bratwurst, Gurkensalat. 12 Uhr. Silke

Ihre Art der Kommunikation kam ihm in diesem Moment absurd vor.

Silke war nicht zu sehen, als er ankam, vielleicht hatte sie gar nicht mitbekommen, dass er die Nacht nicht zu Hause verbracht hatte. Allerdings spielte das keine Rolle, er musste ohnehin mit ihr darüber reden, das stand fest. Es ging nur noch um den passenden Moment.

Beim Essen versuchte er, unbefangen zu wirken, unterhielt sich mit Luca über die Basketballliga und die bisher ungelöste Trainerfrage für die nächste Saison. Irgendwann fragte Silke mit Blick auf sein Essen, das er kaum angerührt hatte: »Bist du gut verpflegt worden heute Nacht? Oder zu müde zum Essen?«

»Wahrscheinlich zu müde«, brachte er hervor. »Hab in Lensingen gepennt. Zimmer mit Frühstück.« Nicht vor Luca, dachte er.

»Sabine Holm hat Geburtstag«, sagte sie. »Ich werde heute Abend zu ihr fahren. Sie hat gesagt, wer Lust hat, kann vorbeikommen. Ist aber keine offizielle Feier.«

Wenn er es richtig interpretierte, hieß das im Klartext: Muss wirklich nicht sein, dass du auch hingehst.

Sabine Holm. Ihren Geburtstag hatte er vermutlich in den letzten fünfundzwanzig Jahren nicht ein einziges Mal versäumt. Diesmal würde er sie also anrufen.

Er dachte daran, was alles so passiert war bei den letzten fünfundzwanzig Geburtstagsfeiern. Anfangs, als die Ersten ihre Kinder bekamen, gab es kein anderes Thema, es ging um all die schrecklichen Einschränkungen und Entbehrungen, die das Elternsein mit sich brachte. Diese Unterhaltungen waren nervtötend, wenn man selbst keine Kinder hatte, und als er und Silke dann welche hatten, hatte er das selbst nie als Einschränkung oder Entbehrung empfunden.

Manche Gespräche nervten ihn, Silke konnte lockerer damit umgehen. Er erinnerte sich an einen Geburtstag vor ein oder zwei Jahren. Es war schon zu fortgeschrittener Stunde, und Eggenthal hatte ein bisschen leidend ausgesehen, was Silke, die neben ihm saß, bemerkt hatte. Sie äußerte sich gerade im Rahmen einer Diskussion um gestiegene Lebensmittelpreise oder so etwas, da spürte er plötzlich unter dem Tisch ihre rechte Hand zwischen seinen Beinen. Sie legte sie ganz sacht dort ab, klopfte ein paarmal wie beruhigend mit den Fingern auf diese empfindsame Stelle, als wollte sie sagen: »Halt durch, es gibt noch ein Leben danach«, während sie mit der anderen Hand über dem Tisch gestikulierte und dabei ganz normal weitersprach; das Ganze hatte etwas sehr Vertrautes, und er dachte mit Wehmut daran zurück.

Eggenthal hatte das Gefühl, dass er weniger denn je an Silke herankam. Am Donnerstag, einem Feiertag, fuhr sie mit ihren Walking-Frauen für vier Tage weg, es fand irgendwo an der Nordsee ein Zwanzig-Kilometer-Wettkampf statt, kombiniert mit einem Wellnesswochenende. Das war schon länger geplant gewesen, deshalb kommentierte sie es auch nicht, sondern verschwand einfach.

Er saß am Montagmorgen im Zug und dachte an den Arbeitstag, der vor ihm lag. Der Umgang mit Kallmann, dessen Schwellungen im Gesicht zurückgegangen waren, blieb ein Problem. Es gab Arbeitsabläufe, die eine Kommunikation zwischen ihnen beiden erfordert hätten, die freilich nicht stattfand. Wenn sie sich etwas zu sagen hatten, setzten sie Wicke als Vermittler ein, der diese Funktion mit schwindender Begeisterung ausübte. Insgesamt war die Lage kompliziert.

Er schlug die Zeitung auf. Der Mai war einer der wärmsten und trockensten seit Beginn der Wetteraufzeichnungen gewesen, und wenn es überhaupt regnete, dann kam der Regen sintflutartig und führte zu Überschwemmungen. Die Prognosen der Klimaforscher erfüllten sich. Das Abschmelzen der

Polkappen wurde als dramatisch eingestuft, doch es wurde bereits auf die Hebung der Erdölvorräte am Nordpol spekuliert; die Regierung verschob wegen Schachereien um die Kfz-Steuer die Verabschiedung des Klimaschutzpaketes. So wird das nix, dachte Eggenthal, stieg auf sein Rad und machte sich am Bahnhof auf den Weg zur Bibliothek.

Er hatte das Wochenende genutzt, um eine Geschichte für den *Bike-Messenger* fertigzustellen, die erst in ein paar Monaten erscheinen würde und seine Erfahrungen mit dem Novemberwetter thematisierte, er hatte sie *Rain Man* genannt. Leider konnte er sie nicht abschicken, da er aufgrund eines von Silke initiierten und nicht kommunizierten Provider-Wechsels momentan keinen Internetzugang hatte. Also hatte er den Text auf einen USB-Stick gezogen und beschlossen, ihn bei der Arbeit an die Redaktion zu mailen.

In der Bibliothek angekommen, machte Eggenthal sich daran, Rückstände bei der Titelaufnahme abzuarbeiten. Irgendwann am Nachmittag fiel ihm ein, dass er noch die Mail an den *Bike-Messenger* senden musste, also zog er den USB-Stick aus dem Rucksack und schloss ihn an seinen PC an, formulierte kurz zwei Sätze an seinen Redakteur und hängte die Datei an.

In diesem Moment klingelte sein Handy. Eggenthal ging ran, es war Wacker, sein Fahrradhändler. Er war nur schlecht zu verstehen, Eggenthal stand auf und ging ein paar Schritte um den Schreibtisch bis zum Fenster, wo der Empfang besser war. Während Wacker ihm mitteilte, dass der neue Rucksack, den er vor einer Woche bestellt hatte, angekommen sei, ging die Bürotür auf, und ein ziemlich hektischer Kollege rief ihm zu, dass die Leute an der Ausleihtheke Schlange stünden und er dringend gebraucht würde. Mit dem Handy am Ohr verließ Eggenthal sein Büro und folgte seinem Kollegen.

Eine halbe Stunde später erschien sein Zimmernachbar Wicke zu seiner Verwunderung an der Ausleihtheke, um ihn abzulösen.

»Du sollst mal in unser Büro kommen, Arno«, sagte er. »Frag nicht, geh einfach.«

Als Eggenthal sein Büro betrat, standen Schwickert und Kallmann vor seinem Arbeitsplatz und schauten auf seinen Bildschirm; der eine, Schwickert, mit ernstem Gesicht, der andere, Kallmann, mit einem blöden Grinsen.

Schwickert sah Eggenthal an. »Herr Kallmann kam vor fünfzehn Minuten in Ihr Büro, um etwas mit Ihrem Kollegen Wicke zu besprechen, und da fiel ihm zufällig die Mail ins Auge, die Sie gerade abschicken wollten.«

Eggenthal, dem plötzlich bewusst wurde, dass er seinen Rechner nicht gesperrt hatte, als er aus dem Büro gegangen war, hätte sich in den Hintern beißen können. Aber es war nicht zu ändern, die Sache nahm seinen Lauf.

»Was, bitte, ist der *Bike-Messenger?*«, fragte Schwickert.

»Ein Fahrradmagazin.«

»Ja, das haben wir uns gedacht. Und warum schicken Sie einem Redakteur dieses Magazins einen, nennen wir es mal, Artikel, der immerhin über vier Seiten lang ist, und schreiben als Text dazu ›Anbei mein Beitrag für die Novemberausgabe‹?«

Eggenthal hatte es befürchtet – sie hatten sogar seinen E-Mail-Anhang geöffnet und wahrscheinlich auch die Story gelesen. Er fragte sich, ob sie das überhaupt durften.

»Das ist privat«, sagte er.

»Ja eben, Sie sagen es, und das ist genau das Problem. Es ist privat. Und das hier ist Ihre Arbeitsstelle.«

»Das kann ich ganz einfach erklären«, sagte Eggenthal. »Ich hab zu Hause zurzeit kein Internet, und da hab ich die

Geschichte auf einen USB-Stick gezogen, um sie von hier zu versenden. Das dauert nicht mal zwei Minuten, da entsteht doch kein Schaden.«

»Und wer sagt uns, dass Sie an diesen ›Geschichten‹ nicht auch während der Dienstzeit arbeiten? Es scheint da ja um eine Art Verarbeitung Ihres täglichen Lebens zu gehen.«

»Wahrscheinlich kassiert er auch noch ab dafür«, warf Kallmann ein.

Schwickert sah Eggenthal fragend an.

»Ja, ich erhalte dafür so etwas wie ein Honorar«, sagte der genervt. »Davon wird man allerdings alles andere als reich. Und ich hab noch keine Zeile hier bei der Arbeit geschrieben, ich hab doch gesagt: Es war ein einmaliger Fall, und es ging nur ums Versenden.«

»Das werden wir prüfen«, sagte Schwickert. »Aber damit ist die Sache nicht erledigt. Es ist nicht der einzige seltsame Vorfall, an dem Sie in letzter Zeit beteiligt sind. Sie bringen hier eine ziemliche Unruhe rein. Ich würde Sie jetzt bitten, die Mail, die Sie versenden wollten, zu speichern und anschließend den Rechner herunterzufahren und ausgeschaltet zu lassen. Den Rest besprechen wir später in der Personalabteilung.«

Schwickert beobachtete noch, ob Eggenthal seine Anweisung befolgte, dann verließ er das Büro.

Eine Stunde später wurde Eggenthal wieder ins Personalbüro gerufen, das zweite Mal innerhalb weniger Wochen. Schwickert hatte Rötter, den Personalchef, bereits über die aktuelle Lage informiert und wies in dem Zusammenhang auf die immer noch fehlende Bereitschaft Eggenthals hin, mit Kallmann zu kommunizieren, wodurch die Arbeitabläufe insgesamt ineffizient geworden seien.

Rötter hörte sich alles mit ernstem Gesicht an, machte sich

Notizen und setzte dann noch einen drauf, indem er Eggenthal erklärte, dass seine Arbeit für das Magazin eine genehmigungspflichtige Tätigkeit sei, die er seinem Arbeitgeber verschwiegen hatte, und auch darüber noch zu reden sein werde. Insgesamt verbrachte Eggenthal über eine Stunde im Personalbüro, während der man für ihn eine »Zwischenlösung«, wie es hieß, entwickelte, um die Betriebsruhe nicht weiter zu gefährden.

Als er zurück in seinem Zimmer war, hatte man seinen Rechner schon abtransportiert. Er schaute noch bei Carla rein, die allein war, und informierte sie kurz über die neue Lage. Die sah so aus, dass er ab jetzt erst einmal vier Wochen von der Arbeit freigestellt war.

»Freigestellt«, sagte sie. »Was heißt das denn?«

»Das heißt so viel wie suspendiert«, sagte Eggenthal.

»Und wenn die vier Wochen rum sind?«

»Weiß nicht. Versetzung, Kündigung, Aufhebungsvertrag. Alles möglich.«

»Das sind doch Idioten«, sagte sie. »Ich werd Schwickert morgen mal darüber informieren, dass es bei unserem Arbeitspensum gar nicht möglich ist, nebenbei irgendwelche Geschichten zu schreiben, und dass das aufgefallen wäre. Aber warum hast du es nicht angemeldet?«

»Hab nicht dran gedacht. Mir war gar nicht klar, dass man so was machen muss. Und dann das ganze Chaos in den letzten Monaten. Hilft aber jetzt nichts mehr. Ich muss los. Meine Handynummer hast du ja.«

Auf dem Nachhauseweg dachte er im Zug über die neue Lage nach und versuchte, ihr etwas Positives abzugewinnen, aber er fand auf Anhieb nichts. Um irgendwas zu tun, fuhr er vom Bahnhof in Waldbeck erst einmal über den Berg nach Lensingen, wo er im Internetcafé endlich die Mail an sein Magazin abschickte. Auf der Heimfahrt wurde ihm einmal mehr klar, dass es nicht die Misere mit der Arbeit war, die ihm zusetzte; er war bereit, es in dieser Sache auf jede Konfrontation ankommen zu lassen. Aber er musste wenigstens darüber reden.

Zu Hause angekommen, ging er gar nicht erst in seine Kellerwohnung, sondern setzte sich in die Küche und wartete. Kurz nach 19 Uhr erschien Silke, goss sich ein Glas Mineralwasser ein, trank es aus und ging wieder Richtung Tür.

»Warte bitte mal«, sagte Eggenthal. Sie hielt kurz inne. »Wir müssen uns unterhalten«, sagte er. »Aussprechen, über alles reden. Und diesen Zustand hier beenden. Wann hast du mal Zeit?«

»Fällt dir früh ein«, sagte sie. »Ich hab heute einen Geschäftstermin. Und morgen eine Versammlung mit den Walkern. Mittwoch werde ich Überstunden machen müssen. Also Freitagabend, um acht, hier oben«, sagte sie und verließ die Küche.

Sie war ein harter Brocken, und sie bewegte sich keinen Millimeter auf ihn zu. Freitag reichte gerade noch. Ihm wurde klar, wie viel ihm daran lag.

Am Freitagabend um sechs Uhr saß Eggenthal an dem kleinen Tisch in seiner Kellerwohnung vor seinem Schreibblock. Er hatte sich am Nachmittag im Internet, das wieder funktionierte, über die arbeitsrechtlichen Möglichkeiten informiert, die er in seiner jetzigen Situation hatte, und war mit dem Ergebnis zufrieden. Er war handlungsfähig und konnte den Kampf gegen Schwickert und Rötter aufnehmen.

Als die Zimmertür aufging, hob Eggenthal erstaunt den Kopf. Auf der Türschwelle stand Silke.

»Hatten wir nicht acht Uhr gesagt?«, fragte er. »Egal.

Komm rein, setz dich.« Er wies auf den freien Stuhl. Sie blieb stehen.

»Was gibt's?«, fragte er.

»Es gibt ein paar Fragen«, sagte sie und zeigte ihm das Titelblatt einer Zeitschrift, die sie bis dahin zusammengerollt in der Hand gehalten hatte. Es war die erste Ausgabe des *Bike-Messenger*, die die Redaktion ihm in dieser Woche zuschicken wollte; er wusste gar nicht, dass sie schon am Kiosk lag.

Sie schlug eine Seite auf, vermutlich die mit seiner Story *Einsame Entscheidung* und zitierte aus dem Text:

»Ein Jahr ohne Auto: Überlegt es euch gut. Und glaubt nicht, dass es hilfreich ist, eine Ehefrau an seiner Seite zu haben, wenn ihr es in Angriff nehmt. Das Gegenteil könnte der Fall sein …«

Sie hörte auf zu lesen. »Kannst du mir das vielleicht erklären? Und meinst du, das finde ich witzig? Heute Nachmittag kommt Bert Wenger zu mir, ein Kollege, der dich zufälligerweise kennt, weil wir ihm schon fünfzehnmal in Lensingen begegnet sind. Der ist so ein Rad-Freak, und der hält mir dieses Heft unter die Nase und fragt mich, ob der Typ auf dem Bild nicht mein Mann ist. Sofort kommen noch fünf andere dazu und stellen dumme Fragen«, ihre Stimme wurde lauter, »und ich steh da, als wäre ich bescheuert, und weiß nichts davon.«

»Das hat sich so ergeben.« Eggenthal erkannte, dass dies die Stunde der Wahrheit war, und vielleicht war es auch eine Chance. »Setz dich lieber«, sagte er, und sie nahm auf dem Stuhl Platz. Dann holte er kurz Luft und erzählte, wie es dazu gekommen war, von den Anfängen im *Radkurier* bis zu dem Heft, das sie in der Hand hielt.

Sie starrte ihn an. »War das jetzt alles, oder gibt's noch mehr Überraschungen? Ich meine, wo wir gerade dabei sind?«

»Es gibt noch was. Ist aber nicht ganz so erfreulich.« Eggenthal wand sich ein wenig auf seinem Stuhl. »Es gab da vor ein paar Wochen so einen Disput mit Kallmann, und die Folge waren Abmahnungen für uns beide.«

»Einen Disput? Kannst du das auch genauer erklären?«

Sie wollte es genauer haben, also erzählte er es genauer, in allen Einzelheiten. Etwas anderes hatte jetzt sowieso keinen Zweck mehr.

»Du hast sie nicht mehr alle, Arno. Im Büro in Unterhosen auf dem Flur rumlaufen, das macht doch keiner, der noch richtig tickt. Hast du noch mehr solche Horrorgeschichten?«

»Na ja«, sagte er, »wo wir gerade dabei sind ... Es ist am Dienstag noch was passiert, aber da konnte ich wirklich nichts dafür, das war eine totale Überreaktion von denen. Hab fast das Gefühl, dass die mich loswerden wollen.« Er stellte kurz dar, wie sie die Sache mit der Mail aufgebauscht hatten. »Ja, und seitdem bin ich halt freigestellt von der Arbeit.«

Sie sah ihn fassungslos an.

»Na gut, das ist alles ein bisschen überraschend«, sagte er, »und ich hätte dich ja auch eingeweiht und alles mit dir besprochen, wenn wir in den letzten Wochen nicht so aneinander vorbeigelebt hätten.«

»Hör auf, Arno«, sagte sie, »ich komm mit 'ner einfachen Frage zu dir, und dann erfahr ich Sachen aus deinem Leben, von denen ich nichts geahnt hab, und dass du quasi ein Doppelleben führst. Und am Schluss erzählst du mir gnädigerweise, dass du deinen Job praktisch los bist. Das ist doch alles nicht wahr! Ich erkenn dich nicht wieder. Du bist doch nicht der, den ich mal geheiratet hab.«

Er überlegte kurz, dann sagte er: »Und meinst du, ich erkenn in dir noch die Frau, die die Zündkerzen geklaut hat?«

Sie sah ihn verwirrt an. »Was denn für Zündkerzen? Und was hat das mit dieser Sache zu tun? Was ist das für ein Vertrauensbeweis, dass du mir dein halbes Leben verschweigst? Vielleicht hättest du dich ja irgendwann mal herablassen können, mir was davon mitzuteilen?«

Er überlegte lange. »Ja«, sagte er, »hätte ich. Ist aber nun mal nicht passiert. Ich hatte im letzten Jahr auch nicht den Eindruck, dass du irgendwas hören wolltest, das deinen gewohnten Lebensrhythmus unterbricht. Aber deshalb sitzen wir ja jetzt hier. Ich bin auch noch nicht fertig.«

»Was noch, Arno?«

»Samstagabend um acht ist doch unser Klassentreffen. Deshalb gab es doch vor zwei Wochen diese Besprechung in Lensingen. An der haben allerdings nicht mehrere Leute, sondern nur Annette und ich teilgenommen.« Sie saß auf der Stuhlkante, als er erzählte, wie sie in Hailbach gelandet waren, in einem Garten, an einem Feuer, und dann in einem Zelt. Als er fertig war, stand sie auf.

»Nichts passiert, Arno. Du sagst, es ist nichts passiert. Viel mehr, als da passiert ist, geht gar nicht. Und das weißt du auch.« Sie hatte es leise gesagt, dann ging sie zur Tür. »Triffst du jetzt vielleicht mal 'ne Entscheidung, wie es weitergehen soll?«

»Ich hab nicht das kleinste Problem damit, eine Entscheidung zu treffen«, sagte er. »Aber das kann man nur, wenn man eine Wahl hat.«

Es war schlecht gelaufen. Er hatte sich das anders vorgestellt. Er hatte ihr alles erzählen wollen, von Anfang an, freiwillig, aus eigenem Antrieb, und er hatte gehofft, dass sie ihn verstehen würde. Aber dadurch, dass sie die Sache mit dem *Bike-Messenger* von jemand anders erfahren hatte, war es ein Verhör geworden, und alles, was er ihr eigentlich in Ruhe erklären wollte, wirkte nun wie ein erzwungenes Geständnis. Aber das war jetzt auch egal. Er hatte alles gesagt. Wenn er sich von dem Treffen mit Silke eine Annäherung erhofft hatte, dann war er enttäuscht worden.

Morgen, am Samstag, war das Klassentreffen, wo er Annette wiedersehen würde. Um 20 Uhr, in Lensingen.

Kapitel 23

Es war Samstag, und Eggenthal saß auf dem Rad, genauer gesagt saß er nicht, sondern kauerte, duckte sich, um dem Wind möglichst wenig Angriffsfläche zu bieten. Er sah auf die Uhr, es war genau 19 Uhr, er trat seit zwei Stunden ununterbrochen in die Pedale, und es lagen noch über zwanzig Kilometer vor ihm, die er in der nächsten Stunde schaffen musste. Es war keine unlösbare Aufgabe, doch er war nicht mehr frisch, eher am Ende seiner Kräfte. Vor einigen Minuten hatte er ein fernes Donnern gehört, das mit der Zeit lauter wurde. Er fuhr sonst nie bei Gewitter, doch diesmal hatte er keine Wahl. Sein Shirt und seine Hose waren durchweicht, zuerst vom Schweiß und jetzt vom Regen. Ab und zu überholten ihn Autos, rasten vorbei und spritzten ihm Gischt ins Gesicht, und dann schüttelte er sich und biss die Zähne noch fester aufeinander und trat weiter. Isny war der letzte größere Ort gewesen, den er vor einiger Zeit passiert hatte, und das war weit entfernt von Lensingen.

Er war an diesem Morgen um acht in seiner Kellerwohnung aufgewacht und hatte gehört, wie oben das Garagentor geöffnet wurde und Silke mit dem Kombi wegfuhr. Das war ungewöhnlich früh für sie an einem Samstag, doch er hatte sich noch nichts dabei gedacht.

Um 9:30 Uhr war er nach oben in die Küche gegangen in

dem Glauben, dass sie vielleicht zurückgekommen wäre. Doch sie war nirgends zu sehen. Stattdessen lag ein Zettel auf dem Küchentisch, Eggenthal nahm ihn und las, und was darauf stand, trieb seinen Puls in die Höhe:

Bin heute Abend um 20 Uhr am Steg. Du weißt, wo.
Musst Dich entscheiden.
Silke

Er las die Nachricht zweimal. Zuerst fiel ihm der Steg ein, der zwischen dem Dorf und Waldbeck über den Bach führte, doch dann begriff er, dass das nicht zu ihr passte und auch keinen Sinn ergab, und als er eine Sekunde später erkannte, was sie ihm wirklich mitteilen wollte, traf ihn der Schlag: Der Steg, den sie meinte, lag etwa fünfhundert Kilometer entfernt. In einem Ort, der Bitzenweiler hieß.

Der Steg gehörte zu einem Hof, den sie durch Zufall entdeckt hatten und wo sie einige Male Urlaub gemacht hatten. Man konnte dort auf einer Terrasse sitzen, auf der Abends ein paar einfache Speisen und selbstangebauter Wein serviert wurden, die Kinder konnten herumlaufen, ohne sofort überfahren zu werden, und man konnte in fünfzig Meter Entfernung den See sehen. Eggenthal brauchte den See hauptsächlich zum Anschauen, er ging meist nur bis zu den Knien hinein; es gab ein flaches Ufer und den Steg, der zwanzig Meter weit hineinführte, dort, wo das Wasser tiefer war. Auf dem Steg hatten sie abends oft gesessen, Silke und er.

Eggenthal rannte in sein Arbeitszimmer, gab die Bahnverbindungen ein, und er begriff, dass es zum Verzweifeln war. Bitzenweiler – das bedeutete: Abgeschiedenheit, Hinterland, rundherum Hügel, Tümpel, Wald. Und vor allem: kein größerer Bahnhof in der Nähe.

Er überlegte fieberhaft. Es waren keine fünf Stunden mit dem Auto. Wenn er sich dafür entscheiden würde, konnte er es ganz gemütlich angehen. Berger würde ihm den Wagen leihen oder Holm. Oder Helga. Oder Basse, sein Nachbar.

Es kam nicht in Frage. Also gab er ein paar größere Orte in der weiteren Umgebung von Bitzenweiler ein und fand eine passende Verbindung: Kempten. Er musste um Punkt 11 Uhr am Hauptbahnhof in der Stadt einsteigen und wäre um 17 Uhr in Kempten, dann waren es noch etwa fünfundfünfzig Kilometer mit dem Rad bis Bitzenweiler. Bis 20 Uhr musste er den Steg erreichen. Drei Stunden für fünfundfünfzig Kilometer, das war zu schaffen.

Er zog sich über, was gerade herumlag, Trekkinghose, T-Shirt, schnappte sich den Rucksack, er musste los, den Zug in die Stadt zum Hauptbahnhof erwischen. Luca. Er lag noch im Bett, Eggenthal erklärte ihm kurz, was er vorhatte. Luca setzte sich auf die Bettkante, sah ihn verschlafen an.

»Bitzenweiler. Ihr habt sie nicht mehr alle«, sagte er, und bevor Eggenthal draußen war, rief er noch: »Warte mal. Kannst du mir Bescheid sagen, wenn es geklappt hat?«

»Kann ich«, sagte Eggenthal.

Er hatte Glück, dass er im IC am Hauptbahnhof einen Platz für das Rad bekam, ohne reserviert zu haben. Unterwegs sah er besorgt aus dem Fenster, wie sich das Wetter entwickelte. Es war heiß gewesen in den letzten Tagen, und die ersten Unwetter kündigten sich an. Dreimal musste er umsteigen, und jedes Mal ging es gut, doch der letzte Zug, ein Regional-Express, war nicht pünktlich, so dass er Kempten mit fünfzehn Minuten Verspätung erreichte und sich sofort an die Aufholjagd machte.

Als er losfuhr, waren es fünfundzwanzig Grad, und er hatte

nicht bedacht, dass er mit seinem Rad ein Gebirge erklimmen müsste. Es ging steil bergauf, er kurbelte bis zur völligen Erschöpfung. Nach einer Stunde war seine Wasserflasche leer, und wahrscheinlich hatte er in dieser Stunde nicht mal zehn Kilometer geschafft. Seinen Zeitplan konnte er über den Haufen werfen, und der Steg war weit entfernt.

Dann, als es flacher wurde, schließlich sogar steil bergab ging, machte er Zeit gut. Als der Regen einsetzte, fuhr er weiter, klatschnass, hielt nicht mal an, um seine Regenklamotten anzuziehen, und jetzt, als er das Gewitter hinter sich gelassen hatte, schöpfte er zum ersten Mal Hoffnung, doch noch alles in den Griff zu bekommen. Er war jetzt auf bekanntem Terrain, verließ die vielbefahrene Straße und steuerte ins Hinterland. Sein Ziel rückte näher.

Er hatte es geschafft, sich ein kleines Zeitpolster herauszufahren, das gab ihm ein gutes Gefühl. Die Hügel waren jetzt nicht mehr so hoch, die Straßen schmal und kaum Autos unterwegs, die Sonne schien, das Unwetter war an diesem Teil der Gegend vorbeigezogen, und der Steg war keine zehn Kilometer mehr entfernt. Und dann, als Eggenthal schon fast wieder einen Blick für die Landschaft bekam, hörte er dieses leise Surren, dieses harmlose Geräusch, das einen Plattfuß ankündigte.

Es musste an dem Sportplatz passiert sein, an dem er vorbeigefahren war, ein Zelt hatte da gestanden, Menschen saßen Bier trinkend auf Bänken, ein paar Scherben hatten auf der Straße gelegen; er war ausgewichen, doch es hatte ihn wohl trotzdem erwischt. Das Hinterrad eierte bereits auf der Felge, Eggenthal hielt an und besah sich den Schaden.

Der Fremdkörper war schon von außen zu erkennen, er musste nicht erst lange suchen. Er stellte das Rad auf den Kopf, nahm schnell das Hinterrad heraus und begann in aller

Eile mit dem Flicken. Es war fünf vor acht, als er wieder losfuhr. »Bitzenweiler« stand auf einem Hinweisschild, das er jetzt passierte, von dort waren es noch zwei Kilometer, er nahm die Abkürzung über einen Feldweg, und endlich hatte er den Hof erreicht. Er lehnte sein Rad an die Mauer und ging auf wackligen Beinen über die Straße zum See. Er fühlte sich ausgelaugt, seine Klamotten, auf die sich der Staub geheftet hatte, klebten an ihm; seinen rechten Wangenknochen und die Stirn zierte je ein Streifen Kettenschmiere.

Silke saß am Ende des Stegs und drehte sich um, als sie seine Schritte auf den Holzplanken hörte.

»Ich bin pünktlich«, sagte er. »Darf ich mich setzen?«

Sie nickte. »Du siehst grauenhaft aus«, sagte sie.

»Ich hab alles gegeben. Was wäre gewesen, wenn ich später gekommen wäre?«

»Dann wär ich weg gewesen.«

Er sah sie unsicher an.

»Na ja. Fünf Minuten hätt ich vielleicht noch gewartet.«

»Wieso hast du diesen Ort ausgesucht?«

»War immer ganz schön hier. Aber hauptsächlich wollte ich's dir nicht so leicht machen.«

Eggenthal nickte. Sie saßen nebeneinander und schwiegen, minutenlang. Um den See standen ein paar Tannen, dahinter sah man die Hügellandschaft, Hopfen, der sich an den Drähten nach oben rankte, und Wiesen. Es war immer grün hier. Und still.

»Warum hast du mir den Zettel geschrieben?«

»Es war eine Bemerkung von dir, über die ich nachgedacht hab. Du hast gesagt, dass du die Frau, die die Zündkerzen geklaut hast, nicht mehr erkennst«, sagte sie.

»Krieg ich die Frau noch mal zurück?«

»Eher nicht. Es wäre höchstens eine Kopie davon. Willst du das?«

»Weiß nicht. Und die, die im Flur die Konzertkarten zerrissen hat?«

»Die gibt's noch.« Sie sah ihn an. Ihre Augen waren schwärzer als die Nacht.

»Kaufst du dir noch mal ein Auto?«, fragte sie

»Nein. Nie mehr.«

»Fährst du mal wieder mit einem?«

»Ja. Klar. Wenn das Jahr rum ist.«

»Was ist jetzt eigentlich mit deinem Job?«

»Krieg ich in den Griff. Hab verschiedene Möglichkeiten.« Er blickte ihr immer noch in die Augen. »Leben wir mal wieder zusammen? Ich meine, so richtig?«

»Glaub schon«, sagte sie.

»Vielleicht irgendwann mal in einem Haus, wo einen die Autobahn nicht nervt?«

»Kann man drüber reden. Die nervt mich auch. Hab ich nur nie zugegeben.«

Er überlegte. »Was mochtest du eigentlich damals an mir?«

»Ich fand dich witzig.«

»Witzig?«

»Ja. Deine komischen Sprüche, die merkwürdige Moto Guzzi. Und deine seltsame Wohnung, der reinste Trödelladen. War dir völlig egal. Hauptsache, man hat irgendwo seine Ruhe, hast du gesagt. Alles irgendwie seltsam. Aber zusammengepasst hat es schon.«

»Na da hab ich ja Glück gehabt. Warum sind deine Haare eigentlich immer noch so schwarz?«

»Gefärbt. Seit sechs Jahren.«

»Ach so. Sieht gut aus. Kannst du das so lassen?«

»Mmmh.«

Er zog sein Handy aus der Tasche und formulierte eine SMS: *Hat geklappt* gab er ein. Silke las es und schaute ihn fragend an. »Ist für Luca«, sagte er.

Eggenthal stand auf und zeigte auf den See. »Springen wir jetzt da rein?«

»Du? Du willst da reinspringen?«

»Wer sonst?«, sagte er und entledigte sich seiner Hose.

»Okay.« Sie zog sich das Shirt über den Kopf.

Zwanzig Sekunden später lag alles, was sie angehabt hatten, auf einem großen Haufen, und Eggenthal schob ihn mit dem Fuß zur Seite, denn sie brauchten Platz. Sie traten ein paar Schritte zurück und nahmen sich an der Hand.

Und dann rannten sie los.